Férias em
PRAIA GRANDE

Eles tiveram um romance de verão,
mas não esperavam quais seriam as consequências.

Dados Internacionais de Catalogação na Publicação (CIP)
(Câmara Brasileira do Livro, SP, Brasil)

Iglesias, Allan Kardec
Férias em Praia Grande : eles tiveram um romance de verão, mas não esperavam quais seriam as consequências / Allan Kardec Iglesias, Karen Soares Iglesias. -- 1. ed. -- Praia Grande, SP : Ed. dos Autores, 2025.
    ISBN 978-65-01-79012-1
    1. Romance brasileiro I. Iglesias, Karen Soares. II. Título.

25-314985.0   CDD-B869.3

Índices para catálogo sistemático:
1. Romances : Literatura brasileira   B869.3
Aline Graziele Benitez - Bibliotecária - CRB-1/3129

Expediente

Autores:
Allan Kardec Iglesias
Karen Soares Iglesias

Ilustrações:
Helton Soares

Revisão de conteúdo:
Mônica Juliana Vieira

Projeto Gráfico e Diagramação:
Luciano Dias Galdino

**Leitores Beta
e contribuições com a história:**
Maria Eduarda Mendes Barbour
Gabriela Caldeira Feliciano
Andressa Mendes Soares
Bruno Bottiglieri Freitas Costa
Jaqueline Gercov Abbate
Marcelo Gercov Abbate
Augusto Cesar Estevam da Silva
Alex Campo Iglesias
Eduardo Campo Iglesias
Anibal Campo Iglesias Filho

Férias em
PRAIA GRANDE

Eles tiveram um romance de verão,
mas não esperavam quais seriam as consequências.

Allan Kardec Iglesias
Karen Soares Iglesias

Nota de agradecimento

Esta obra é dedicada às famílias Iglesias e Soares, em sua totalidade, mas com sensível destaque aqueles que nos formaram (Aníbal, Eli, Hilda Julia, Néia e Aníbal filho) e às crianças (Kardequinho, Andrézinho, Isabela, Arthur, Henry e Heitor), cujo espírito jovem nos impulsiona. Também aos milhares de praiagrandenses que, de certa forma, fazem parte desta história, seja pela simples existência neste solo, ou pelos feitos eternizados como os da família dos Sterques.

Especialmente, agradecemos aos apoiadores, patrocinadores e demais profissionais que colaboraram com a realização da obra; aos leitores beta que estiveram presentes no curso do desenvolvimento do texto; e à Dra. Maria Eduarda Mendes Barbour que fez a proeza de ler o livro mais vezes do que os autores antes do lançamento da obra, contribuindo sobremaneira com as revisões e produções.

Ao Eduardo Campo Iglesias, que inspirou a criação do Personagem Pedro a partir de sua sensibilidade e experiências com pessoas em vulnerabilidade.

Imperiosamente, agradecemos a você, que dedica-se à leitura desta história em tempos de grande desafio para a literatura e cultura.

66 A vida é o que fazemos dela. As viagens são os viajantes. O que vemos, não é o que vemos, senão o que somos. **99**

Fernando Pessoa *[Bernardo Soares]*
Obra "Desassossego".

Prefácio

Grata surpresa eu tive quando peguei para ler e comentar, a pedido do querido confrade Dr Allan Kardec Campo Iglesias em Parceria com Karen Soares Iglesias o original do romance Férias em Praia Grande. O escritor traz uma escrita fluente e rica em detalhes, envolvendo o leitor, a todo tempo, com informações precisas e escrita coerente. Um desafio para quem está escrevendo o seu primeiro romance! Allan não fica preso aos clichês deste tipo de obra. Pelo contrário, valoriza muito a narrativa com descrições minuciosas e surpreendentes, conduzindo de tal forma a imaginação do leitor, que por vezes, tem a impressão de estar assistindo uma cena e não lendo um texto.

A leveza que se apresenta no texto vai adquirido um peso da história que em alguns momentos deixa o leitor apreensivo e na torcida para que tudo chegue a um final feliz.

E aí é que a surpresa nos instiga em cada uma das 221 páginas de ótima leitura,

Férias em Praia Grande, narra o cenário de uma cidade que tem a praia em seu DNA.

O escritor soube explorar nas ondas de sua escritas as características da cidade e de seu povo, com ênfase para o conflito adolescente diante o desafio social.

Augusto Cesar Estevam da Silva
Escritor - Psicanalista Presidente da ALAPG
Academia de Letras e Artes de Praia Grande SP.

SUMÁRIO

CAPÍTULO

Prólogo

N aquele dia, Maria acordou com mais desconforto que o comum. O rádio da cabeceira da cama tocava Thank You da Dido e isso a reconfortava. Ela gostava dessa música porque combinava com dias nublados e chuvosos e despertava nela um sentimento de gratidão por ter um teto enquanto a água caía lá fora.

Quando se levantou, Maria sentiu-se tonta, mas apesar da vertigem, resolveu iniciar sua jornada. Caminhou a passos curtos até a cozinha, pegou no armário uma das poucas coisas que ainda tinha, o café. Ferveu a água na chaleira de sempre e despejou o conteúdo no coador, fazendo com que o aroma tomasse de assalto a pequena casa.

Quando levou a xícara de café para a sala, com intuito de acordar Pedro, viu que ele tinha saído. Não havia nenhuma mensagem, apenas as roupas de cama ainda bagunçadas sobre o sofá e o travesseiro que estava parte no chão e parte apoiado no sofá.

A mulher sentiu-se triste por não conseguir falar com ele antes de que saísse, mas aproveitou que não tinha colocado café na outra xícara, foi até a cozinha, pegou uma folha de papel da caderneta que ficava no canto da mesa, sentou-se na cadeira de ferro e começou a escrever de maneira irresoluta.

Sem perceber, uma hora havia se passado até que a única página estivesse totalmente preenchida com o manuscrito em letra cursiva. Ela dobrou o pedaço de papel em quatro e o colocou no bolso da calça.

Enquanto isso, Pedro, desde às seis horas da manhã, estava na frente da casa de Fábio, sentado na calçada, de bermuda, chinelo de dedo e com a camiseta da escola, esperando seu amigo que prometeu que mataria aula para andar de bicicleta com ele no calçadão.

Fábio também tinha 15 anos, mas parecia mais velho. Tinha marcas de briga no rosto e nos punhos, uma tatuagem em forma de carpa na canela da perna direita e algo escrito no braço. Pedro nunca conseguia ler o que estava escrito, porque a tatuagem era bastante mal feita mesmo.

Somente às seis e meia Fábio saiu de casa com uma bicicleta preta, no estilo pit bike, vestindo uma bermuda azul, chinelos e uma camiseta vermelha.

— Porque tá de camiseta da escola, trouxa? Não falei que íamos andar de bicicleta na praia hoje — disse Fábio ainda sem fechar o portão de ferro de sua casa.

— Ué, achou que eu ia falar para a minhã mãe que não iria para a escola? A velha me mata — anunciou Pedro sem demonstrar nenhum remorso.

Pedro achava que Fábio teria outra bicicleta para os dois poderem andar, mas teve que ir sentado no guidão curvado da bicicleta preta, revezando as pedaladas com seu amigo.

O amanhecer ainda estava estupendo. Quando eles chegaram na praia, faixas púrpuras, laranjas, amarelas e azuis se destacavam, como se o céu fosse feito por camadas e elas estivessem perfeitamente encaixadas umas nas outras.

Eles desceram o calçadão até a beira d'água e Fábio tirou do bolso um maço de Marlboro que continha alguns cigarros amassados, um isqueiro vermelho e um cigarro de maconha de pouco menos que uma grama.

— Vai querer dar um peguinha hoje? — ofereceu Fábio, já sabendo a resposta.

— Tô de boa.

— Beleza, só fica de olho aí para ver se não vem nenhum "guarda coco" atrasar meu lado.

A expressão "guarda coco" era a escolhida por Fábio e várias outras pessoas para se referirem à Guarda Civil Municipal-GCM, responsável pela segurança do município. Os guardas, evidentemente, não gostavam da pecha e não perdiam a oportunidade de dar uma sova nos que se aventuravam em chamá-los assim.

Assim que acabou de fumar, Fábio entregou o maço de cigarros para Pedro, tirou a camisa e foi dar um breve mergulho no mar. Pedro, que não fazia uso nem de tabaco, nem de maconha, colocou o maço no bolso e ficou apreensivo esperando Fábio voltar para passear pela orla.

Pedro estava desconfortável com aquilo. Apesar de saber que estava matando aula, não esperava que fosse ficar de vigia enquanto Fábio fumava, tão menos que teriam que dividir a mesma bicicleta no passeio inteiro. Mas prosseguiu.

De certa forma, aquilo era libertador. Apesar de pesadas, as pedaladas os levaram para bastante longe da escola, em um bairro chamado Caiçara. Como era sexta-feira, já em véspera de férias escolares, na orla, muitas garotas passeavam vestidas com mini *shorts*, de biquíni, ou mesmo de calça legging e camiseta dobrada, fazendo o formato de um top que marcava os seios. Algumas com celulares ou aparelhos MP3 em suas mãos, outras com copos de bebidas. Outras pessoas estavam somente de passagem para seu trabalho e aproveitavam para ir pela praia, talvez na esperança de que o percurso aliviasse um pouco a agrura que enfrentariam.

Os garotos não tiravam os olhos das meninas, apesar de todos os outros elementos na paisagem. No entanto, por motivos diferentes. Pedro estava encantado com as garotas vindas de São Paulo, as "patricinhas". Algumas com rostos angelicais e pele tão branca que certamente estariam queimadas no fim do dia.

Fábio focalizava nos aparelhos utilizados pelas pessoas que passavam. Especialmente se estivessem nas mãos das meninas.

— Sabe quando vou conseguir comprar um Sony Ericsson desses que toca música, igual o dessa patricinha loirinha aí? Nunca, irmão. Tô juntando latinha faz cinco meses e fui vender ontem. Devia ter uns dez quilos dessa droga. Era tanto saco preto que nem sabia que tinha esse espaço em casa. Uma catinga zoada. Sabe quanto ganhei com essa porra? Trinta e dois reais, irmão! Não dá nem pra entrada desse celular — Fábio disse isso olhando para o mar, quase com lágrimas de crocodilo nos olhos, mas no finalzinho de sua fala, olhou de canto de olho para o amigo e sorriu com certa malícia.

De verdade, dava para ver que isso incomodava muito ao Fábio, afinal, ele tinha três irmãos, seu pai trabalhava recolhendo lixo para uma cooperativa da cidade e, aliás, foi o genitor mesmo quem deu a ideia de juntar as latinhas. Sua mãe vivia fora de casa por conta do vício em crack e das ameaças de outros vizinhos. Fábio não tinha a menor chance. Bem, não pelas regras do mercado de consumo.

Pedro nem precisou insistir que agora era a vez dele de estar na garupa. Ao subirem na bicicleta, Fábio foi em direção a moça loira com o celular na mão e disse de maneira muito imperativa ao Pedro: — Quando chegar perto, puxa o celular dela rapidão!

Pedro nem pensou, tão logo passaram pela garota, ao nível de destreza quase ensaiado, ele enfiou a mão na altura do peito dela e puxou o celular no momento em que ela estava escolhendo a próxima música. Os fones desligaram do aparelho com a violência da tomada, fazendo com que a música que tocava nos fones passasse a ser reproduzida em bom som no aparelho. Tratava-se de Bon Jovi.

Na verdade, Pedro nem sabia exatamente o porquê havia feito aquilo. Sequer raciocinou se Fábio pediu aquilo porque conhecia a menina e queria brincar com ela, se falou porque achou que ele não iria fazer ou se era o que ele temia que fosse. E era.

— Ladrão! Ele roubou meu celular! — a garotinha gritou antes de iniciar um choro agudo que se ouvia de longe.

Não se raciocina muito em uma hora como essas. O pensamento costuma ser: — E se eu for pego? Por que fiz isso? Meu Deus, vão me reconhecer; minha mãe vai me matar.

Era tarde para arrependimentos e eles estavam em desabalada carreira no sentido de volta para a Vila Sônia. Cruzavam ruas, viravam na contramão e logo perceberam que estavam sendo seguidos por uma viatura da GCM.

— Vai cada um pra um lado! Me encontra lá em casa depois — Fábio disse demonstrando certa experiência desconhecida por Pedro.

Quando a bicicleta estava parando, Pedro pulou e correu para uma viela. Tirou a camiseta da escola, penteou o cabelo para o lado com as mãos e entrou no mercadinho assim que virou a rua.

Tão logo entrou, escutou as pessoas inflamando uma perseguição que acabara bem ali na frente. Ele sequer olhou para trás. Foi até o corredor das frutas e, tremendo muito, pegou uma sacola e começou a colocar maçãs, sem nem perceber quantas. Só parou quando a sacola estava cheia e uma senhora lhe perguntou se estava tudo bem. Ele sequer respondeu. Largou a sacola onde estava e andou para se juntar à multidão que assistia o bandido sendo preso em frente ao mercadinho. Ele se aproximou o suficiente para ver entre as frestas das pessoas, mas não ousou ir até a frente.

— Cadê o outro ladrão, neguinho? — dizia o guarda com os braços cruzados, curvando-se ao máximo, até estar com o rosto muito próximo ao de Fábio, que sangrava pelo supercílio.

— Eu tava sozinho, sinhô — disse Fábio olhando Pedro por entre as pessoas, como quem ensina uma lição valiosa.

Pedro não foi para a escola. Nem para casa. Ficou um tempo muito grande sentado na grama de uma praça, pensando se deveria avisar a família de Fábio, se procurava encontrar sua vítima para se desculpar — e apenas isso, já que não conseguiria devolver o celular — ou se corria para sua mãe, para contar o que aconteceu e advertir de antemão que não era culpado. Eram todas decisões difíceis de colocar em prática. Não fez nenhuma. Esperou dar o horário que costumava voltar da escola.

Sem a bicicleta, seria uma longa caminhada até em casa. Ele foi pela praia para não se perder. Na maior parte do tempo, foi olhando para o mar, para os quiosques e para o formato do revestimento do calçadão. Ele só queria não pensar nas consequências que poderia ter que enfrentar quando chegasse em casa. Possivelmente as vizinhas já teriam tido notícias de Fábio, portanto dele, logo as faladeiras já teriam contactado sua mãe. A possibilidade de que fosse reconhecido por alguém durante a caminhada nem lhe ocorreu.

Ainda antes de virar na rua de casa, luzes piscantes azuis, vermelhas e brancas anunciavam que uma viatura estava em sua rua.

— "E se estiver em frente da minha casa? E se já estiverem lá para me prender? Como vou explicar isso para minha mãe?"

Ele esgueirou-se no muro da esquina e foi pouco a pouco ganhando visão de sua rua. Os policiais poderiam estar esperando ele aparecer, portanto, era necessário cautela para ver se a viatura estava na sua casa.

— *Bem, se me virem, acho que ainda consigo correr até o lixão e despistar eles lá dentro*.

Seria a segunda fuga de hoje. Mais do que o bastante para alguém como ele.

Ao atingir o ângulo ideal, pôde perceber que a viatura estava exatamente em frente da sua casa. Mas não se tratava de uma viatura policial e sim de uma ambulância. Ainda sem perceber bem o que se passava, esfregou os olhos para tentar ver quem estava sendo colocado para dentro da ambulância na maca. Era Maria, sua querida mãe. Suas mãos estavam colocadas sob o peito, cruzadas, o pescoço estava imobilizado com os aparatos médicos e não havia nenhum movimento relevante em seu corpo.

Pedro precisou de alguns segundos para notar que a ambulância estava sendo fechada e que o motorista estava partindo com a pressa habitual de um resgate. Ele, portanto, correu. Seus pés quase nem tocavam o chão. Nem se tivesse que fugir da CGM a pé teria conseguido correr com aquela performance olímpica. Tudo em vão. Ao tempo da corrida, o experiente motorista já tinha feito as manobras necessárias e deu a partida como se estivesse em uma corrida, sumindo de vista tão logo dobrou a esquina.

— Mãaaaae! — as palavras quase não tiveram som e foram acompanhadas de uma expressão de desolamento que ornava bem com seus olhos de um cinza absoluto.

Lágrimas.

O rosto de Pedro traduzia todo o seu dia. Nenhuma palavra era necessária. Até porque, fugindo do habitual, não havia ninguém na rua para recepcionar a viatura ou lhe apresentar palavras de conforto, ou mesmo a explicação do que poderia ter acontecido.

Como não sabia em qual hospital ir, ou mesmo como chegar, Pedro entrou em casa e foi para o quarto, pegou na mesinha o terço de sua mãe, acendeu um par de velas e colocou na prateleira próximo da janela, perigosamente próximo da cortina de pano, e começou a rezar todas as poucas rezas que conhecia. Algumas incompletas, algumas disformes.

— Pai nosso que estais no céu, santificado seja o vosso nome, assim na Terra como no Céu... é, digo, venha nós ao vosso reino, amém... Ave Maria cheia das graças, o Senhor é conforto... digo, convosco — e continuou de maneira ininterrupta.

No portão, um chamado já cansado.

— Peeedro!

Josefa, a vizinha mal-humorada, chamou Pedro pela primeira vez, parecendo que já tinha feito por centenas de outras vezes. O menino atravessou a pequena casa rapidamente. Ele precisava muito falar com alguém e não perderia a oportunidade. Josefa já até tinha dado as costas para o portão, desistindo poucos segundos depois da única chamada que fez.

— Dona Josefa, eu estou aqui — disse sem fôlego, mas com a voz ainda embargada.

— Vem cá menino, preciso te falar — disse-lhe, ignorando os ares de choro do garoto.

Pedro se aproximou do portão.

— A Maria foi pro hospital. Certeza que ela está no Hospital Irmã Dulce no Boqueirão, porque eles levam para lá mesmo. Pega o ônibus número trinta e três e desce lá na frente. Ela me deve. Se acontecer alguma coisa com ela, quem deve é você — era um aviso, uma ameaça e também um alento.

Muitas informações para serem processadas. Ainda assim, a informação mais importante era o local onde poderia estar sua mãe. Por isso agradeceu a mensagem e ignorou o conteúdo sobre o empréstimo. Por outro lado, Josefa ignorou o agradecimento. Estavam quites.

O adolescente sabia que se caçasse cada uma das raras moedas que encontrasse em casa, não seria suficiente para pagar a passagem. Portanto, correu até a vendinha do velho Chico e implorou para que ele lhe desse um ticket de ingresso no ônibus. Não foi difícil convencer Chico, que nutria grande apreço por Maria. Pedro nem conseguia emular o sentimento de gratidão naquele momento, então virou-se assim que pegou o ticket e correu para o ponto de ônibus.

Um ônibus não costuma estar próximo quando precisamos dele. Esse não foi um caso excepcional. Assim, Pedro iniciou uma jornada estagnada. Apesar de poucos minutos terem passado, o menino sentia que tinha perdido horas e que poderia ser tarde quando finalmente chegasse ao seu destino.

Passa o nove-três-quatro, passa o dezessete, passa até novecentos e onze, que nunca passa quando se precisa dele, mas nada da linha de ônibus que se necessitava naquele momento.

Finalmente, lá ao fundo, a inconfundível placa verde anuncia o trinta e três que se aproximava em velocidade de cruzeiro. O ônibus chega cada vez mais perto e logo fica claro que ele não pretende parar. Os motoristas fazem muito isso por lá.

Sem pensar muito a respeito, Pedro se atira ao meio da avenida, fazendo movimentos de cruzar os braços no alto, para que o motorista o visse. E o viu. O grande trambolhão se aproxima freando e sacudindo, como se a máquina fosse se desfazer em algum momento. Balança a moça que amamenta o bebê colada na janela e o velho bêbado sentado na escada e só não balança mais, porque a quantidade de gente dentro do ônibus estagna a todos.

— Você quer morrer, moleque?! Eu devia passar por cima de você — o motorista só abriu a porta para dizer isso, mas foi o tempo necessário para que Pedro explicasse que precisava ver sua mãe no hospital com urgência.

— Entra logo, moleque, disse ele.

A grande tarefa agora seria chegar ao fundo do ônibus para sair no ponto certo. Pedro tinha a impressão de que era impossível encaixar mais qualquer pessoa que fosse naquela lata de metal e passou a entender a razão de o motorista não querer parar. Sentiu-se uma sardinha. Mesmo assim, aos sacolejos, se embrenhou entre as pessoas até o fim do ônibus e conseguiu ficar perto da porta.

— Moça, sabe qual é o ponto mais próximo do Hospital Irmã Dulce? — perguntou para três moças que ocupavam os bancos do fundo, esperando uma resposta de qualquer delas.

— O próximo, meu filho, o próximo — a do meio respondeu.

Ele puxou o sinal e desceu em frente ao hospital. A grande porta de vidro, bastante iluminada por dentro, evidenciava a entrada. Por ser o único hospital público da cidade, o Irmã Dulce está sempre cheio. As sirenes das ambulâncias chegando às pressas é a música que ambienta o local. Ninguém parece dar a mínima para as urgências cotidianas. A velha recepcionista sequer olha para Pedro quando lhe pergunta:

— Já pegou a senha?

— Não, eu só queria ver minha mãe, senhora. Com quem eu falo? — verbalizou Pedro, na esperança de encontrar empatia.

— Sem senha, sem atendimento. Senha P412, por favor — interrompeu a recepcionista sem qualquer remorso.

Ao se dirigir para a máquina de senhas e colher o número P478, uma enfermeira notou sua presença e a peculiaridade de o adolescente estar sozinho naquele lugar hostil.

— Está perdido, meu filho? — ela disse com a doçura de quem já o conhecia.

— Na verdade sim, eu queria ver minha mãe. Ela foi trazida de ambulância há uma hora e meia — suplicou ele.

— Como ela se chama?

— Maria dos Santos.

— É um nome bastante comum. Bem, vamos ver o que podemos fazer. Meu nome é Sarah, se eu demorar, peça para falar comigo.

Enfim, alguma empatia.

Pedro aguardou uns vinte minutos, até se levantar para pedir que a chamasse, mas logo viu ela se aproximando pelo corredor central, com várias fichas médicas na mão e uma expressão bem menos doce no rosto.

— Bem, Pedro, eu acho que a encontrei. Como ela é?

— Ela é gordinha, escurinha e tem os cabelos meio grisalhos.

— Entendo. E onde está o restante da sua família? — ela disse em um tom preocupado.

— Não temos mais ninguém. Sou eu e minha mãe desde que me entendo por gente.

— Entendo. Espere aqui por mais um momento, tudo bem?

Pedro achou que, na verdade, ela não entendia de nada. Mas sabia que não havia muito o que fazer, senão aguardar naquele saguão branco, cujas pessoas entravam e saiam inopinadamente.

Seu estômago já estava arranhando de tanta fome. Não havia tomado café, porque saiu mais cedo de casa, não lanchou na escola, porque sequer foi para lá. Não tinha almoçado e também não tinha percebido a fome até agora, mas ela estava lá como uma antiga amiga que voltaria a visitá-lo.

Pedro nunca tinha percebido a fome até esse instante. Maria sempre se encarregou de fazer com que tudo parecesse bem. Quando não havia mistura — e foram tantas vezes — ela fazia uma sopa de fubá, buscava um pouco de suprimentos depois da xepa da feira e incrementava. Colocava a parte de cima do arroz para ele e mentia dizendo que gostava da parte que estava grudada na panela.

— Somos ricos e ricos comem de pouquinho — ela dizia. O garoto só passou fome quando era muito pequeno, mas não se lembrava disso.

A fome atrapalha o pensamento e foi por isso que Pedro não entendeu quando a enfermeira Sarah disse que Maria estava em um lugar melhor, apesar da ternura com que foi dito.

Um momento de silêncio. Os olhares voltam a se cruzar. Tudo foi entendido.

Pedro começou a chorar copiosamente e foi levado por Sarah até uma sala de atendimento, que deveria estar ocupada por um médico, mas que estava vaga.

— Deite-se aqui nessa maca. Vai ficar tudo bem. Você parece ser forte. Vai ficar tudo bem — ela parecia querer convencer a si própria. Entregou uma barra de chocolate para o garoto, que só parou de chorar para comer.

— Espere aqui, por favor — disse ela.

Ao sair, Sarah deixou a porta entreaberta e foi possível escutar os outros enfermeiros conversando.

— Hora do óbito: dezenove e trinta. Cravado! Essa mulher era pontual — disse um enfermeiro rindo.

— Se a Sarah fosse tão pontual como a gordinha, ela não tinha tantos descontos na folha de pagamento, haha — respondeu o outro.

— Ei, soube que ela deixou um adolescente. Acho que ele tá sem família agora, sabe o procedimento? — perguntou o primeiro enfermeiro em tom de interesse.

— Bem, até onde sei é chamar o Conselho Tutelar. Eles devem levar o menino para morar no abrigo até alguém adotar. Algo assim. Gente pobre dá trabalho até quando morre — disse o final em tom irônico.

Morar no abrigo? Pedro tinha uma casa e podia cuidar dela. E, aliás, nem tinha conseguido pensar no luto pela perda de sua mãe. Aquilo tudo era um absurdo e ele não ficaria ali mais nem um minuto. Assim que os enfermeiros entraram na porta que estava em posição oblíqua, Pedro foi até o corredor. Olhou para os lados e sentiu que era seguro seguir as faixas que indicavam a saída. Mas logo foi alcançado por Sarah e começou a chorar tão logo ela segurou em seus ombros.

— Eu não quero morar num abrigo. Quero ver minha mãe! — argumentou Pedro em tom quase infantil.

— Eu sei, meu querido. Você precisa ser forte agora. E tenho algo para você. Algo que sua mãe queria que você visse — ela tirou um papel branco, dobrado em quatro, do bolso de trás de sua calça jeans e colocou nas mãos de Pedro.

— Quero que você leia essa carta só quando chegar em casa, tudo bem?

Pedro assentiu com a cabeça, colocou a carta no bolso e se dirigiu para a porta, ainda desconfiado. Ao sair, iniciou a penosa caminhada até sua residência.

Querido Pedro,

Há muito tenho tido a impressão de que não vou ter a oportunidade de vê-lo crescer como eu gostaria. Já não consigo caminhar ou fazer as tarefas de casa sem sentir fortes dores. Por isso te escrevo agora, ainda lúcida. Ainda com vontade de viver.

Te escrevo, sobretudo, porque há algo que você precisa tomar conhecimento. Algo que escondi de você nos últimos 15 anos. Mas escondi por amor.

Há 15 anos, quando ainda morava na rua e catava latinhas, papelão e toda a sorte de coisas que achasse pela frente, encontrei um tesouro abandonado. A coisa mais valiosa que poderia ter aparecido na minha frente em cima de uma lixeira grande, ao lado de um antigo restaurante de ricos chamado Boi Bão só com uma mantinha e um chaveiro em formato de octógono. Esse foi o dia em que encontrei você e o dia em que me tornei sua mãe.

Nunca tive coragem de lhe contar a verdade, com medo de que você sentisse vontade de procurar sua mãe biológica e me abandonasse. Mas hoje vejo que foi tudo um erro. Apesar de meu amor incondicional por você, era importante que você tivesse tido a oportunidade de escolher buscá-la.

Por isso devo dizer que passei os últimos anos buscando pistas de quem ela seria e hoje tenho convicção de quem possa ser. Você tem os olhos dela.

O resultado de minha pesquisa encontra-se no quarto, embaixo da madeira solta da minha parte do armário.

Quando a encontrar, perdoe-a.

Com amor, sua eterna mãe.

~~~~~~~~~~~~~~~~~~~~~~

O conteúdo da carta rasgou o coração de Pedro, que já não conseguia mais diferenciar a dor da perda daquela que passou a sentir pela revelação descoberta. Por alguns instantes, pensamentos intrusivos invadiram sua mente, criando uma grande confusão em seus sentimentos: — "Pare de chorar por ela, ela sempre mentiu para você; olha só, perdi minha única família, não tenho mais motivo para estar vivo; eu deveria ir atrás dessa desgraçada e matá-la!"

Sem perceber, sua boca passou a ter gosto de mar. Seu rosto estava coberto de lágrimas que já não sabia de onde saíam. Tudo isso foi abruptamente interrompido por um clarão que passou a aumentar aos poucos pela fresta do quarto.

Poucos segundos se passaram até que a fumaça e o cheiro de madeira queimada deixaram indubitável o que tinha acontecido. As velas próximas das cortinas iniciaram um incêndio na casa e os livros velhos provavelmente foram o combustível para o aumento repentino de todo aquele fogo.

Não! A pesquisa!! Tenho que atravessar o fogo para pegá-la — dessa vez não foi apenas intrusivo. Pedro de fato atravessou a porta e só então descobriu que as calorias jamais o deixariam avançar um passo sequer do limite em que estava.

Agora tudo estava perdido. Pedro andou devagar para fora de casa, desistindo de seu lar, de sua mãe e de sua história. A contrassenso, sentou-se na calçada do outro lado da rua e assistiu ao fogo consumir cada aspecto do que conhecia como lar. Pegou no bolso o cigarro — seu primeiro cigarro — e acendeu com o isqueiro que estava com o maço.

Nem mesmo as pessoas que corriam com baldes d'água, ou os bombeiros que chegaram depois, perceberam que o garoto sujo, que estava do outro lado da rua, era a única vítima do incidente e que as chamas também consumiram sua única chance de não ser indigente.

O cigarro queimava como a casa... como Maria... como ele.

Mapa de Praia Grande

Nem todo mapa leva a um tesouro. Há lugares que contam histórias melhor do que as pessoas. Há cenários que são marcados por lembranças, paixões e segredos além mar. Na Praia Grande de outro tempo, entre ruas, pontes e encontros, um verão se desenha, e dele nada voltará a ser igual. Dessa forma, convidamos você a reviver cada passo, cada ponto, cada onda, porque certas histórias só fazem sentido quando a gente caminha por elas.

2

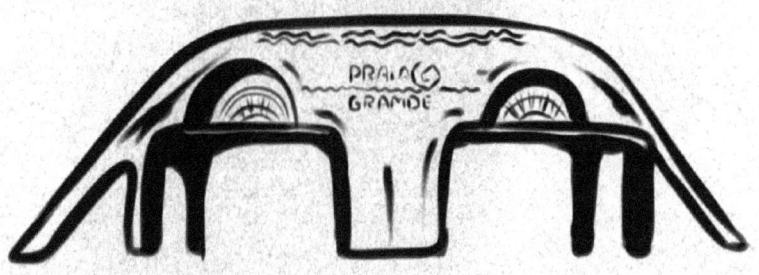

O início do verão

Sol, Surf, Skate e Passarinhos

L ígia Sinclair acordou cedo naquele primeiro dia de dezembro
de 1994. O dia parecia especialmente belo, não só pelo céu de
um azul heterogêneo, pelo barulho dos pássaros que cantaro-
lavam próximo da janela, ou mesmo pelo aroma de café que transbor-
dava o quarto, vindo da antiga chaleira francesa de sua mãe, mas pelo
ardor de um novo verão, que significava férias escolares e uma nova
temporada de *surf* na praia do Boqueirão.

Naquela época, Praia Grande era uma cidade de desenvolvimento
urbano embrionário. A paisagem da cidade litorânea do estado de São
Paulo mudara muito após os anos 2000. As ruas ainda eram repletas de
casas de muros baixos, de veículos nacionais, oriundos de uma antiga
política que dificultava o ingresso de fábricas internacionais no Brasil,
de ruas pavimentadas por paralelepípedos e cascalhos. A orla da praia
havia acabado de ganhar um grande calçadão, com pequenos jardins,
muitos coqueiros e uma larga ciclovia, que cobria os pouco mais de
vinte e dois quilômetros da grande praia, separando a faixa de areia
das casas e prédios na Avenida Castelo Branco.

Para uma jovem de dezesseis anos na década de noventa, as possibilidades eram limitadas. Durante os dias, alternadamente de manhã
ou de tarde, turnos escolares do último ano do colegial ocupariam seu
tempo. O período livre era gasto em atividades na rua, tais como futebol,
jogo do taco, pipas, carrinhos de rolimã e, o que Lígia mais gostava, o
surf em alguns pontos da praia. O período noturno podia ser ocupado
em lugares como a Big Pointer, no bairro do Boqueirão, onde a turma
se encontrava para as mais diversas atividades, já que o espaço contava
com uma considerável pista de skate, apresentações de bandas, eventos
esportivos com a presença de esportistas famosos; em luais na areia da
praia, geralmente com jovens tocando violão, esquentando coisas na
brasa de uma fogueira improvisada e bebendo refrigerante batizado;
ou em bares como o Travessia, que ficava no bairro Tupy, Passarinhos,
no bairro Canto do Forte ou mesmo no Posto Dois, sentados na mureta
da praia. Nossa protagonista amava todas essas opções.

O cheiro do café ainda fazia tremular os sentidos de Lígia que, deitada, afagava preguiçosamente o ursinho de pelúcia que ganhou do seu
amigo Rafael na semana anterior. A pelúcia trazia um coração bordado
em relevo em cada uma das solas de suas patinhas traseiras e a letra
"R" bordada bem no meio do peito. Ela escutou o chamado abafado de
sua mãe, que parecia estar gritando pela terceira vez para que ela fosse
tomar o café da manhã já servido na mesa redonda de madeira que

ocupava um espaço desnecessário da cozinha americana.

— Já vou mãe! Será que vou ter uma manhã de paz na minha vida e acordar sem você estar gritando?

Lígia balbuciou a segunda parte da frase em tom inaudível para que seus pais não escutassem. Afinal, isso poderia configurar uma sentença de não mais fazer suas aguardadas atividades de verão. Antes de levantar, posicionou o ursinho no criado mudo, ao lado de uma foto que tinha com os amigos na praia.

— Uma garota da sua idade já deveria estar de pé há horas. Se fosse um soldado do meu quartel, já teria sido acordada às cinco horas da manhã pelo toque de corneta e estaria marchando rumo ao rancho, para tomar café com os companheiros. Agradeça pela vida fácil que tem, menina — disse o pai, enquanto Lígia se deslocava pelo corredor e se encaixava na mesa apertada.

— Graças a Deus, não preciso passar por isso, né pai? Imagine só, ser conduzida por clarinetes e cornetas. Gosto de minha pouca autonomia.

Um assunto polêmico entre Lígia e Marcos, seu pai, era o modo de vida militar que ele levava. Marcos sempre queria impor a Lígia um comportamento ortodoxo e castrense, o que contrastava com o atual estilo de vida dela.

A garota era fascinada por skate e *surf*. Especialmente por *surf*. Colecionava todas as edições das revistas Fluir e Surfar e cobria seu quarto com posters do Kelly Slater e do Tony Hawk, seus ídolos. Seus cabelos loiros queimados pelo sol não a deixavam esconder seu hábito de frequentar a praia para *surf*ar sempre que possível.

Nada disso agradava a seu pai. Especialmente o fato que Lígia quase não andava com garotas. Seu círculo de amizades se baseava em Rafael, seu fiel escudeiro e amigo desde os tempos do ensino primário; Pedro, também conhecido como Peter Pan, por sua feição infantil e pelo notável pesar em fazer aniversários; e Victor, que era um excepcional skatista, mas absolutamente inábil em qualquer outra coisa.

O café ainda não havia esfriado na xícara de Lígia, quando a campainha de sua casa tocou, acompanhada do grito de Rafael.

— Gigi! Hoje está batendo um metrinho com terral — isso significava que seria um bom dia de *surf* para eles.

Rafael carregava as duas pranchas em sua bicicleta. Uma cor de parede simples, mas que lhe permitia uma aerodinâmica incrível das ondas mais cavadas e outra com caveiras rosas que sempre levava para Lígia.

— Você não se atreva a sair dessa cadeira. Um garoto mal-educado desses não será atendido até que seja o momento correto, ou seja, após seu café da manhã — exclamou Marcos, quase sem tirar os olhos do jornal que lia.

— E até lá o Rafa fica parado esperando, sem saber se vou sair ou não? — disse Lígia, que foi prontamente advertida por sua mãe.

— Não responda a seu pai. Eu mesma vou lá pedir para o Rafael esperar. Assim, já aproveito para perguntar sobre a saúde de sua avó.

Marcos aproveitou a saída de Virgínia para se voltar para Lígia e prolongar um pouco sua agonia em querer comer rápido para sair, discursando sobre os perigos do mar.

— Sabe filha, o meu amigo Ricardo, que é guarda vidas no Posto Dois, me disse ontem de noite que outro turista se afogou na praia da Viação. Dá para acreditar? A temporada mal começou e dois turistas já sofreram acidentes aqui. Ele disse que os bancos de areia naquele lugar não são confiáveis como os do restante da praia, portanto, não quero você *surf*ando naquela região. Sei que é a melhor nadadora que já vi, mas isso pode não ser suficiente. E nem pense em dizer que esses seus amiguinhos vão te ajudar, porque na hora da dificuldade, nenhum deles vai ser amigo seu.

Lígia já estava farta do discurso matutino, mas sabia que deveria acompanhá-lo com certa feição de interesse e, quase de maneira ensaiada e teatral, aproveitou-se para levantar sorrateiramente quando o discurso acabou, informando que não tinha interesse em *surf*ar naquela localidade. Foi conduzindo a xícara quase vazia para a pia e terminando de mastigar o pequeno pedaço de pão que restou. Falava e se distanciava, enquanto sua fala terminava.

Ao pegar seus pertences para sair, Lígia esgueirou uma velha pulseira hippie em seu bolso. O artefato precisava estar escondido, porque Marcos o associava com drogas e Virgínia com religiões de origem africana. Ambos não tinham lugar naquela casa.

Apesar de ser uma pulseira, Lígia a utilizava em seu tornozelo, porque acreditava que seria um adereço de destaque enquanto *surfa*va e, se um olheiro de *surf*istas famosos a visse, poderia reconhecê-la com facilidade. Além disso, ao contrário de sua mãe, ela nutria uma profunda admiração pela cultura africana, pois se encantava com seus badulaques coloridos, os ritmos pulsantes de suas músicas e a força espiritual de suas religiões.

Rafael ainda conversava com a mãe de Lígia, enquanto ela pegava a bicicleta e passava pelo portão rangente.

— Que bom que sua avó está bem. Diga a ela que a espero na próxima missa. Ela já faltou em duas missas, por isso minha preocupação.

Ah, e cuide bem da Lígia, quando vocês crescerem, quero que ela se case com você.

— Mãe! Para de falar essas coisas para o Rafa. Ele vai parar de vir aqui em casa — disse Lígia.

Rafael corou com a fala de Virgínia. Em verdade, ele admirava secretamente Lígia e a fala de sua mãe o atingiu como um raio.

— Você vem, ou não? — disse Lígia já adiantada no caminho.

Os amigos pedalaram pela longa ciclovia que ladeava o calçadão da praia, até chegarem ao monumento de um barco, no bairro da Guilhermina, onde desceram a rua até o número noventa e seis. Era o prédio onde morava Pedro.

— Vamos, Peter! Você disse que esperaria no portão. Pare de nos atrasar — exclamou Rafael, com um tom que não costumava usar longe de Lígia.

Pedro morava no térreo e, por isso, não tinha dificuldade de escutar os brados de Rafael no portão. Suas maçãs do rosto se avermelharam ao olhar para sua mãe e proferir a súplica atrasada.

— O Rafael e a Gigi vieram para me levar para a praia. Hoje é dia de aprender a *surf*ar. Eles são bons nisso e sabem nadar. Me deixe ir, por favor?

— É tia, deixe ele ir conosco. Vai ser legal — bradou Rafael, quase invadindo a janela por entre as grades.

— Ora, garotos, isso lá é jeito de planejar as coisas? Você deveria ter pedido antes para seu pai. E, bem. Você sabe que o mar é perigoso e que leva embora os displicentes, como fez com seu primo Everton. Você só irá se for para ficar na areia.

A mãe de Pedro tinha seus motivos para temer a água. Assistiu em primeira mão sua irmã perder o único filho em um afogamento. Não no mar, mas em uma piscina de clube. Bem, para ela era o mesmo e um trauma desses não se desfaria com a notícia de que Rafael era bom nadador.

Com a promessa solene de que Pedro ficaria somente na areia, os três amigos puderam se deslocar para a praia do Canto do Forte. Ao chegar, fincaram as pranchas na areia fofa e tomaram assento na mureta do calçadão, para iniciar o tradicional ritual de contemplação do mar, antes de uma bateria de ondas.

Dali se via o infinito. O mar estava calmo, mas inquieto, como se guardasse segredos sob sua superfície. Eles podiam passar horas contemplando a vista e imaginando como as antigas caravelas teriam atracado nas proximidades. Mas Rafael achou por bem romper o silêncio não combinado.

— Sabe, olhando a imensidão desse mar fico pensando nas primeiras pessoas que chegaram aqui no Brasil, trazidas por essas mesmas águas, e as demais que já entraram aí... que pisaram essas areias, respiraram fundo e entraram nas sagradas águas de Netuno... mergulharam de uma vez só, ou devagarinho?..., rindo, chorando, buscando algo? Milhões de histórias dissolvidas na mesma espuma. E mesmo que nunca vejamos os rostos de todas essas pessoas, nos conectamos a elas pelos gestos compartilhados de nos entregar ao oceano. Somos parte de uma mesma corrente invisível, uma comunidade ancestral que reconhece no mar algo sagrado, que entende que ali, no balanço das águas, há um lugar onde o tempo se desfaz e a alma se amplia... estar no mar é como estar num ritual que anula o tempo, as gerações, as culturas, as línguas... E daqui a uns anos nossos filhos que estarão mergulhando nesse mesmo mar, mas, será que serão essas as mesmas águas que nos banham hoje que irão banhá-los?...

Lígia e Pedro se entreolharam como quem escuta uma piada interna, quase como se puxasse um gatilho para cair na gargalhada ao mesmo tempo. E caíram.

— Caramba, Rafael, você precisa parar de tomar essas coisas. Já não está falando coisa com coisa — disse Lígia para provocá-lo.

Antes mesmo de terminar de sorrir, Lígia se entreteve com uma placa pendurada em um quiosque, com os dizeres: "PRECISA-SE DE AJUDANTE NA LOJA DE ALUGUEL DE PRANCHAS!".

Outra vantagem aguardada das férias de fim de ano, era a possibilidade de uma jovem estudante ganhar dinheiro extra em subtrabalhos sazonais, como ajudante em carrinho de praia, garçonete de quiosques, vendedor ambulante e ajudante em outros comércios. Era a primeira vez que abria vaga na loja de aluguel de pranchas do Clayton — a única da cidade. Essa possibilidade de trabalhar lá preencheu a mente de Lígia, que já tinha até esquecido da conversa com os meninos.

Normalmente, a excitação seria pela possibilidade de renda extra, já que sua casa era sustentada pelo seu pai, que era sargento do Exército Brasileiro, e, após tantos empréstimos, mal tinha condições de pagar o aluguel de onde ele chamava de "zona boa de Praia Grande", ou seja, não tinha dinheiro para as vontades adolescentes de Lígia. No entanto, neste verão, ela poderia ter a possibilidade de trabalhar com algo que realmente gostava. O *surf*.

Além disso, outra temporada como ajudante no carrinho de praia do Velho Zé iria matá-la. No último verão ela ficou cheirando a óleo de fritar pastel e a protetor solar vencido até o fim do Carnaval.

— Ei Rafael, você tem o número da loja de pranchas do Clayton?

— Eu nem sabia que o Clayton tinha telefone — respondeu Rafael ainda irritado por Lígia não ter prestado atenção em seu discurso sobre o mar — além do que, é só você ir até ele ali na areia. É logo ali.

— Pois é o que farei — disse Lígia já se levantando.

Lígia caminhou pela areia quente, sem desprender os olhos das pranchas deitadas no chão, tentando identificar Clayton entre as pessoas que estavam pela proximidade. Ela nem percebeu a criança que lhe estendia a mão e pedia alguns trocados para comer. Não, nada poderia desvirtuá-la de sua missão. Sua determinação cresceu ainda mais no caminho, já que lembrou do Zé lhe dando uma bronca pela porção de batatas fritas que derrubou enquanto levava para o cliente na praia cheia. Não passaria por isso de novo.

Ela já estava bem próxima quando identificou Clayton junto das pranchas. Também não demorou para que ele a reconhecesse e a cumprimentasse.

— Ei Gigi, está perdida por aqui?

Gigi? Ela não tinha muita proximidade com ele; mas é que Clayton conhecia bem o pai de Lígia. Foi ele quem permitiu algumas pescas de Clayton nas praias escondidas da Fortaleza de Itaipu. Fato que Clayton nunca esqueceu, embora fizesse uns dez anos.

— Não estou perdida. Na verdade, vim para preencher a vaga de ajudante, se não houver problema — disse Lígia em tom esperançoso e quase infantil.

— Bem, Gigi, sabe o que é? Preciso de alguém que não só tenha condições de ajudar a controlar as pranchas, mas alguém que tenha condições físicas para ir até o mar, ajudar os aventureiros que mentem sobre suas habilidades para alugar a prancha e os que simplesmente as abandonam no mar. É o que mais tem nessa temporada. E acredito que uma menina como você não vá conseguir fazer isso. Mas te chamo assim que o comércio expandir o suficiente para ter uma secretária, combinado?

Enquanto Lígia tentava convencer Clayton de suas habilidades, Pedro tentava convencer Rafael de que tinha condições de usar a prancha da Lígia para *surf*ar enquanto ela não estava. E conseguiu.

— Está bem Peter, a Gigi não vai entrar agora mesmo. Vai nessas ondas flat, que vou vendo você daqui. Se precisar de algo, dá um grito bem forte.

Pedro não entendeu bem a provocação de Rafael, mas pegou a prancha e correu para o mar, mesmo sem nunca ter *surf*ado. Talvez, se impressionasse os amigos, eles poderiam chegar com uma história legal para que sua mãe começasse a ser mais permissiva com suas aventuras. Era sua chance.

O primeiro encontro da água gelada em suas pernas fez a excitação diminuir e, lá no fundo, passou a questionar a qualidade de seu plano. Mesmo assim, tornou a avançar sob as ondas, cada vez mais agitadas. O mar não faria vista grossa para ele. O pequeno Peter já era apenas um ponto na vista de quem estava na praia e não demorou para as pessoas verem suas mãos se debatendo já longe da prancha de caveiras rosa.

Enquanto Lígia contava sobre uma competição de natação que ganhara no ano passado, viu Clayton apontar para o mar e gritar.

— Viu? Tem sempre um turista tentando se matar nessa praia. É sobre isso que estou falando, menina!

— Espere. Essa é a prancha que o Rafael trouxe para mim! Oh não, Peter!

Lígia correu antes que qualquer pessoa tivesse a iniciativa de resgatar Pedro. Seu fôlego ainda estava bom quando tocou na água. Agora faltava a natação neste biathlon mortal a que foi compulsada a participar. A menina agitou seus braços como nunca, as ondas tentavam empurrá-la de volta, puxá-la para baixo, mas ela golpeava cada uma com os braços abertos, com a determinação de quem não aceitava perder, até ver os braços de Pedro que já havia se cansado de se debater. O grito das pessoas, o barulho do vento, os passos na areia, tudo ficou distante e abafado pela sinfonia submersa do mar. A única coisa que importava agora era Pedro, e ele estava afundando. De repente, os braços dele surgiram brevemente entre as ondas, como um último pedido de socorro lançado ao céu. Ligia nadou cortando a água com todo seu impulso até conseguir alcançá-lo.

Entregue ao peso do próprio corpo e da corrente, Pedro não se debatia mais, flutuava mole, vencido. Ligia o segurou e o puxou para si, com um braço o sustentava, com o outro nadava e mesmo com as ondas quebrando sobre eles, ela não desistiu.

Quando atingiram a faixa de areia, já tinha se acumulado uma pequena multidão para aguardá-los. Lígia sentiu pela primeira vez em sua vida, e não seria a última, que uma vida fora poupada em razão de uma escolha sua. Os olhares denunciavam sentimentos que variavam entre preocupação, orgulho, inveja e surpresa. Esse último olhar vinha de Clayton, que viu contrariada sua expectativa sobre a menina magrela. O homem aproximou-se de Lígia e ergueu sua mão, como quem declara o vencedor de uma esperada luta de boxe, e lhe disse ao pé do ouvido:

— Segunda-feira, às sete horas da manhã. Sem atraso.

O sorriso explodiu no rosto de Lígia. Ela ainda nem tinha parado para pensar em como explicaria aos seus pais sobre as peripécias que teve de fazer para conseguir o emprego.

Logo se lembrou de Rafa, como ele podia ter deixado Pedro entrar no mar com a sua prancha? Buscava por Rafael em meio a multidão que a ovacionava, quando um jovem de cabelos castanhos escuros, penteados para o lado, de pele branca a ponto de denunciar sua falta de habitualidade com a praia, se destacou naquela confusão. O jovem, com sorriso constrangido, aproximou-se, já com a mão estendida, e a cumprimentou:

— Oi, meu nome é Adriano...

Adriano

O sol nascia por entre os prédios na Zona Oeste de São Paulo e, da janela do quarto de Adriano, no Itaim Bibi, podia-se ver os primeiros raios atravessando a cidade e atingindo o impecável vidro da janela, polido por mais de uma vez pela diarista da casa.

Adriano estava especialmente animado naquela manhã. O nascer do sol era o prelúdio de suas aguardadas férias de verão na Baixada Santista. No ano passado, seus pais haviam escolhido a cidade do Guarujá. Mas nesse ano havia a promessa de um novo lugar, mais tranquilo e mais propenso ao que definiu ser seu hobby de verão: o *surf*.

Nas férias passadas, o Darick, seu primo, tinha arriscado lhe ensinar os fundamentos básicos do *surf* e, depois de muito cair, Adriano finalmente conseguiu pegar sua única onda, e também a última, já que fora no final do último dia das férias.

Um ano depois, mal podia conter sua ansiedade e animação para uma nova tentativa.

Sabe, a vida de quem mora na selva de pedra costuma ser bastante corrida. Não se vê o azul infinito, o horizonte intocável ou a grande faixa de areia, com facilidade. Esses momentos são aguardados e a descida da Serra não é coisa corriqueira. Especialmente para Adriano. Não por falta de dinheiro, mas porque não tinha a autonomia de fazê-lo sozinho aos dezesseis anos. Seus pais eram executivos de uma empresa pioneira no mercado financeiro e estavam tentando solidificar sua carreira. Ou seja, tempo é o que não tinham. Sua mãe, Marta, era economista e passava um tempo relativamente longo analisando as melhores ações para compra. Seu pai, Marcel, era do setor de análise de risco. Tudo isso rendia muita conversa no café da manhã. Conversas chatas, diria Adriano.

A mesa estava posta e Adriano foi convidado a sentar-se.

— Filho, coma seu café da manhã e coloque suas malas no carro. Pegaremos a estrada na sequência. Espero que esteja animado — disse Marta, enquanto lhe empurrava os ovos pochê que enfeitavam uma torrada.

— Claro, mãe — concordou Adriano, já em posse da torrada — você viu meu Walkman por aí?

— Está ali no aparador. Você ainda vai ficar surdo escutando essas coisas. E, aliás, seu pai não gostou nada desse novo CD que você comprou.

— O do Nirvana?

— Não. O do rapaz com nome americano, mas canta em português. Ele fala muita bobagem. Também não gostei.

— Ah, você está falando do Charlie Brown Jr., ele não fala bobagem. O Chorão é lá da Baixada Santista e não tem trilha sonora melhor para a descida da Serra do que esse novo álbum dele. Chama-se Transpiração Contínua Prolongada.

Nesse momento, Marcel já tinha tomado seu assento e em suas mãos estavam os dois CDs recém-adquiridos por Adriano. Ele os fitava como quem via um objeto alheio à Terra. Marcel era admirador de MPB e, apesar de conhecer o Nirvana e a história de Kurt Cobain, não tinha muita afeição pelo álbum. Estava mais intrigado, em verdade, com esse tal de Charlie Brown Jr. "O côro vai comê" e "Gimme o anel" eram nomes de músicas daquele álbum de rock nacional. Isso causava estranheza a Marcel.

Apesar de suas impressões e de deixar clara sua desaprovação, Marcel não cercearia a vontade de seu filho, já que sua esfera de influência musical havia sido severamente restringida por seu pai nos anos setenta.

Após as conversas matinais e a epopeia do encaixe das malas no porta-malas e banco traseiro do Voyage 94 adquirido no ano passado, a Família Araújo cruzou as ruas de São Paulo rumo a Rodovia dos Imigrantes, já esperando o quilométrico trânsito que enfrentaria.

A viagem se iniciou um pouco agitada. Ao passarem pela Helena Cabeleireiro, Marta lembrou-se que havia esquecido de pegar escova de dente, mas Marcel se recusou a voltar e propôs comprar uma nova já na baixada, ao que foi aceito. Em seguida, ao invés de virar à esquerda na rua Eduardo de Souza Aranha, Marcel virou a direita e teve que fazer o retorno, mas não se abalou. Logo estava na Avenida Bandeirantes.

Adriano estava entretido ouvindo suas músicas quando a mãe interrompeu o silêncio:

— Vocês sabiam que o nome dessa avenida era avenida da Traição?

— Sério? — admirou-se Marcel.

— Por quê? Acontecia muita traição nela? — perguntou Adriano.

— Pelo que sei, ela foi construída sobre o córrego da Traição, que deságua na Usina Elevatória de Traição, agora, o porquê o córrego e o elevatório terem esse nome eu já não sei.

— Caramba, que interessante! — exclamou Marcel.

— É mesmo, dá para imaginar uma infinidade de historinhas para justificar esse nome — comentou Adriano, rindo.

E assim prosseguiram viagem.

Não diferente do imaginado, ao passar o grande pórtico de pedágio, já podiam visualizar as lanternas traseiras de centenas, ou milhares de veículos que certamente buscavam o mesmo destino que eles. Ou, pelo menos, iriam para a Baixada Santista.

A viagem não seria tão enfadonha para Adriano, se ele não tivesse esquecido de comprar pilhas novas para usar no seu Walkman enquanto enfrentava as horas vindouras de estrada. Mas esqueceu. Seu passatempo, para a irritação de seus pais, passaria a ser o cantarolar de músicas irreconhecíveis — até mesmo para seus compositores — e o vislumbrar de todo aquele verdume que tomava o caminho.

Ao cruzar o primeiro túnel da descida, no entanto, Adriano percebeu a paisagem fantástica que se formava. Até então, não havia reparado o quão alto estavam em São Paulo. A vista da Serra é absolutamente maravilhosa no verão. Do céu homogêneo aos prédios agora pequeninos. A vista de Adriano não perdia nada. Era uma pena que a máquina fotográfica e seus filmes estavam no porta-malas do carro, embaixo de muitos pacotes colocados em movimentos que desafiavam os melhores campeões de Tetris.

Marta e Marcel não se surpreenderam tanto com a vista. Ao contrário de Adriano, sempre prestavam atenção nos detalhes da descida para a Baixada Santista e, além disso, estavam acostumados a viajar pelos principais pontos turísticos do Estado. Pelo menos os que a vida de solteiro lhes permitiu conhecer.

Horas de trânsito a fio precisavam ser preenchidas com algum assunto aleatório, era o que pensava Marcel.

— Não sei se já contei, mas sou amigo dos Sterque, lá da Praia Grande — disse Marcel sem olhar para os demais passageiros do carro. E prosseguiu, como se a assistência aguardasse ansiosa pelo discurso que viria — são aquela família de historiadores de lá. A Menina Sterque me contou sobre diversos causos históricos da cidade e achei alguns interessantes.

— Menina Sterque!? — exclamou Adriano, que só prestou atenção na expressão sobre a autora do causo que viria.

— Sim, é como chamam ela. Mas não sei seu nome verdadeiro. Acho que ninguém sabe — supôs Marcel, ao perceber que nunca lhe ocorrera um nome para ela — mas, como ia dizendo, aquela cidade foi palco de um dos únicos ataques aéreos realizados em solo nacional, durante a Revolução Constitucionalista de 1932. Uma de suas fortalezas foi destruída e houve uma vítima fatal.

Houve um silêncio como quem espera para revelar um segredo aterrador aos espectadores. A revelação, no entanto, não era tão surpreendente para Adriano, pelo menos.

— Uma baleia! — disse Marcel esperando reações — a ossada dela foi enterrada onde hoje é um restaurante de lá. É só o que sei.

— Uma baleia? Está brincando Marcel, achei que diria um soldado ou outra pessoa qualquer — disse Marta, inconformada com a forma como o marido revelou a identidade da vítima.

— Uma baleia é um ser muito importante para nosso ecossistema, sabia? — argumentou Marcel.

— Verdade, pai, você já havia comentado esse acontecimento, lembro que falou alguma coisa também sobre o autor do Pequeno Príncipe, mas não lembro exatamente o que foi — Adriano tentou ser simpático.

— Uhhh!, exclamou Marcel, é mesmo, foi a Menina Sterque quem me contou sobre Antoine de Saint-Exupéry, o autor do Pequeno Príncipe. Ela disse que apesar do autor ter passado por Praia Grande com sua aeronave da Aéropostale, não há registros formais dessa passagem e por essa razão, muitos não acreditam.

— Amo essas histórias! Essa menina é uma fabulosa estudiosa das histórias da Praia Grande — declarou Marta.

— Nem fala, por meio da família dela, conheci outra curiosa história. Em 1894, um navio inglês chamado Caldback encalhou ali no Canto do Forte, durante uma tempestade forte. Naquela época, sem radar nem nada moderno, era fácil se perder no mar. E foi o que aconteceu. O navio carregava peixes defumados e porcelanas finas. Mesmo após retirarem tudo, ele nunca mais conseguiu voltar ao mar e ficou ali, abandonado na areia, por 22 anos, se tornando parte da paisagem. E olha que interessante, Benedito Calixto retrata esse navio em três de seus quadros. Aí, um dia, um italiano comprou os destroços e vendeu para o exército da Itália, que usou o material para fazer balas de canhão, imagina, o navio deve ter participado de uma ou outra forma da Segunda Guerra Mundial, ou pelo menos parte dele.

A viagem seguiu com outros causos sobre o destino para onde iriam e tudo isso realmente fez com que não se percebesse tanto as horas de trânsito enfrentadas.

Ao virar na rua do prédio alugado para o verão, Adriano pôde perceber que teria uma bela vista da praia em seu quarto provisório. E, por isso, nem esperou o descarregar de todas as malas para correr escada acima até a porta de madeira clara, que anunciava a entrada do modesto apartamento no Canto do Forte. Somente quando seus pais chegaram com a chave e um azedume no rosto é que conseguiu vencer a barreira da porta. Largou a mochila no sofá de armação de bambu e correu para o quarto, que não apresentava grande luxo, mas era diferente do quarto de seu apartamento habitual.

Um piso que imitava madeira se estendia por todo o perímetro, dando lugar, em seus limites, a uma parede totalmente branca, que se avizinhava a armários planejados de madeira naval. Afora um ventilador de teto e uma cama simples, nada mais havia no quarto. A janela, no entanto, era o grande tesouro daquele espaço. Uma vista livre da praia fazia ampliar absurdamente o horizonte azul do mar. Deixava a faixa de areia apequenada e os banhistas pareciam formigas carregando pequenos guarda-sóis.

Um detalhe naquela vista chamou especial atenção de Adriano. Aparentemente, tratava-se de uma escola de *surf* à beira-mar, logo em frente ao prédio. Não podia ter surpresa melhor do que essa naquela manhã.

— Bem, agora sabe o porquê de escolhermos esse lugar, não é? — disse Marcel aparecendo logo atrás de Adriano, sem se anunciar no quarto.

Marcel havia escolhido esse apartamento em específico por conta da escola de *surf* do Clayton, que ficava logo em frente ao prédio. O que poderia dar mais segurança no aprendizado de Adriano e mais tempo a sós com sua esposa. Desde o nascimento de Adriano, Marta e Marcel não tinham muito tempo para intimidades.

Adriano o olhou sorrindo como que agradecendo e, sem muito rodeio, resolveu partir para explorar o pedaço de praia que conseguisse. Desceu as escadarias, passou pelo hall de entrada, sem mesmo perceber as pessoas que passavam. Cruzou a avenida até o calçadão. Seu olhar só mirava as pranchas estendidas à beira-mar.

Enquanto se aproximava, percebeu uma agitação que parecia incomum até para quem não estava acostumado com a praia. As pessoas acenavam em busca de um guarda-vidas e gritavam: — Está se afogando! Meu Deus, tão jovem!

Adriano demorou alguns instantes até encontrar a primeira vítima do mar agitado que veria naquele verão. Mas sua atenção acabou por não ser no jovem magrelo que se debatia na água. Mesmo de longe, ele percebeu os movimentos espetaculares da garota de cabelos loiros queimados que nadava em direção ao jovem magrelo e depois passava seus braços pelo tronco dele, carregando-o para a areia.

Enquanto a garota se aproximava da areia, Adriano caminhava para se juntar à multidão que aplaudia a salvadora do magrelo. E como era encantadora. Parecia um anjo, uma princesa da Disney. Aqueles olhos da cor do mar, os cabelos molhados que pareciam refletir o sol, seu rosto de menina em um corpo de mulher. Adriano estava tomado por uma espécie de calafrio e um borbulhar no estômago.

Sem perceber, quando a garota terminou uma breve conversa com o dono da loja de pranchas, ele se aproximou com um sorriso constrangedor no rosto e cumprimentou.

— Oi, meu nome é Adriano... vi o que fez, parabéns!

Ligia ficou um tempo olhando para o rapaz sem dizer uma palavra, esqueceu para onde estava indo, parecia confusa, passou uma das mãos pelo cabelo e abriu um sorriso tímido.

Lígia & Adriano

Os antigos diziam que uma paixão à primeira vista era fácil de identificar. Alguns sinais ficavam claros no ar. Pistas de um crime imperfeito, que gritava para ser resolvido por aqueles com olhar aguçado. Quem dedicasse especial atenção àquele encontro de olhares poderia prever algo do que se desenrolaria entre Adriano e Lígia naquele verão. Bem, só até aquele verão, provavelmente.

O som do mar já era um detalhe quase inaudível, assim como as ovações da plateia, que agora se direcionavam ao próprio Pedro. Entre Adriano e Lígia, ainda restava uma resposta à saudação iniciada. A troca de olhares parecia eterna, até que Lígia percebeu que deveria correspondê-la, sob pena de parecer suspeita.

— Sou Lígia. Já nos conhecemos? — ela se lembraria se o conhecesse, mas precisava ajudá-lo a contextualizar sua abordagem inesperada.

— Bem, acho que não. Eu gostaria. Aliás, lembraria se conhecesse, mas... — Adriano desistiu de completar a frase, que já não tinha sentido, mas emendou — você trabalha aqui?

— Agora trabalho. Preciso ir. Foi bom te conhecer.

Adriano não ficou muito mais tempo na praia após o fim da conversa. Ele sentia, de alguma forma, que o propósito de sua descida do prédio já tinha sido cumprido. Retornou ao seu quarto, ajudou os pais na arrumação das malas e foi ao mercadinho de esquina para comprar as coisas que comeriam nos próximos dias.

Quando foi para cama, não pôde deixar de pensar na menina salvadora de afogados. Em como ela parecia parte do mar e em como seus olhos traduziam todas as férias de verão que já teve. Até as que não foram na Baixada Santista. Lígia tinha os olhos da cor do mar. Não eram verdes nem azuis. Eram verdes e azuis. E, quando o tempo e o humor mudavam, eram cinzas, mas isso ele ainda descobriria.

Dois bairros depois, Ligia ainda estava extasiada com a consecução do emprego de verão que tanto desejava. Ainda planejava as roupas de verão que usaria e em como aproveitaria aquela oportunidade para aprender novas manobras com Clayton. Ela ainda não pensava em Adriano, ou mesmo refletia sobre algum tipo de relacionamento àquela altura do campeonato.

Tão logo souberam da notícia, os pais de Lígia tiveram reações diversas. Marcos preocupou-se com o fato dela estar todo aquele tempo no mar. A insolação, a possibilidade de um afogamento, ou de algum adulto tirar vantagem de sua filha, ou até pior, dela se relacionar com alguém. Virgínia, por outro lado, preocupou-se com o que Lígia faria com o dinheiro que arrecadasse no verão, tendo logo advertido a menina:

— Bem, já estava mesmo em tempo de ajudar com as contas daqui de casa. Afinal, já se vão dezesseis anos de bons alimentos, roupas e tranqueiras — e disse em um tom que não dava para identificar se a assertiva era séria ou se estava apenas caçoando de Lígia.

O salário não era o seu principal interesse, então a menina tirou de ombros e seguiu em frente.

Naquele dia, Lígia tentou dormir cedo. Foi para cama, ligou o ventilador de teto que fazia um barulho engraçado, do qual ela já estava acostumava e até sentia falta na hora de dormir, e fechou os olhos para imaginar seu dia. O sono é inimigo da expectativa e, por esse motivo, as horas se esticaram até que a menina sentisse um pouco de sono no meio da noite.

Seis e quarenta e cinco e Lígia abre os olhos lentamente. O despertador berrava e parecia que não tinha começado agora. Ela passa os olhos nos posters da parede, olha para a roupa pendurada na cadeira e lembra: o emprego! Os olhos voltam-se depressa para o despertador, onde ela constata que terá que fazer todas as suas atividades em quinze minutos. As horas que se estendiam pela noite, agora eram um raio e apequenavam as possibilidades de uma preparação melhor para o primeiro dia.

Ao sair do quarto, já trajada com o enfeite no tornozelo, a bermuda de compressão preta, um top igualmente preto e uma regata branca, Lígia se depara com os pais na mesma posição que estavam quando foi dormir. O pai agora vestido para o trabalho e a mãe ainda com os

37

cabelos esvoaçados, mas ambos tomando café. Marcos lendo o jornal do dia e Virgínia cortando uma grossa fatia de pão caseiro.

— Por que vocês não me acordaram? Estou muito atrasada para o meu primeiro dia na loja do senhor Clayton! — disse Lígia indignada.

— Bem, já que quer iniciar sua vida de trabalhadora, vai ter que se acostumar com certas responsabilidades. Nem sempre vamos acordar você. Acha que ganhei esses brevês aqui pedindo para outras pessoas me acordarem e fazerem meu café da manhã? — disse Marcos apontando para os breves que enfeitavam sua farda verde oliva.

Em verdade, Marcos muitas vezes se utilizava de militares de patente menor para acordar no horário, quando estava no quartel e nunca havia feito seu próprio café da manhã. Nem em casa, nem no trabalho. Mas isso é história para outro momento.

Lígia sentiu um certo peso de uma responsabilidade forçada que havia sido lançada sob seus ombros. Pensou nisso enquanto pedalava com uma fatia do pão caseiro de sua mãe ainda na boca. Comendo e pedalando até chegar na escola de *surf* de Clayton.

Ao virar a rua, já pôde ver Clayton, que esperava por ela na porta da escola, com a primeira prancha na mão. Ele não parecia estar lá há muito tempo e também não parecia preocupado com o fato de Lígia estar cinco minutos atrasada.

Clayton era querido na cidade, sempre disposto a ajudar. Apesar de ter nascido em São Paulo, se considerava nativo de Praia Grande. Dividia-se entre a gestão de uma pequena contabilidade e a escola de *surf*, seu grande amor.

Formado em contabilidade e ciências econômicas, o homem atuou em grandes empresas, mas escolheu abrir seu próprio negócio e levar uma vida mais livre. Na contabilidade atendia clientes de todos os tipos, dos mais vários níveis econômicos. Alguns o pagavam com produtos e/ou serviços. Já recebeu um papagaio, dois cachorros e até marmitex por um mês no restaurante do Roni. Mas esse tipo de pagamento era mais recorrente vindo da loja de material de pesca — outra de suas paixões.

Ter Lígia como colaboradora na loja foi um alívio para Clayton. Confiava plenamente nela, conhecia seus pais e sabia da boa criação que a menina tinha recebido. Sua presença ajudaria a conciliar melhor o tempo entre a escola de *surf* e os compromissos da contabilidade.

Ao avistar Lígia, Clayton foi logo pegando as pranchas para organizá-las na parte externa da loja.

— Tome aqui. A primeira coisa que fazemos no dia é posicionar todas estas pranchas na areia, para que as pessoas identifiquem o comércio e escolham a prancha que pretendem usar — disse ele, enquanto passava a prancha para Lígia.

De uma a uma, Lígia levou as vinte pranchas para o ponto de aluguel e sentou–se exausta na cadeira que ficava ao lado de um guarda-sol de listras vermelhas e brancas. Colocou um óculos de sol enorme, que cobria boa parte de seu rosto e começou a passar o protetor solar.

— Nem sempre as coisas foram como são nessa cidade, mas as águas e a areia parecem intangíveis — falou uma menina esguia, quase como um fantasma, ao lado da cadeira, olhando para a linha do horizonte do mar.

Passado o susto não expressado, Lígia perguntou:

— O que faz aqui, Menina Sterque? — o coração de Lígia ainda estava acelerado quando perguntou.

— Estou aguardando meu tio voltar de uma convenção de fuscas. Enquanto isso, vim olhar o mar. É uma das poucas coisas que não mudam nessa cidade. Veja, olhe aqueles prédios ali — e apontou para construções quase finalizadas de frente para a praia — eles estão tomando a orla. Quando éramos menores, havia muito mais espaço entre um prédio e outro. Quando crescermos, essa cidade estará tomada por prédios.

— E isso é um problema? — perguntou Lígia entediada.

— Ainda não sei...

Lígia e a Sterque seguiram uma longa conversa sobre o desenvolvimento da cidade nos últimos poucos anos que se lembravam, o que fez ela perceber que o trabalho era muito mais monótono do que ela imaginava.

O dia seguiu assim, poucos clientes abordaram ela querendo alugar prancha. A maioria queria informações de onde se divertir na cidade. "Passarinhos" ela dizia para aqueles mais jovens que poderiam gostar de comida boa, cerveja e sinuca. Outros jovens queriam mais do que informações.

Lá pelas duas horas da tarde, Clayton gritou de longe:

— Lígia, venha aqui.

Ela se aproximou com brevidade.

— Os pais de um garoto de São Paulo me pagaram para acompanhar ele no *surf*. Tenho que ensinar ele, então você vai precisar tomar conta da loja sozinha por algumas horas. Você sabe, não posso perder um cliente assim — disse parecendo bastante entusiasmado de ganhar esse dinheiro.

— Tudo bem, senhor Clayton, não se preocupe.

De dentro da loja, apareceu Adriano. Ele vestia *shorts* predominantemente branco, florido de amarelo. Já usava o leash da prancha no tornozelo e segurava uma prancha de maneira bastante desajeitada. Ela não pôde deixar de reparar que ele era bastante branco e atlético.

— Vamos professor Clayton, estou ansioso para esse primeiro dia — disse Adriano ainda sem perceber Lígia e, quando a percebeu, corou absurdamente.

— Está tudo bem com você? — perguntou Clayton preocupado com sua diária de aula.

— Está sim, vamos lá.

Durante as duas horas que se seguiram, Lígia não tirou os olhos de Adriano. Acompanhou sua entrada no mar, as demonstrações de Clayton e cada uma das tentativas de Adriano em ficar em pé na onda.

Em uma das tentativas, Adriano caiu miseravelmente na água e se debateu alguns segundos até subir na prancha. Quando estabilizou, cuspiu uma quantidade relevante de água, como se fosse um chafariz. Lígia achou graça de tudo e estava maravilhada com o contraste do céu azul homogêneo.

Após duas horas de água, Adriano saiu do mar bastante vermelho. Ele estava desajeitado por estar caminhando em direção de Lígia, com a bermuda colada no corpo e depois de todo aquela mise-en-scène na água após as quedas. Então seguiu olhando para frente, mesmo quando já estava bem próximo.

— O segredo é dobrar os joelhos e dividir o peso entre as pernas — disse Lígia como se falasse sozinha. Mas, claro, era para ele.

— Obrigado — ele disse ainda tímido.

Lígia desenhou uma prancha na areia, utilizando o dedão do pé. Deitou sobre ela simulando a aproximação de uma onda e passou a explicar como ele deveria remar e saltar no momento certo.

O garoto até prestou atenção na explicação, mas passou algum tempo admirando os detalhes dela. Os olhos que agora estavam azuis, os cabelos imprevisivelmente lisos e o enfeite no tornozelo.

A conversa se desenrolava com naturalidade, até que Peter, Rafael e Victor se aproximaram dos dois. Victor e Peter estavam bastante animados com o primeiro dia de Lígia e estavam sorrindo quando ela olhou para eles. Rafael já anunciava certo desprezo por Adriano. Aproximou-se de cara fechada e sequer cumprimentou ele. De sopetão, entrou no meio de ambos e agarrou Lígia pela cintura, levantando a menina desnecessariamente. Deu até um solavanco em Adriano, para quem estava de costas, fazendo parecer que nem tinha notado sua presença.

Ele queria mostrar intimidade com Lígia, mas o episódio foi bastante constrangedor. Adriano sorriu maliciosamente de lado e disse:

— Preciso ir, Lígia. Que bom que nos veremos sempre no mesmo horário! Vou estar ansioso — disse ele, dando um joinha para Peter e Victor enquanto se virava e caminhava para o calçadão.

Lígia desaprovou Rafael assim que Adriano não estava mais em suas vistas.

— Você é besta, menino? Por que fez isso? Tem horas que quero te afogar, sabia? — disse Lígia estressada.

— Desculpe então, só queria te cumprimentar — falou Rafael em tom sarcástico, olhando para os dois amigos e buscando aprovação.

As duas próximas semanas se sucederam da mesma forma. Adriano descendo pontualmente nos horários de suas aulas, sendo acompanhado por Clayton, até o momento que saia da água e passava horas conversando com Lígia até ela ir embora. Ambos sempre procuravam um pretexto para ficar conversando mais um tanto, sentados no calçadão da praia. Em muitas dessas vezes, eram interrompidos pelos três amigos de Lígia. Victor e Peter tinham cada vez mais intimidade com Adriano, enquanto Rafael estava cada vez mais irritado com toda essa situação.

Meio selinho

Três semanas depois e a pontualidade para as aulas era a mesma. O entrosamento entre os adolescentes havia aumentado bastante. Entre todos eles. Até Rafael já estava conversando mais com Adriano, sobretudo sobre Charlie Brown Jr. embora não fosse difícil de perceber que, de algum modo, Rafael buscava se destacar em relação a Adriano nesse assunto. Assim, não perdeu a oportunidade de dizer que conhecia muito bem o Charlie Brown Jr. e que, antes da fama, encontrou o Chorão várias vezes pelas ruas de Santos, andando de skate. Lembrou de certa vez em que o cantor ateou fogo na lixeira de um ponto de ônibus na divisa entre São Vicente e Santos. Não chegava a exagerar, mas dava para notar que queria mostrar que ele também era alguém ali, talvez mais próximo daquele universo do que o próprio Adriano.

Naquele dia, Lígia chegou mais cedo do que Clayton. Arrumou as pranchas, preparou café e sentou-se com seu livro do Fernando Pessoa, enquanto esperava para assistir o dia de costume.

A página aberta diante de Lígia exibia o poema "O poeta é um fingidor". Ela leu em silêncio, intrigada: — Como é possível sentir dor fingindo amor? — seu devaneio foi interrompido pela voz animada de Clayton, que chegou sem cerimônias como de costume.

— Esse moleque tá mandando muito bem na prancha para um paulista, né Lili? — disse ele antes mesmo de cumprimentar Lígia.

— É verdade, faz tempo que não vejo nada assim. Daqui há pouco ele fica melhor do que você, né?

— Ah, ele vai precisar comer muito arroz com feijão para isso. São longos anos de experiência até ficar bom igual ao Poderoso Claytão! Ela riu bastante do trocadilho. Ainda tinha um sorriso no seu rosto quando Adriano chegou com sua prancha embaixo do braço. Ela o mediu de cima a baixo.

Naquele dia Clayton tinha preparado algo especial para a aula, foi até o interior da loja e saiu com uma prancha nos braços:

— Adriano, te apresento a Rebeka — disse, estendendo a prancha ao aluno — foi minha primeira namorada e hoje vou deixá-lo bailar com ela.

— Nossa, seu Clayton... que honra! — disse Adriano, visivelmente sem graça com a comparação.

— Honra mesmo! Pelo que sei, ele não deixa nem os irmãos encostarem nessa prancha — afirmou Lígia.

— Ai que exagero! Só não vejo motivos pra eles usarem essa prancha tendo tantas outras aí — se defendeu Clayton.

— Ué, então por que irá emprestar justo pro Adriano?

— Ué digo eu... tá com ciúmes? — provocou o empresário, olhando firme nos olhos da menina: — Hoje é um dia especial. O Adriano superou as expectativas e, por isso, quero gravar esse momento de forma diferente, no caso, emprestando minha prancha especial!

— Que lindo! Valoriza isso, Adriano, porque não é pra qualquer um!

— Estou sem palavras... espero corresponder a tudo isso! — respondeu o garoto, visivelmente emocionado.

Os dois, aluno e professor, entraram na água saudando o mar com uma leve inclinação do corpo. Atravessaram a arrebentação e se sentaram em suas pranchas, à espera da onda perfeita. Ela não apareceu, mas, em seu lugar, surgiu uma sequência de ondas que permitiu a execução de várias manobras.

Pouco antes de saírem do mar, uma onda se abriu em tubo e o Clayton não perdeu a oportunidade, surfou dentro daquele tubo como se fizesse parte do mar, chamando a atenção de banhistas e daqueles que estavam na areia da praia, incluindo de Lígia. Adriano observava de boca entreaberta.

Ao final do tubo, Clayton saiu da água e aguardou Adriano, que logo o alcançou.

— Uau, seu Clayton! Como fez aquilo? Precisa me ensinar! — o rapaz estava eufórico com as manobras do professor.

— Claro! É só continuar se dedicando às aulas, como tem feito — incentivou Clayton.

Conversavam e caminhavam em direção às pranchas em exposição.

— Eu não vou poder ficar muito hoje, preciso ajudar meus pais no mercado, mas amanhã estarei de volta no mesmo horário — disse Adriano, despedindo-se com um toquinho de mão ensaiado.

Ao virar-se para Lígia, ambos foram se cumprimentar com um beijo na bochecha, como faziam desde a última semana. Dessa vez, no entanto, por uma razão desconhecida até hoje, os dois viraram-se um pouco mais do que o costume. Ele sentiu o beijo de canto de boca, ainda úmido, e logo se virou para ir embora.

Ninguém disse nada. Não houve nenhum constrangimento, mas a libertação de um desejo incubado, que esperava uma oportunidade do destino para se fazer ação. E se fez. Mas ninguém disse nada e, aliás, continuaram de costas um para o outro. Ele andando para o calçadão e ela olhando para o mar.

No dia seguinte, um selinho completo.

No outro, para a surpresa dos dois, um beijo completo iniciado por ela, enquanto eles trocavam referências musicais no Walkman.

Big Pointer

Com o avançar do verão, novas atividades ganharam protagonismo na rotina de Adriano. Explorar o mar já não era suficiente, principalmente pelo fato de que a Lígia não podia acompanhá-lo, pois estava trabalhando. Além disso, apesar de ainda não conseguir pegar um tubo, parecia que seu tutor já não tinha mais o que ensinar, o resto era treinar os fundamentos e dedicação.

Victor deu a ideia de levar Adriano ao Big Pointer, e apresentar a maior pista de skate da América Latina, bastante frequentada pelos jovens. Dizem que Bob Burnquist, Sérgio Negão e outros skatistas famosos da época já andaram por lá, mas Victor sempre ia na intenção de encontrar o Chorão e a galera do Charlie Brown Jr. treinando. Adriano gostou da ideia de possivelmente encontrar seu ídolo andando de skate. Por isso, quando não estava no mar, estava com Lígia e os amigos no Big Pointer, no Travessia ou no Passarinhos.

Em muitas dessas vezes a configuração do passeio era a Lígia e o Adriano sentados, em uma das mesinhas que dava vista à pista de skate, de mãos dadas, conversando sobre tudo, Victor na pista andando de skate e tentando fazer manobras para impressionar os amigos

— ele ficava em êxtase quando acertava uma manobra complicada e os amigos vibravam em comemoração — Peter e Rafael em outra parte na mureta que dividia a pista dos demais espaços, conversando e jogando pedrinhas, tentando acertar a fonte que ficava próxima ao espaço em que aconteciam as apresentações musicais.

No primeiro dia da última semana das férias, houve uma cisma no ar entre o casal adolescente. O fim das férias de verão ainda trazia muitas incertezas das quais eles não estavam preparados para enfrentar. Mesmo assim, às dezenove horas, as quatro bicicletas estavam paradas em frente ao prédio de Adriano, esperando ele descer para irem até o destino de sempre.

Depois de bons minutos esperando, o portão principal finalmente se abriu e Adriano surgiu sorrindo, conduzindo sua bicicleta do lado esquerdo e carregando uma sacola nas mãos, ao lado direito. Assim que chegou perto dos amigos, anunciou o conteúdo da sacola. Retirou quatro rodinhas de skate e entregou para Victor.

— São aquelas rodinhas que o síndico do prédio falou que o filho dele deixou para trás — explicou Adriano.

— São iradas! Essas rodinhas são bem raras, vou usar para as manobras de hoje mesmo, vai ver — disse Victor empolgado.

Depois retirou da sacola um punhado de figurinhas de um álbum que estava popular nas bancas de jornais e entregou a Peter. Ele já tinha prometido essa entrega há semanas.

— Olha, tem até aquelas que brilham!

Por último, retirou um par de anéis azuis de plástico, daqueles que vinham em caixas de cereais, e entregou um para Lígia.

— Bem, acho que agora é oficial, né? — e gargalhou

O peso para cada um foi diferente. Lígia recebeu o anel como quem recebe um pedido de casamento e achou o máximo. Colocou sozinha o anel no dedo anelar e não conseguia esconder o sorriso. Abraçou Adriano e deu dois beijinhos rápidos em seus lábios.

Esse não era um pedido de namoro, ou uma declaração. O anel era mais um "quebra-gelo" do que qualquer outra coisa. Mas Adriano gostou da reação dela e agiu aos conformes.

Por fim, Adriano amassou a sacola e colocou nas mãos de Rafael, dizendo:

— Esse aqui é seu — e voltou a gargalhar olhando os demais, buscando apoio em seu gesto.

Rafael apalpou a sacola, depois a sacudiu e olhou para dentro e só então percebeu que a sacola estava vazia. Terminar aquela partilha assim, foi de mau gosto para Rafael, mesmo que nada tivesse sido combinado com ele, como a entrega das rodinhas para Victor ou das figurinhas para Peter.

— Primeiro ele rouba a Lígia... aquele estúpido. Depois ele faz piada de mim — pensou ele enquanto encarava Adriano.

Os demais não pensaram assim e ainda estavam rindo da piada. Lígia riria de qualquer coisa naquele momento, pois Adriano havia tomado de assalto a liderança do grupo.

— Vamos galera, hoje tem apresentação de um grupo de hip-hop lá na Big Pointer - disse Adriano, liderando o grupo em direção ao evento.

As cinco bicicletas partiram pela jornada já conhecida. Primeiro Adriano, que já conhecia o caminho, Lígia, Victor, Peter e depois de alguma distância proposital, Rafael. Era início da noite e o calçadão estava demasiadamente cheio. As pessoas queriam aproveitar aquele fim de férias que era comum para a maioria dos visitantes.

Assim que pararam as bicicletas no bicicletário, Lígia anunciou que pagaria a rodada de Coca-Cola para todos, já que havia acabado de receber o pagamento com as caixinhas dos clientes.

— Peter, me ajuda com as garrafas. E vocês — apontou para os três restantes — peguem um bom lugar para nós. Da última vez só escutei a apresentação, de tanta gente que tinha na minha frente — Lígia disse e puxou Peter pela mão para ajudá-la.

Victor, na verdade, ia fazer manobras de skate durante a apresentação, então foi instalar as novas rodinhas no skate e deixou Rafael e Adriano responsáveis por encontrar o melhor lugar para o grupo.

Apesar de desprezar a companhia, Rafael ajudou a encontrar um bom lugar, com vista ampla para a apresentação que aconteceria dentro de trinta minutos. Como o evento havia sido mal divulgado, as pessoas não estavam preocupadas em encontrar o melhor lugar na arquibancada armada para o evento.

Como Lígia ainda não tinha voltado, os dois ficaram sentados olhando para o espaço vazio onde ocorreria a apresentação.

Viram os assistentes preparando o espaço e estava tudo ficando um tanto enfadonho. Rafael quebrou o silêncio.

— Você já pensou em como vai ser quando suas férias acabarem?

— Como assim?

— Bem, quando você tiver que voltar para São Paulo e a Lígia ficar aqui com a gente.

— Eu vou mandar cartas e nos veremos nos feriados. Como fazem os casais normais.

— Os que tem chifres, né?

— Não entendi. O que quer dizer com isso? — Adriano começou a cair na provocação.

— Haha, você acha que será assim? Logo as aulas voltam e pessoas novas vão entrar na vida dela. Na sua também. Logo ela não vai nem lembrar que você existiu e essas férias de verão serão histórias antigas.

— Relaxa cara, minha família tem condições, eu venho quando quiser. Não sou pobre igual a você.

— O que quer dizer, seu playboyzinho? — grasnou Rafael em efeito imediato.

O ar ficou muito pesado em instantes. Os dois se levantaram e começaram a se encarar raivosamente. Era como um encontro de touros bravos. Rafael estava com os punhos cerrados, esperando a primeira reação de Adriano. Sua cabeça estava semi-inclinada, como que preparando para receber uma cabeçada. Adriano tinha as maçãs do rosto avermelhadas e contraídas. Suas sobrancelhas estavam franzidas, formando uma linha reta e dura.

— Aí está o valentão. Vambora paulista. Vem para cima — provocava Rafael.

Adriano faiscava e se aproximava de Rafael, até que as duas testas se encostaram de maneira ameaçadora. Rafael, desviou ligeiramente os olhos para sua esquerda e pôde ver o inconfundível rosto de Lígia em sua vista periférica. Então usou sua cartada, dizendo em um tom mais baixo:

— Quando as férias acabarem, vai ser só eu e a Lígia — e sorriu se afastando.

Rafael nem havia terminado seu movimento, Adriano o acertou com um soco em seu olho, que ressoou como um chicote batendo no ar em uma apresentação de circo. Rafael caiu sentado e colocou a mão no rosto para ver se sangrava. E sangrava. Mas o pior golpe veio na sequência.

— Você tem mesmo que viver na miséria, seu pobre de merda.

Ele só percebeu a presença de Lígia quando terminou a frase. Olhou para o lado e todos estavam assistindo. Até o Victor já tinha voltado. Ela segurava um copo de refrigerante em cada mão e Peter equilibrava mais três copos. Todos os copos caíram. Os de Peter, porque ele soltou todos para segurar Adriano junto com Victor, e os de Lígia, porque ela os soltou e começou a chorar copiosamente enquanto corria para longe daquela cena pavorosa.

— Me solta! Ele me provocou para eu fazer isso. Ele queria causar essa situação há muito tempo — tentava explicar Adriano.

— Vocês viram. Ele nunca gostou de nós. Não somos do patamar desse idiota — dizia Rafael vitimando-se com a mão nos olhos.

O comportamento violento estava controlado. Mas as coisas já não poderiam ser como antes.

— Por que você não gosta de pobre, Drico? — disse Peter com um olhar choroso, olhando com decepção para Adriano.

— Não foi isso que eu quis dizer. Eu gosto de vocês. Mas esse cara me tira do sério.

— Eu acho que você devia procurar a Lígia. Ela ficou muito triste.

Há uns cem metros dali havia uma mureta baixa que cercava um terreno baldio, onde, apesar de tudo que se jogava ali, brotavam damas da noite aos montes. Elas exalavam seu odor pungente e exótico, semelhante às gardênias. Ali, no canto do muro, estava sentada Lígia. Olhando para a lua, que refletia as lágrimas nos seus olhos cinzas granito.

Assim que saiu do Big Pointer, Adriano identificou Lígia de longe e foi andando em sua direção. Foi devagar, pois ainda precisava pensar no que diria a ela. Ele sabia que sua atitude refletia uma absoluta falta de autocontrole.

Ela também havia percebido sua aproximação, mas não se deu ao trabalho de fitá-lo enquanto ele se aproximava. Esperou o contato.

Ele já estava do seu lado quando ela virou finalmente o rosto para olhá-lo. O silêncio dos dois evidenciava o som da apresentação de hip-hop que já tinha iniciado no evento. Adriano o quebrou quando percebeu que só ele podia fazer isso.

— Não é como pareceu.

— E como pareceu?

— Pareceu que eu queria bater nele.

— E não queria?

— Queria. Quer dizer, só quando ele falou que não ficaríamos juntos após o verão.

— Bem, pelo visto foi antes do que ele previu.

— O quê!? Você vai dar razão a esse pobre idiota?

— Pobre... — Lígia evidenciou a mesma palavra que ele havia usado para ofender Rafael, mesmo sabendo que agora o contexto era outro.

— Não conhecia esse seu lado.

— Não foi o que quis dizer. É evidente — Adriano disse demonstrando irritação em sua voz.

— Mas foi o que disse e foi o gesto mais baixo que já vi. Quer dizer, ele já estava no chão porque você bateu nele e mesmo assim, depois de tudo, você ainda fez questão de ofendê-lo dessa forma. Enfim, eu estou muito chateada e sem vontade de conversar com você.

Aquilo tudo foi um choque e ele não estava preparado para o rumo da conversa. Em suas simulações mentais, tinha certeza de que ela cairia no choro e que as coisas acabariam com promessas de que as coisas não seriam mais como naquele momento. Não foi assim, então tentou forçar a situação. Retirou o anel de plástico do dedo e estendeu a mão para entregar a ela, na esperança de que ela não o aceitasse.

— Bem, acho que não precisamos dessa coisa infantil mesmo.

Ela pegou o anel da mão dele, retirou o dela e arremessou longe no terreno baldio dizendo:

— Será que daqui a uns anos nascerá uma árvore de anéis? Veremos.

A atitude dela criou uma certa repulsa em Adriano. Ele nem tentou argumentar. Apenas se virou para que ela não o visse chorar e caminhou no sentido de sua casa, deixando a bicicleta, os amigos, o rival e a ex para trás.

Lígia secou as lágrimas, se recompôs e voltou para junto de seus amigos. O show ainda rolava, mas os três amigos estavam do lado de fora do Big Pointer junto das bicicletas, aguardando a garota. Ninguém estava em clima para assistir coisa alguma. Rafael segurava um saco com gelo próximo ao olho. Os três amigos ficaram olhando Lígia se aproximando sem pronunciar nenhuma palavra. Lígia, com os olhos altivos, chegou perto de Rafa, retirou o saco de gelo do seu rosto para avaliar o estrago. Apesar do inchaço, o corte era pequeno e o sangramento já estava contido. A menina balançou a cabeça como se negasse o ocorrido, devolveu o saco de gelo ao garoto que valorizava o ocorrido fazendo beicinho e baixando os olhos como se estivesse extremamente triste.

— Não compreendo... Adriano é, era, tão gentil... como ele foi capaz de te bater? — disse Lígia como que falando sozinha, ainda inconformada com a agressão.

— Também não. Mas só demonstra que ele não é o que parecia — Rafael reforçou a crítica ao Adriano.

— Sei não, parecia que você estava provocando ele — acusou Pedro.

— Quem é seu amigo, eu ou ele? — rosnou Rafael e deu de ombros.

— Chega, não vamos começar uma briga entre nós, né? — Victor tentou acalmar os ânimos balançando os braços em tom apaziguador com as mãos abertas — vamos embora que a noite de hoje já acabou.

— O que vamos fazer com a bicicleta do Adriano? — perguntou Pedro

— Deixa aí para roubarem, não foi ele que abandonou ela? — argumentou Rafael.

— Pode deixar que eu levo pra minha casa e depois entrego para ele — disse Victor.

— Você pode fazer isso? Não quero mais encontrar com ele, mas também não é certo deixar a bicicleta aí — as palavras de Lígia soaram chorosas.

— Claro Gigi, não fica assim não!

— Olha só o que aquele playboyzinho fez! Gigi, não chora, ele não merece! — Rafael não perdia a oportunidade de alimentar sentimentos de ira contra Adriano.

O grupo bateu em retirada em conjunto, como sempre. Primeiro conduziram Lígia para casa de forma cavalheiresca, depois cada um foi para sua própria casa em dispersão.

No dia seguinte, Lígia se levantou mais cedo do que de costume e, mesmo sem vontade, foi trabalhar. Chegou bem mais cedo do que seu horário padrão, mesmo assim abriu a loja, organizou as coisas e, em seguida, se sentou no chão próximo à fila de pranchas, de frente para o mar.

Sua tristeza e confusão eram de claridade solar para quem a conhecesse. Bastava notar seus olhos que estavam entre um verde muito claro e um cinza. Muito daquilo se dava em razão da frustração com que recebeu o ato violento de Adriano contra Rafael, independente do contexto alegado — será que ele faria isso comigo se eu irritasse ele? — chegou a pensar. Bem, de todo modo, não parecia o mesmo por quem se apaixonou prematuramente.

Clayton chegou e Lígia nem notou. Ele até chegou a chamá-la, mas como ela não respondeu, se aproximou devagar e se sentou em uma pedra ao lado da garota em um movimento confiante.

— Oi menina! O que se passa?

— Oi... Não te vi chegar — respondeu Lígia apática.

— O que está acontecendo? Você não costuma estar tão desanimada, quer conversar?

Lígia balançou a cabeça de forma negativa, mas apertou os lábios enquanto olhava para frente, como se quisesse que ele insistisse mais um pouco.

— É visível que você não está nada bem. Sabe, eu já tive um rato de estimação que ficou assim uma vez — ele olhou de canto de olho para

49

ver se a menina captava a ironia.

— Não foi nada, só estou um pouco aérea — respondeu ela, ignorando o destino do rato e tirando a deixa que ele queria para completar a piada.

— Brigou com o Adriano, foi?

— Foi... ele não é nada do que imaginei!

— Por que diz isso?

— Ontem ele deu um murro no Rafa e o ofendeu, demonstrando certo preconceito, sabe? — sussurrou indignada.

— Como assim, o Adriano, preconceituoso?

— Sim, chamou o Rafa de pobre miserável.

— Uhhh! Isso está bem estranho... bem mal contado!

— Eu vi e ouvi!

— Não estou duvidando de você... o que quero dizer é que é preciso ver direito porque o Rafa tem muito ciúmes de você e o Adriano não é assim...

— É, também pensei que ele não fosse assim, mas eu mesma vi com esses meus olhos...

— Sabe, até mesmo nossos olhos e outros sentidos podem nos enganar... olhe para o além-mar, o que vê?

Lígia olhou para o mar calmo e azulado que ao longe emendava com o céu, apesar de não saber onde aquela conversa chegaria, respondeu:

— O mar se encontrando com o céu.

— Só isso?

— Sim...

— Mas você sabe, já estudou, que há outro continente lá na frente, que o mar e o céu não se encontram de verdade, não é?

— É...

— Nem sempre o que vemos é o que é, será que seus olhos te mostraram exatamente o que aconteceu?

Após essas palavras, Clayton se levantou, acendeu um cigarro e se afastou sem dar oportunidade para que Lígia contestasse sua afirmação. Lígia tentou argumentar reafirmando o que vira, mas ao ver o patrão se afastar voltou a olhar para o infinito e a pensar sobre os últimos acontecimentos. Quando se deu conta que a loja estava cheia de clientes, correu para os seus afazeres.

Já era quase uma hora da tarde quando ela conseguiu respirar novamente. Passava da hora do almoço e ela estava colocando a placa de

"Fechado para almoço", quando observou a sombra de uma pessoa se aproximando. Seu coração disparou: — Será que era Adriano? Sem se virar, pensava em como iria tratá-lo, o que iria dizer. A sombra já estava bem próxima, se virou de uma vez:

— Não quero falar com...

Era o fiscal da prefeitura.

— Bem, não vim falar com você, vim falar com o Clayton, ele está? — o fiscal parecia invocado com a reação de Lígia.

— Desculpa! Achei que era outra pessoa... Senhor Clayton foi almoçar, deve voltar às quatorze horas, ou por volta disso.

— Tá! Volto depois então.

Lígia enxugou a testa com a ponta da camiseta, terminou de fechar a porta principal da loja e foi pegar a bicicleta que estava próxima às pranchas quando se deparou com Adriano.

— Não entendo, vocês fecham a loja e deixam as pranchas aqui. Não acha que alguém poderia roubá-las — disse Adriano tentando puxar conversa.

— Que susto! Não te vi aí... ninguém nunca roubou nenhuma prancha! — disse Lígia em tom agressivo.

Ela não sabia muito bem o que dizer, não estava nem pensando sobre qualquer possibilidade de roubo das pranchas, mas, em como encarar o garoto.

— Acredito que vocês tenham dado sorte até hoje, mas é um risco que correm! — insistiu Adriano.

— Por que está aqui? O que quer? Pensei que não te veria nunca mais depois de ontem.

— Também pensei, mas depois pensei direito e não achei justo comigo que você acreditasse naquele Rafael. Ele armou pra mim! — Adriano, que antes parecia calmo, agora começava a subir o tom de voz.

— O que o Rafa armou pra você? Eu estava lá, vi quando você esmurrou o olho dele. E não fale alto comigo!

— Não estou falando alto com você, é que quando lembro do que houve me sinto muito injustiçado. Você precisa ouvir minha versão da história.

Lígia pensou em dizer que não queria ouvir nada, pois seus olhos confirmavam a versão do Rafael, mas se lembrou da conversa com Sr. Clayton e como o além-mar enganava a percepção da sua vista.

— Certo... me fala sua versão — disse Lígia se dirigindo para a mureta que separava a praia do calçadão.

Lígia sentou-se na mureta enquanto Adriano permaneceu em pé, de frente para a garota e começou a detalhar todo o ocorrido na noite anterior. Lígia o ouvia sem expressar reação. Depois de um tempo não ouvia mais o que ele falava. Foi traída por sua atração pelo garoto, o que representava um absoluto erro estratégico, já que não pretendia se render naquele momento.

— Você precisa acreditar, eu fiquei louco em imaginá-la com outro, em pensar que ele poderia estar certo... — Adriano continuava a argumentar, agora com os olhos avermelhados e úmidos e sua voz voltava a ser ouvida pouco a pouco — Lígia, você está me ouvindo? — disse o menino se aproximando ainda mais da garota.

Lígia estava vidrada por aqueles olhos brilhantes, esticou seus braços alcançando o pescoço de Adriano e com carinho e leveza o puxou para si dando-lhe um demorado beijo de redenção, perdoando o ato nefasto de maneira tácita, já que a razão não lhe socorria.

Os dois permaneceram abraçados por um tempo demorado, temendo que o momento escapasse, até que, de repente, Adriano foi atingido por algo na cabeça. Era uma bola que fugia ao ângulo pretendido pelo garoto que a conduzia.

— Desculpa! — adiantou-se a mãe da criatura pegando a bola e segurando firme o pulso do filho, enquanto o sacudia e balbuciava algo para o garoto. Certamente o repreendia pela diabragem.

Adriano levou a mão à cabeça e, quando ia proferir um impropério dos mais sujos, lembrou-se que poderia fazer voltar a sentença da menina sobre ele. Já que não era o pretendido, engoliu a palavra e voltou o rosto para Lígia, que estava sorrindo. Ele devolveu o sorriso.

Não se deram conta de como o tempo havia passado rápido, Clayton já estava de volta do almoço e conversava com o tal do fiscal em tom firme. Lígia se levantou e combinou com Adriano que continuariam a conversa após o trabalho.

Clayton havia se estressado com o fiscal da prefeitura que dizia que as pranchas não poderiam mais ocupar um pedaço da faixa de areia, sem dar explicações muito detalhadas. O empresário era convicto de que seu empreendimento era um atrativo turístico e que a prefeitura deveria reconhecer e valorizar isto.

— São eles que deviam me pagar uma taxa para ficar aqui, Lígia, não o contrário — dizia ele na mistura de irresignação com a ironia de sempre.

Tentando ajudar, Lígia teve a ideia de ao invés deixar as pranchas alinhadas pegando parte da faixa de areia, eles poderiam pendurá-las, fazendo uma amarração com uma bonita corda, deixando-as uma embaixo da outra. Segundo a garota, iria parecer uma arte e chamaria ainda mais a atenção do público. Ela se lembrou que tinha uma corda de navio em casa e pediu licença para ir buscá-la.

— Aproveita e come alguma coisa, reparei que passou seu horário de almoço namorando... nem só de amor vive o homem — disse Clayton rindo para constranger a menina.

Lígia, que já andava apressada, corou. Virou a cabeça em direção ao homem, sorriu e fez um sinal positivo com o dedo.

Chegando em casa, ela correu para o lugar onde a mãe guardava as ferramentas e logo encontrou a corda em uma sacola na prateleira onde estavam uns livros velhos, puxou a sacola e uma barata caiu em seu braço. A menina deu um pulo, sapateando e gritando.

— Ah minha Nossa Senhora, o que foi Lígia? — gritou a mãe assustada.

— Uma barata caiu em mim! — disse Lígia arrepiada.

— Ora, e o que está fazendo aí?

— Vim pegar uma coisa, mas já achei.

— Aproveita e vem almoçar.

— Não tô com fome, mãe!

— Não perguntei se está com fome, agora vê se come, senão não vai sair.

— Não acredito, só a senhora mesmo! — disse a garota contrariada e ainda incomodada com a sensação da barata encostando em sua pele.

— Já vou colocar a comida no prato — afirmou a mãe de Lígia.

— Pode deixar que eu mesma coloco, vou tomar um banho antes, para ver se me livro do cheiro da barata — disse a menina virando o nariz para o lado do ombro onde a barata havia tocado.

— Deixa de ser fresca, não há nenhum cheiro de barata em você.

Lígia, que estava longe da cozinha, ouvia a mãe enquanto se dirigia ao banheiro, sem dar nenhuma atenção. Após o banho, a menina almoçou, colocou o prato na pia, pegou a sacola e voltou para loja. Ao longo do caminho foi projetando a amarração para as pranchas e, lá chegando, conforme havia projetado, com a ajuda de Clayton, efetivou sua criação artística.

— Parabéns Gigi! Ficou muito melhor do que eu tinha imaginado! — exclamou Clayton feliz com o resultado.

— Falei que ficaria legal!

— E ficou mesmo! Além de termos nos livrado da chatice daquele fiscalzinho!

Ao final, o crepúsculo havia iniciado. Eles fecharam a loja e foram tomar suco na barraca dos Mineiros.

Ao final do dia, tudo parecia ter voltado ao normal. Lígia estava produtiva em suas atividades na loja de Clayton, Victor e Peter estavam fazendo o de sempre, Rafael parecia menos irritado com o que aconteceu e a relação com Adriano tinha dado fagulhas de continuidade. Mas há um ditado forte entre os caiçaras e os que já passaram muito tempo por cá. É bem-sabido por todos que amor de verão não sobe a Serra e, dado que o verão estava por um fio de terminar, Lígia ganhou um novo motivo para estar apreensiva.

3

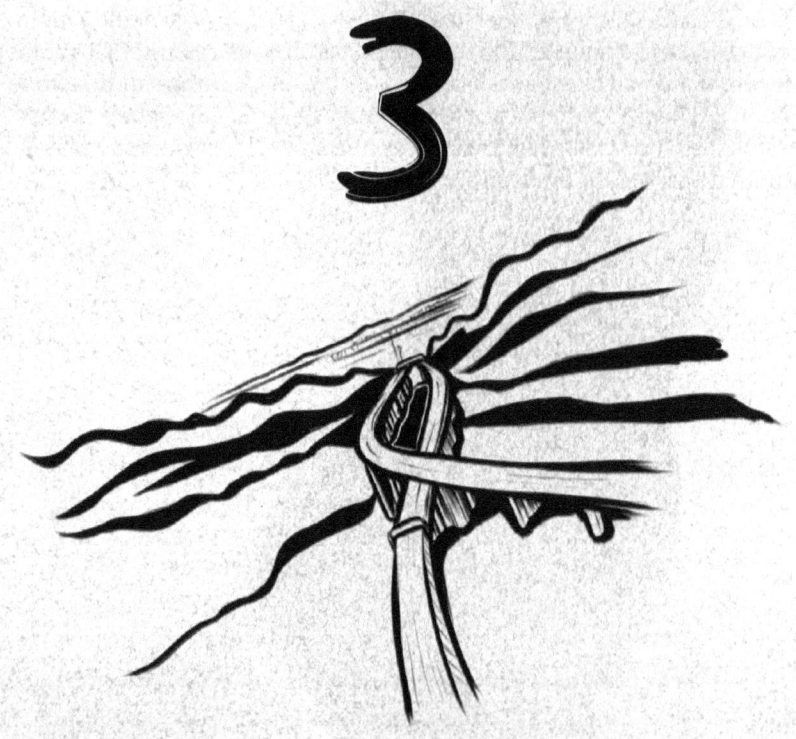

Amor de verão não sobe a Serra

Ainda faltavam três dias para o fim do verão. Bem, não o fim oficial da estação, mas o fim daqueles momentos que estavam sendo vivenciados por eles, já que seria quando Marcel e Marta levariam de volta para São Paulo seu filho. Por essa razão, eles estavam convictos de que tinham que aproveitar todos os momentos possíveis.

Foi por isso que, sem esforço, Lígia convenceu Clayton a dispensá-la naqueles três dias, informação que ela não chegou a passar para Marcos e Virgínia, já que seria uma obviedade o comportamento deles.

Na manhã do primeiro dos três dias, Victor e Peter acompanharam o casal na pista de skate. Victor queria mostrar para Adriano como ficaram as rodinhas de skate que ganhou e Peter adorava ficar na companhia deles independente do que fizessem. Rafael, por outro lado, não apareceu pela manhã.

— Ele disse que tinha que ajudar o pai dele na garagem — justificou Peter, quando só com o olhar, todos perceberam que faltava um integrante do grupo.

Não havia tarefa alguma na garagem. Rafael ainda não tinha perdoado a ousadia de Adriano. Não a ousadia de socar-lhe o rosto, mas a de ter convencido Lígia a voltar com ele. A única coisa que o reconfortava era a ideia de que logo o playboy de São Paulo iria embora e que ele teria uma nova chance de aproximar de Lígia, como profetizou para Adriano no dia da briga. Adriano ficou secretamente contente com aquela ausência, especialmente porque soube que, no quarto de Lígia, havia um ursinho de pelúcia com a letra "R" bordada no peito, com o qual ela dormia de noite.

Várias manobras depois e a garotada estava com fome. Almoçar em um restaurante era fora de cogitação para Victor e Peter, que contavam as moedas da mesada para gastar com outras coisas, então eles subiram em suas bicicletas e voltaram para casa. O casal, por outro lado, gastaria a última reserva para aproveitar o momento e, para a sorte de Lígia, o garoto já tinha se abastecido com Marcel que, ao dar uma nota de cinquenta reais para o filho sair, ofereceu uma piscadela como quem já sabia que o dinheiro seria gasto com Lígia.

— Vamos para o Travessia, o que acha? — ofereceu Adriano.

— O bar?

— Isso, lá na Tupi.

— Ele não abre de dia e, além disso, vai ser um longo caminho até lá. Vamos comer pastel ali na padaria do Almir mesmo, o que acha?

Ela não queria depender dele e o pastel ela tinha certeza que conseguiria pagar.

A padaria do Almir tinha os melhores salgados e pastéis do bairro e por isso ficava cheia no início da manhã, durante o almoço e no fim da tarde. Apesar de não ter absolutamente nada de sofisticado, a fama lhe rendeu a clientela fixa e, além dos clientes, o lugar era bastante frequentado por pombos e mendigos. Adriano sentiu bastante a presença desses dois últimos elementos e, tão logo cruzou a porta do estabelecimento, seu rosto denunciou o incômodo. O nariz se contraiu levemente, os lábios se curvaram num repuxo quase imperceptível e o olhar estreito revelava um misto de desagrado e repulsa. A reação foi instintiva ao ver que os pombos disputavam pedaços de salgados no chão e que os mendigos avançavam a entrada do lugar para pedir comida. O menino só se restabeleceu quando percebeu que Lígia não se incomodou e que mantinha seus olhos verdes em perfeita harmonia.

— Acho que nunca te perguntei isso, mas por que seus olhos ficam mudando de cor? — Adriano a surpreendeu com a temática.

— Eu não sei dizer. Eles sempre foram assim. Minha mãe fala que é coisa divina e meu pai diz que é uma anomalia. Para mim é normal.

— É lindo, eu nunca tinha visto isso antes.

— Também não conheço ninguém assim.

Para além da empolgação habitual, Adriano planejava, em seu íntimo, surpreender Lígia pelo comportamento, desfazendo uma possível impressão de que ele não gostava de pobres. Para essa façanha ele precisaria de um pobre, de um pouco de dinheiro e da maior cara de pau que pudesse ter. Assim, dois pastéis depois, o garoto se encheu de coragem para uma encenação digna do prêmio Framboesa de Ouro.

— Deve ser horrível viver assim, sem dinheiro nem possibilidade de pegar uma praia, né Gigi?

— Como assim?

— Sim, esses mendigos precisam de ajuda, né?

— Adriano, eles devem pegar mais praia do que nós e, além disso, onde você quer chegar? — questionou desconfiada do papo furado.

— Acho que devemos pagar o almoço de um deles, o que tiver mais cara de pobre, o que acha?

Lígia apenas suspirou. A ideia foi captada, mas ela não iria estragar o momento e deixar que ele pagasse a alimentação de alguém em necessidade não parecia má ideia. De toda sorte, ela preferiu adverti-lo.

— Você sabe que não precisa provar para mim agora que não tem preconceito com pobre, não é?

— Eu? Provar? Deixa disso. Quero fazer por fazer mesmo. Noutro dia eu até dei o trocado da padaria para o menino que ajuda a ensacar as compras adverti-lo e deu um sorriso amarelo.

Apesar de forçado, a atitude revelou o quanto ele se importava com ela e isso a agradava bastante, a ponto dela pensar "precisamos dar um passo a mais". E para uma adolescente como ela, isso significava algo muito sério. Um adulto prudente, todavia, iria alertá-la de que "um passo a mais" não era só sério, mas também um erro grave. Como ela não se consultou com adulto algum e como ignorava quaisquer consequências, foi até o ouvido de Adriano, enquanto ele pagava a conta deles e do mendigo felizardo, e sussurrou: — Precisamos de um quarto — ela mesma nem tinha muita noção de onde veio essa ideia ou a coragem de dizê-la em voz alta, mas, uma vez dito, deu de ombros para si mesma.

Adriano, que conferia as notas antes de entregar ao rapaz do caixa, corou de certa forma que Almir lhe perguntou se estava tudo bem. Após cumprir sua obrigação com o caixa, virou-se para Lígia com os olhos arregalados e assentiu com a cabeça.

— É, acho que sim — disse sem graça.

— Não... se não quiser, tudo bem. Eu mesma nem sei o porquê disse isso — ela também corou.

— Não, não... eu quero sim. Só não sei como.

— Como o quê?

— Digo, onde.

— É, de fato, um problema.

Debater em bom som sobre isso fez com que Lígia sentisse com muita vergonha. Ela pensava que essa possibilidade poderia surgir de forma mais natural e com menos palavras. De fato, poderia, mas lhe faltavam experiências e, bem, adolescentes não deveriam ser experientes nisso mesmo. Por essa razão, tudo foi desconversando e ela inventou que não poderia vê-lo naquela noite, pois seus pais receberiam a visita de uma velha tia e ela teria que fazer sala. Os dois concordaram em se encontrar novamente no dia seguinte, que seria o penúltimo antes da partida.

Na partida, os dois olharam para trás, mas se voltaram para seus caminhos com certo constrangimento que não os visitava antes.

Tão logo o próximo dia raiou, a jovem se preparou para encontrar Adriano. Fez café para os pais, arrumou a cama, limpou a pia e fez todas as atividades que poderia imaginar que Virgínia a mandaria fazer antes de ir.

Marcos estava acordado, sentado na poltrona da sala assistindo televisão. Não havia pedido nenhuma prenda até então, mas tão logo a menina colocou o pé direito para fora de casa, ele fez o que ela mais odiava na vida: começou a falar e pedir coisas.

— Filha, faz um favor — ele disse enquanto fazia sinal com a mão para ela se aproximar.

— Hã?

— Mandei vir aqui!

— O que você quer, pai? Já estava até indo embora.

— Se ficar de castigo não vai embora, o que acha?

— Estou aqui, fala — disse revirando os olhos e apoiando-se no batente da porta.

— Vai até a padaria, compra cinco pães e pega um jornal do Giro da Região na banca de jornal da frente, por favor.

— Mas eu vou me atrasar, pai?

— Para quê?

— Nada, estou indo.

Seu compromisso com Adriano estava marcado para às nove horas da manhã e já eram oito e meia. Certamente se atrasaria e, como as redes sociais não eram o forte daquela época, teria dificuldades para avisá-lo. Mesmo assim, era melhor chegar atrasada do que não chegar. Ela foi à padaria e depois na banca, tudo andando como em uma prova de pedestrianismo, mas isso não a impediu de se atrasar, já que havia fila na padaria e não há como esperar em uma fila com mais ou menos velocidade. A tarefa foi cumprida às nove horas, o que fez com que ela chegasse no local de encontro, que era novamente a padaria do Almir, às nove e meia.

Diferente do que ela esperava, o rapaz não estava irritado com a demora, já que ele estava em plena companhia da amiga em comum de ambos, Menina Sterque, que já estava no meio de uma história sobre a cidade quando Lígia chegou. A amizade dela era muito queri-da para ambos, para que Lígia se irritasse. Em verdade, todos ficaram conversando por muitas horas sobre assuntos diversos, até que se aproximou do horário do almoço.

— Bem, preciso ir agora. Minha família me espera para almoçar — disse a Sterque.

— Ah, que pena — disseram os outros dois em uníssono.

— Só me tira uma dúvida antes de ir, por favor — disse Adriano, bastante curioso e com a mão no queixo — afinal de contas, o escritor do Pequeno Príncipe pousou ou não aqui no Campo da Viação?

— Boa pergunta! — ela voltou a se sentar empolgada — bem, na verdade, isso continua sendo bastante investigado, mas meu tio é bastante convicto de que sim. Imagine só, Antoine Saint-Exupéry aqui em nossas terras praia-grandenses, seria uma honra!

— Verdade, seria sim — assentiu Lígia sorrindo, já que ela também conhecia bem a história do Pequeno Príncipe.

— Pois é, como ele mesmo dizia, és eternamente responsável por aquilo que cativas... — ela olhou nos olhos de cada um deles com um sorriso de canto de boca e os olhos cerrados, como quem percebe algo — bem, agora vou indo mesmo, então nos vemos por aí.

Mas como Antoine também disse que é loucura jogar fora todas as chances de ser feliz porque uma tentativa não deu certo, eles olvidaram sobre a responsabilidade do que se cativa e decidiram planejar o encontro noturno, desta vez, sim, no Travessia.

— Onze e meia em casa, menina — disse Virgínia mexendo as mãos a cada frase que dizia categoricamente — não é onze e trinta e um, não é onze e quarenta, quero você em casa às onze horas e meia da noite e que Jesus me segure se você me desobedecer.

A menina escutou no máximo um terço do que foi dito, na maior parte do tempo, estava apenas balançando a cabeça afirmativamente e pensando "pelo amor de Deus, essa mulher não vai acabar de falar?". Adriano, em outro ponto da cidade, escutava um sermão parecido.

De noite, então, estavam eles na porta do Travessia, um bar que fazia muito sucesso no bairro da Tupi, mas que não costumava ser frequentado por um público daquela idade. Por essa razão, tão logo perguntado, afirmaram taxativamente que haviam acabado de fazer dezoito anos e daí, mesmo sob suspeitas, puderam tomar uma mesa para conversar bebendo refrigerante de guaraná e assistindo às partidas de sinuca de um ou outro habilidoso.

Os dois pombinhos ficaram ali, ora se provocando, ora conversando sobre assuntos aleatórios. O dono do bar, em um instante que só poderia ser paterno, alertou aos dois que o período da matinê estava encerrando e que, a partir daquele momento, era necessário que todos apresentassem a identidade para continuar no bar. Isso era só gabarolice, na verdade ele não havia caído no papo de que eles eram maiores e, para evitar problemas para ele e constrangimento para os menores, inventou essa história que colou muito bem.

— Bem, acho importante mesmo pedir o documento para não vir nenhuma criancinha aqui. É que nós já estamos de saída mesmo, sabe? — disse Adriano engrossando a voz para parecer maduro, mas emendou — podemos só terminar de tomar o refrigerante? — essa última parte soou mais infantil.

Aníbal, o dono do bar, achou graça da última súplica e resolveu permitir a extensão de horário para até o fim do refrigerante, mas começou a fingir que inspecionava o documento de outras pessoas quando notou que o nível dos copos estava demorando para baixar.

Desabrigados às dez horas da noite e sem chances de gastar mais dinheiro, ambos se entreolharam em cumplicidade.

— Então, vamos para o meu apartamento?

Quarto

Ele fechou a porta bem devagar. Usou a mão para amortecer o contato da porta com o batente e foi soltando lentamente a fechadura, como quem tenta se desvencilhar de uma mina terrestre. Nenhum barulho foi ouvido. Em verdade, Adriano anulou para si os pequenos ruídos causados pelo atrito do ferro da maçaneta com restante do conjunto mecânico. Os ruídos foram reproduzidos da mesma forma.

Marcel e Marta haviam tomado uma boa quantidade de uma garrafa de vinho branco e agora descansavam em um sono profundo do outro lado do apartamento. Não levantaram por qualquer barulho.

Ao se virar para dentro do quarto, viu Lígia, iluminada sob a luz do luar, próxima da janela, olhando para ele com os olhos semicerrados e mordiscando suavemente o lábio inferior. Aí estavam aqueles olhos cinzas — ele adorava os cinzas de noite. Ela estava tomada de desejo. Isso ainda o assustava, mas ele ainda não tinha o suficiente.

Ele avançou os poucos metros do quarto em um segundo. Segurou-a pela cintura e a beijou lasciva e ruidosamente. Aquilo durou mais de um minuto inteiro. Lábios nos lábios, até que se apoiaram na cama em sincronia.

Ela estava convicta de que queria tê-lo ali mesmo. Ainda que isso representasse dor ou mesmo que fosse, ao seu juízo, inapropriado.

Mesmo que ainda lembrasse da conduta dele com Rafael e que ainda o achasse um estúpido por isso. Afinal, era química desprovida de razão. Eram, afinal, duas crianças aprendendo artimanhas que só haviam escutado falar. Bem, Adriano tinha mais conteúdos materiais para consultar em sua mente, mas a prática ainda era novidade para ambos. Ainda não sabia o que fazer com as mãos, ou onde posicionar o corpo. Nenhum deles sabia bem de nada.

As pequenas curvas de Lígia se acentuaram e Adriano as aproveitava minuciosamente. Ela se ocupava em beijá-lo do pescoço ao peito até que em pouco tempo estavam despidos, um pelo outro.

Foi uma noite de descobertas, prazeres e declarações absolutamente aleatórias. Uma noite que não seria esquecida, apesar de tudo. Uma noite de trinta minutos. O resto foi sono.

Saiba, aliás, que pouco antes de dormir Lígia pensara em como esperou por aquele momento por vários anos e em como tudo aquilo era diferente do que imaginava. Mais simples, para dizer a verdade. É que às vezes nossos desejos são mortos pela simples presença e, estando presente, não há o que se desejar. Isso, no entanto, não ocupou a mente de Lígia mais do que dez minutos, tendo ela caído no sono abruptamente na sequência.

A claridade do dia incomodou os olhos de Lígia e quando os abriu, percebeu que tinha dormido no apartamento de Adriano. Pensou: — Meu Deus, que horas devem ser? — Na verdade, ela apenas se deu conta do absurdo que era estar naquele lugar, com aquela pessoa, naquele horário e, como ele ainda dormia aos roncos, ela teve que sacudi-lo um tanto, até que o rapagão abrisse os olhos e se desse conta de que também havia dormido.

Adriano, por sua vez, não estava preocupado com absurdo algum. Estava orgulhoso do que fez e do que ainda pensava em fazê-lo. Uma só coisa o preocupou — assim que lembrou — a essa hora, era possível que seus pais estivessem na sala ou na cozinha, tomando café da manhã. Além do constrangimento, seria difícil explicar aquela presença ali.

— Eu vou abrir a porta bem devagar e ver se tem alguém na sala e depois você sai, ok? — Ele simulou certa indolência e tentou acalmá-la da pequena crise de pânico.

— Tudo bem — respondeu ela com os dedos cruzados.

Mais uma vez ele se punha a movimentar o mecanismo da porta, anulando para si o som óbvio que fazia.

— Espera! — disse ela em um gritinho silencioso — e se eles estiverem na sala mesmo, o que eu vou fazer?

— Aí dou um jeito, fica tranquila! — ele falou baixinho enquanto abanava com a mão em direção a ela.

E voltou para a tarefa. A cada milímetro liberado, ele fazia pequenas preces mentais pedindo para a sala estar vazia: — Que não tenha ninguém, que não tenha ninguém, que... — e foi abrindo. De fato, não havia ninguém na sala.

Ele sorriu e falou:

— Não disse que ia dar certo?

Ela se levantou e vestiu rapidamente a calcinha, a camiseta dele e a calça jeans com que foi para lá. Saiu do quarto à espreita e, poucos segundos depois, escutaram os talheres tilintarem na cozinha. Seus pais não estavam na sala, mas estavam tomando café da manhã na cozinha, como temido por ele. O ângulo da porta coincidia com uma vista parcial da cozinha.

— E agora? — ela perguntou quase por mímica.

— Espera...

Os segundos seguintes pareciam uma eternidade, até que Adriano escutou seu pai pedir para Marta pegar o leite no fogão. Ele sabia que ela sentava no lado da mesa que tinha visão para a porta de entrada, então essa era a chance perfeita.

— Vem, é agora — disse ele puxando ela pela mão e abrindo a porta de entrada já sem muito cuidado — nos falamos depois, não esquece.

Ele fechou a porta sem esperar uma resposta. Encostou as costas na porta e suspirou.

— Bom dia filho, não vi que estava acordado — disse Marta com a chaleira cheia de leite nas mãos, olhando diretamente pelo ângulo temido.

— Estou morrendo de fome, o que tem para o café? — respondeu Adriano com um largo sorriso frio no rosto e com o coração em palpitação tão forte que preocuparia um cardiologista que o avaliasse.

Enquanto isso, Lígia, que havia acabado de descer do ônibus, andava apressadamente na rua em direção a sua casa, imaginando o que iria dizer a seus pais, depois de passar uma noite inteira, pela primeira vez na vida, longe de casa. Ao virar a esquina, reparou um carro de polícia e uma ambulância estacionados na calçada em frente a sua casa. Virgínia estava sentada em uma cadeira, chorando e sendo socorrida por uma enfermeira. Pela expressão em sua face, já tinha chorado bastante naquela noite — Eu vou morrer — pensou a menina assim que interpretou a cena.

— Mãe! O que aconteceu? — resolveu fazer-se de sonsa.

De sobressalto, Virgínia se ergueu violentamente e foi em direção à menina que já posicionava os braços em autodefesa, quando foi surpreendida por um abraço longo e muito apertado, sufocante até. O choro da mãe estava abafado pelo contato.

— Onde você estava? Pensei que algo terrível tinha acontecido com você!

De repente a doçura se transformou em melancolia Em seguida, fúria.

— Você quer matar seu pai e sua mãe! — definitivamente não foi uma pergunta — Olha como estou? Nunca mais você vai sair de casa! Esquece que tem amigos, esquece *surf* e esquece tudo o que mais for. Daqui pra frente é trabalho e casa, escola e casa. Acabou!

Sem ter a chance de se defender, Lígia escutava calada. Não era hora de contestar.

— Lí-gi-a! — gritou o pai ao vê-la.

Os olhos da menina saltaram, e parecia que ele sabia exatamente onde ela teria passado a noite.

— Filha, onde você estava? — e olhou com fúria, como se já soubesse a resposta.

— Acabei dormindo na casa de uma amiga — mentiu.

— Garota, entra nessa casa e vai para o seu quarto antes que eu perca a razão aqui.

Mesmo com ela obedecendo, o tom de voz aumentou muito: — Você é uma irresponsável, mimada e ingrata! Só depois veio a calmaria melancólica: — Querida, nunca mais faça isso com o seu pai. Pensei que você... pensei uma coisa muito ruim.

O dia que seguiria seria o último para eles, mas agora havia um grande problema, Lígia não tinha mais permissão de sair de casa.

Subindo a Serra

Em dias de ressaca, as ondas fortes do mar não sabem esperar as marés, batem sem descanso contra as pedras como se quisessem antecipar o encontro inevitável com a areia. Assim era também com Adriano, que não se continha esperando que Lígia o visitasse em seu último dia na cidade. Juras de amor eram esperadas por ele, que pensou várias formas de como se comunicavam.

Assim que acabou o café da manhã com seus pais, o garoto foi para o quarto, correu a mão em uma caneta e escreveu várias cartas direcionadas para Lígia e, como nenhuma delas ficava boa o bastante, amassava uma após a outra e as arremessa no cesto de lixo. Todas tinham seu endereço postal, para que ela pudesse mandar cartas. Tão logo cansou de escrever, deitou na cama onde passaram a noite e ficou relembrando tudo, sentindo o cheiro dela no travesseiro e escutando as mais românticas músicas que a rádio oferecia naquele momento.

Não ocorreu a Adriano que a menina poderia estar em apuros por passar uma noite inteira fora de casa, já que ele próprio não havia descumprido regra alguma.

— Adriano, já vai arrumando suas coisas, partimos daqui a uma hora! — disse Marta da sala.

— Mas já? Não mãe, nós não iríamos só de noite? — Adriano se assustou com a notícia.

— Iriamos, sim, mas seu pai quer sair mais cedo para pegar menos trânsito na volta. Já vai dobrando tudo aí.

O garoto gelou. Isso significava que Lígia tinha pouco tempo para dar as caras, muito menos do que ele imaginava. Por isso, em passos de tartaruga manca, ele foi dobrando as roupas devagar, guardando as coisas nas malas e arrumando o quarto, até que sua mãe foi ajudá-lo sem ser convidada.

— Pronto, agora é descer as malas e colocar tudo no carro.

As malas foram descidas uma por uma, de modo que foi dividida em umas dez viagens. Em uma delas, o garoto levou apenas uma sacolinha de supermercado com um único item, irritando Marta, que já tinha percebido o jogo do filho.

— Filhôo, eu sei que você gostou daqui, mas demorar para arrumar as coisas não vai mudar nada. Em outro verão nós voltamos. Pega lá sua mochila porque vamos partir em cinco minutos.

Foram eternos cinco minutos e nada de a menina virar a esquina, nada de uma carta ou um recado dos outros amigos. A espera estava agoniante e ele finalmente se rendeu, pegou a mochila e passou a caminhar lentamente em direção ao carro, até que escutou.

— Adriano! Vem cá, alguém veio te dar tchau! — gritou a mãe animada.

Adriano correu como em um arrastão para fora de casa, mas tão somente para encontrar a maior decepção de todas, quando reparou que quem foi dar tchau era Peter e não Lígia.

— Poxa vida, corri bastante para chegar há tempo Drico! Que bom que deu certo... vim dar tchau e agradecer por tudo! Quando você volta? — disparou Peter.

— Obrigado Peter, foi legal conhecer vocês também. Sabe da Lígia?

— não perdeu a oportunidade.

— Não sei, ela não veio se despedir?

— Não — disse triste.

— Estranho.

— Pois é.

Definitivamente ela não havia gostado da noite que passaram juntos. Ele devia mandar muito mal, ou então ela só queria isso mesmo. As hipóteses borbulhavam na cabeça dele, que mal percebeu quando o carro deu a partida e saiu. Assim que passou o pórtico da cidade, fechou os olhos com força, percebendo que já era tarde demais.

Para a sua infelicidade, a trilha sonora do carro foi um misto de I Knew I Loved You do Savage Garden, I Don't Want to Miss a Thing do Aerosmith e My All da Mariah Carey. Ele chegou até a derramar umas lágrimas, olhando para fora com a cabeça encostada no vidro do carro. Marta pensou: — Essas músicas são tocantes mesmo. Do alto da Serra, a paisagem era incrível, o sol se despedia deixando um rastro púrpura com um azul em degradê. As luzes da cidade começavam a acender e tudo parecia muito mágico. Uma luneta muito potente poderia revelar que, da janela do quarto de casa, no bairro da Guilhermina, Lígia, de castigo, também encostava a cabeça na janela e derrubava lágrimas pensando em Adriano.

Gestação

Já fazia quatro meses que o verão tinha ido embora e com ele a pessoa que foi objeto de seu incalculável afeto adolescente. Agora o céu não apresentava mais um azul homogêneo sem fim. A cena era mais noir e abria grande espaço para o sentimento nostálgico. Grandes nuvens cinzas anunciavam a chuva, que vez ou outra lavava as ruas e calçadas e deixava claro que a noite seria, além de úmida, fria. A média de temperatura estava em quinze graus Celsius, o que não favorecia muito o turismo de praia e, por consequência, o mercado de aluguel de pranchas.

Por isso, mesmo já estando de férias, às nove e meia da manhã, Lígia ainda estava deitada, olhando para o teto e identificando desenhos e rostos nas manchas de umidade que passaram a cobrir parte de seu quarto.

Ultimamente, ela era só torpor e pensamentos intrusivos. Seus olhos se habituaram a estar cinzas e fazia tempo que não se viam os reflexos azuis e verdes que davam tanta vida a ela.

Um enjôo repentino fez Lígia levantar às pressas para vomitar no banheiro. Já não era a primeira vez nesta semana. Talvez estivesse doente em razão da má alimentação que havia adotado. Ou talvez fosse uma virose trazida pelos paulistas. Maldito presente de inverno.

Lígia se deparou consigo no espelho, quando foi lavar a boca, e teve a impressão de estar inchada. Ela se fitou inerte no espelho por quase dois minutos, até que foi interrompida pelos gritos de Virgínia.

— Lígiaaa! Já são quase dez horas da manhã e você ainda não tomou o café da manhã. Sai já desse quarto e acorda para a vida!

Acordar para vida. Talvez fosse esse o caso. Possivelmente estava em um sonho sem fim.

Ao ocupar a mesa que parecia já estar servida há tempos, Lígia despejou em um tímido filete, um pouquinho de café em sua xícara e pegou um pequenino pedaço de pão. Enquanto passava geleia, tentava não escutar sua mãe cantando hinos da igreja.

— Hosana nas alturas, ele é filho do Senhooor! Louvado é seu nome ó Jesus, o pregador...

— Sério, mãe? Precisa cantar tão alto a essa hora? — disse Lígia em um dos intervalos da cantoria.

— Essa casa precisa de mais presença de Jesus. Você precisa voltar a ir para a missa comigo. E irá, aos domingos. Já passou da hora de parar de andar com moleques e ficar na praia. Uma hora vai aparecer grávida e seu pai vai acabar te colocando na rua! — exclamou Virgínia, mais por impulso do comentário de sua filha do que convicta de sua fala. Ir à missa aos domingos não era o que pretendia Lígia. Mas já não tinha vontade de discutir. E nessa conversa sem sentido, acabou ficando estabelecida sua sentença dominical.

Após mais alguns episódios de febres e vômitos, Virgínia achou que era o caso de levar Lígia ao médico. Por isso se preparou para levá-la ao Pronto Socorro Central. Lígia por várias vezes disse que já tinha idade para ir sozinha e que iria quando se sentisse realmente mal. Sem sucesso.

Ao chegar no Pronto Socorro, Lígia fez questão de entrar sozinha na sala do médico, já que não pôde ir sozinha até o PS. Por já estar impaciente com as reclamações da filha, Virgínia concordou e ficou fora conversando sobre a igreja com uma senhora que havia sentado ao seu lado.

A sala de atendimento não era espaçosa. Havia uma maca coberta por um papel quase transparente, no canto esquerdo, uma mesa com um computador, no qual o médico olhava fixamente e a mesa branca à sua frente.

Ela se sentou olhando fixamente para o médico, aguardando que a iniciativa partisse dele. Mas ambos ficaram em silêncio.

— Bem, se não tem queixa, devo presumir que está bem e chamar o próximo da fila, certo? — disse o doutor Pedro Serra, fazendo-se presente pela primeira vez, mas ainda sem tirar os olhos da tela do computador — ou vai me dizer o que há?

— Desculpe doutor. Bem, eu tenho sentido enjôo diversas vezes pela manhã. Não estou conseguindo comer direito e tive febre nos últimos dois dias.

— Humm parece virose — e olhou para ela pela primeira vez — comeu algo estragado nos últimos dias?

— Não que eu saiba.

— Bebeu água desses vendedores ambulantes?

— Acho que nunca.

— Você é virgem?

— Eu... — ela corou instantaneamente, passando a olhar fixamente para a mão do médico — eu acho que não... sabe...

— Olha, garota, se não me responder direito, não consigo fazer o meu trabalho e, se esse for o caso, já pode ir!

— Não sou, doutor, desde pouco tempo atrás.

— Ora veja, tão nova... enfim, já imagino o que possa ser. Vai aguardar na sala ao lado para tomar essa injeção e fazer esse exame de sangue, depois volte aqui com o exame pronto para eu fazer seu retorno.

Ela saiu da sala com os papéis de solicitação de exame e injeção em mãos e ainda bastante corada. Virgínia ainda estava conversando com a senhorinha. Ambas estavam bastante entretidas falando sobre como Deus castigaria aquelas mulheres que estavam indo à missa com saia acima do joelho. Só notou a presença de Lígia quando ela sentou ao seu lado.

— O que ele te disse?

— Vão me chamar pelo nome para tomar uma injeção e depois para fazer um exame de sangue. Ele acha que é virose.

Já passava uma hora quando a enfermeira de cara fechada chamou o nome de Lígia, como se já tivesse chamado cinco vezes antes.

— Sente-se ali. Primeiro vou tirar sangue para o exame e depois aplicar a injeção — disse enquanto preparava a agulha.

— Mas o médico disse que era primeiro a injeção.

— Esses médicos não sabem de nada por aqui. Fica tranquila que sei o que estou fazendo. Não se preocupe que os resultados vão direto para a mesa dele e ele vai te chamar pelo nome, não precisa pegar outra senha.

— Obrigada.

Outra hora. O serviço de saúde pública sempre está onerado. Ou faltam profissionais, ou aparelhagem. Às vezes a demanda é massiva e repentina. Outras vezes o que falta é motivação. Mas tudo isso era sabido por todos, então aguardar uma hora a mais já era esperado.

Lígia Sinclair, bradou o médico.

Dessa vez, ao entrar na saleta, ela pôde perceber o olhar dele bastante fixo nela. As maçãs do rosto bastante enrijecidas e o semblante de quem tem uma notícia devastadora para dar. O Dr. Serra era naturalmente sisudo. A caminhada até seu assento foi bastante amarga e mais longa do que deveria ser.

— Veja, tenho uma notícia boa e uma ruim para te dar. Qual devo dizer primeiro?

— Diga a boa, doutor, por favor.

— A boa é que você não tem virose nenhuma — ele sorriu com o canto da boca — bem, vou me avançar na má, ok?

— Diga — Lígia já estava impaciente com o joguete do médico, então acenou com a cabeça para que dissesse logo sua sentença, enquanto espremia os lábios.

— Seu fígado está crescendo. E vai continuar crescendo nos próximos nove meses, até que eu precise tirá-lo ou por cirurgia, ou naturalmente

— seu sorriso aumentou sadicamente e começou a gargalhar da piada mórbida cuja graça era unilateral.

— Estou grávida, doutor?

— Mais grávida impossível. Ações têm consequências, minha filha. Primeiro a alegria, depois a responsabilidade — e se pôs de pé — mas não se preocupe com isso. Os sintomas devem continuar assim nos próximos meses, mas você vai se acostumar. Dê entrada no posto de saúde próximo da sua casa para o acompanhamento pré-natal e eles vão verificar a normalidade de tudo. Ao que parece, você está de dezesseis semanas.

Continuar olhando séria para o médico foi a única coisa que conseguiu fazer, até que ele abriu a porta e a convidou para sair, sem mesmo lhe dar os resultados dos exames.

Virgínia, já entediada, levantou-se com o abrir da porta e logo se dirigiu à filha.

— O que ele disse que você tem Lígia? — perguntou Virgínia, que já estava sozinha.

— Virose, mãe. Recomendou soro caseiro e descanso.

Camuflado

Estranhamente, os dias de Lígia não mudaram muito depois da notícia. Passava o dia em casa, comendo, limpando a casa, ouvindo música e lendo bastante. Lia de forma compulsiva Shakespeare e Sêneca, deste último lia especialmente as tragédias como Medeia e as cartas a Lucílio, livros que antes estavam encaixotados e cuja origem não tinha a menor pista, já que não era a bibliografia preferida de nenhum de seus pais.

Nesta manhã acordou cedo. Preparou o café da manhã de todos e já estava na mesa quando seus pais se puseram a tomar café da manhã. Apesar de prendada, não estava exatamente querendo conversar.

Estava sentada com as pernas cruzadas no assento da cadeira, os cotovelos apoiados na mesa e lendo desesperadamente Hamlet. Precisamente o fascinante monólogo "Ser ou não ser".

— Ser ou não ser, eis a questão. O que é mais nobre? Sofrer na alma as flechas da fortuna ultrajante, ou pegar em armas contra um mar de dores pondo-lhes fim? Morrer, dormir e nada mais; e por via do sono, pôr um ponto final aos males do coração e aos milhares de acidentes naturais de que a carne é herdeira, num desenlace devotadamente desejado. Morrer! Dormir; dormir, dormir... sonhar talvez, mas aqui está o ponto de interrogação; por que no sono da morte, que sonhos podem assaltar-nos uma vez fora da confusão da vida? É isso que nos obriga a refletir: é esse respeito que nos faz suportar por tanto tempo uma vida de agruras. Pois quem suportaria as chicotadas e o escárnio do tempo, as injustiças do opressor, as afrontas dos orgulhosos, a tortura do amor desprezado, as demoras da lei, a insolência do oficial e os pontapés que o paciente mérito recebe do incompetente quando o próprio poderia gozar da quietude dada pela ponta de um punhal? Quem tais fardos suportaria preferindo gemer e suar sob o peso de uma vida fatigante a não pelo medo de algo depois da morte. Esse país desconhecido de cujos campos nenhum viajante retorna, e que nos embaralha a vontade e nos faz suportar os males que temos em vez de voar para o que não conhecemos? Assim a consciência nos faz todos covardes. E assim as cores nascentes da resolução empalidecem perante o frouxo clarão do pensamento e os planos de grande alcance e atualidade por via desta perspectiva mudam... — parou de ler e olhou o balbuciar dos pais por cima do livro: — Bem, lá vem os Polônios.

Ela não podia esperar que leria tranquilamente na mesa de café da manhã, sem ser interrompida pela conversa dos pais. Assim o foi.

— Mais um dia de formação dos soldados, Virgínia. E hoje vou dar instrução no campo de formação, sobre camuflagem — disse Marcos com um orgulho de um cachorro que acaba de trazer um grande graveto ao dono.

— Que orgulho de você. E como será essa instrução? — perguntou Virgínia já sentada à mesa.

— Ah, vocês não vão querer saber. É meio técnico — ele queria confetes.

— Diga logo, pai, ou não vamos conseguir terminar esse café — disse Lígia com uma ironia ácida.

— Fale direito com o seu pai, mocinha — rangeu Virgínia.

— Bem, se vocês insistem, vou contar tudo. Primeiro vamos explicar toda a teoria para a molecada. As técnicas de simulação e dissimulação. Depois fazemos eles testarem as camuflagens...

A atenção de Lígia já havia se perdido. Ela só enxergava os vultos dos pais conversando, enquanto raciocinava sobre "como" e "se" deveria contar aos pais sobre a nova notícia. Principalmente sobre o "se". Afinal, ainda não havia esquecido sua mãe mencionar que seu pai a expulsaria de casa se ela aparecesse grávida. E, sinceramente, todos os sinais convergiam para essa tese.

Em um dos intervalos, quando se atentava na conversa dos pais, escutou a seguinte frase.

— Aliás, toda essa promiscuidade ainda vai ser recompensada com os mais pesados castigos dos céus. É preciso respeitar as famílias tradicionais e os bons costumes.

Ela não tinha a menor ideia do contexto daquela frase, embora notasse pequenos desvios de olhares dos pais para ela, enquanto o assunto corria, como se ela estivesse participando daquilo ou como se todo o discurso fosse direcionado para ela. Independente do contexto, isso só podia significar rejeição sobre seu estado gravídico e ela não estava preparada para a rejeição. A saída, portanto, era a simulação e a dissimulação. Pelo menos até que a situação lhe fosse favorável, ou que pudesse lidar com tudo aquilo sozinha.

A Menina Sterque era uma das raras pessoas com a qual ela gostava de falar. Na verdade, de ouvir, ela já não falava muito. Por isso, após o café da manhã, vestiu um moletom largo e caminhou até um estabelecimento em frente à praia chamado Café Paraíso, onde encontrou a Sterque sentada, tomando café e lendo um pequeno livro de história, com algumas anotações.

— Oi Sterque. Posso me sentar com você? — e se colocou junto da cadeira enquanto esperava a confirmação.

— É claro — assentiu sorridente.

— Sobre o que está lendo?

— Sobre algumas histórias da nossa região. Tem muita coisa interessante. Se quiser, te empresto.

— Não, obrigada. Estou lendo outras coisas agora. Umas cartas de Sêneca e outras coisas assim.

— E isso te ajuda?

— Não sei, mas tem ocupado meu tempo ocioso. E o seu livro, te ajuda?

— Creio que sim. Entender o passado te dá ferramentas para boas escolhas no futuro. Veja, por exemplo, Praia Grande, quando ainda era conhecida como São Vicente, serviu bastante como espaço de produção agrícola para abastecer as cidades vizinhas e as decisões de investimento em acessos, como a Ponte Pênsil, fez com que acelerasse nosso desenvolvimento, o interesse imobiliário e a possibilidade de independência. Por isso agora somos uma cidade independente e ainda com muito potencial.

— Eu não acho. O passado está sempre para trás, não faz muita diferença. Nem o futuro tem feito alguma diferença ultimamente. Estamos em constante progresso de edificação para o fim.

A menina notou que as frases de Lígia escondiam algo, mas não quis se intrometer naquilo. Ainda não entendia bem o que estava acontecendo, mas ousou dizer.

— Você parece se edificar mais para um começo do que para o fim — e sorriu antes de fechar o livro — bem, agora preciso ir.

Lígia se pôs a caminhar de volta para casa. Com aquela quantidade de semanas, já conseguia sentir algo crescendo dentro de si. Outros sinais tímidos de sua gravidez também já apareciam. Os seios estavam mais pronunciados, os pés levemente inchados, apesar de ela insistir que isso se dava por conta das caminhadas. Além disso, a fome que não parava de crescer.

Apesar de tudo parecer enfadonho, tudo também lembrava a gestação. Desde o formato das nuvens que agora lembravam carrinhos de bebê, ou, às vezes, pequenos ursinhos, até a quantidade exagerada de vezes em que passava por lojas de roupas infantis ou que via outras mulheres grávidas na rua. Era uma grande conspiração mundial.

Para Virgínia, no entanto, os sinais foram interpretados como resultado do novo estilo de vida de Lígia. O excesso de alimentação, a falta de exercícios físicos, e, principalmente, pelo que julgava ser um afastamento de Deus, possivelmente causado por suas novas leituras. Não faltaram oportunidades em que flagrava Lígia em verdadeiros assaltos na geladeira, em horários diversos. Situações nas quais as mais curiosas misturas eram realizadas em um grande desafio gastronômico, como manga com arroz e feijão.

De qualquer jeito, enfrentar a pecha de gorda era mais confortável do que dizer a verdade.

Vida e morte

Não é difícil imaginar que Lígia estava fatigada de todas as platitudes de seus pais, mas também de todas as pessoas que lhe perguntavam sobre seu novo estado de saúde e seu sumiço das atividades cotidianas. Como poderiam cada um deles não notar o que estava diante de seus olhos, por debaixo dos casacos de Lígia e de toda aquela encenação frágil? Como poderia uma gravidez tão avançada passar despercebido por aqueles próximos e por quem mais viesse?

Certa feita, ao pegar um ônibus rumo ao hospital, um rapaz sentado no assento reservado para deficientes e gestantes lhe ofereceu o lugar sem pestanejar. Isso levantou uma séria suspeita de que seu disfarce corria risco de descoberta: — Ora, já deve estar dando na cara, para um paisano qualquer me oferecer lugar sem que eu esteja enferma.

Mas não era esse o caso. O galanteador do ônibus apenas queria fazer uma gentileza, esperando ser notado. Tendo sido completamente ignorado pela menina, que se sentou apreensiva, ele logo foi tomar outro assento no fundo do ônibus.

Marcos e Virgínia continuavam pensando que a filha passava por uma fase complexa da adolescência e que logo voltaria ao vigor físico e mental. O pai achava que tudo aquilo era uma frescura e planejava acompanhá-la em uma bateria de exercícios físicos, mas só tomaria tal linha no ano seguinte, já que estava completamente focado em sua ascensão de carreira. Virgínia orava, pedia que os irmãos da igreja também o fizessem, mas jamais teve atitude mais comissiva que essa.

Por essa razão, a menina continuava imersa em suas atividades no quarto, nas leituras extensas e, vez ou outra, saía às escondidas para caminhar no calçadão. Caminhadas relativamente curtas, seja porque as fazia depois do crepúsculo, seja porque seu atual estado físico era limitante. Fato é que, depois de percorrer a linha reta, costumava sentar-se em um dos bancos virados para o mar e prestar atenção nas pessoas, e na vida ao redor. Em uma dessas vezes, ao observar um grupo que se preparava para um luau na praia, foi convidada a tomar parte e sabendo que sua presença ou ausência não estava sendo muito notada em casa naqueles dias, resolveu aceitar e ficar um pouquinho mais na rua.

Era comum naquele tempo que alguns grupos, tão logo o cair do sol, resolvessem cavar enormes fissuras na areia, fazendo duas meias luas que se encontravam e um espaço saliente no centro. O espaço central era reservado para uma fogueira que era alimentada durante toda a noite e que servia para assar marshmallow, ou qualquer outra coisa que se quisesse colocar nos gravetos que eram levados ao fogo. Os espaços em semicírculo, eram os assentos tomados pelas pessoas. Lígia ocupou a parte mais afastada, em uma das pontas, distante de todos.

Todos aqueles jovens eram muito legais. Um deles era muito habilidoso com o violão e se gabava com apresentações diversas. Além de tocar, entoava com uma voz grave diversos clássicos da época, dignos das ovações que recebia a cada intervalo. Lígia, até então sentada sozinha, não tirava os olhos e ouvidos do tocador. E quem pensava que ela o queria estava enganado, ela tinha os olhos fixos nele, mas sua cabeça reproduzia Adriano. Pensava se a criança que iria parir se pareceria com ele, se ele voltaria para vê-la e se um dia poderia educá-la para tocar violão daquele jeito.

Toda aquela fissura chamou a atenção de Priscila, que não estava sozinha, mas se desprendeu das duas amigas que conversavam entre si e sentou mais perto de Lígia.

— É a primeira vez que vem ao luau? — perguntou interrompendo o transe da menina.

— Sim, nunca tinha visto vocês aqui, nem escutado esse menino

— Lígia achou graça de chamar o tocador de menino, pois sentiu que os ares da gravidez lhe permitiam se sentir mais velha que os da sua idade.

— Ah, você não deve sair muito a essa hora, eu imagino. Estamos aqui por várias noites e o Jordan normalmente está tocando. Ele se acha muito — ao final da frase se retorceu um pouco e Lígia pôde perceber que ela tinha uma saliência maior que a sua na barriga.

— Bem, eu não saio muito mesmo... você sai muito assim?

— Assim como?

— Bem, acho que grávida. Desculpa se não tiver — disse constrangida.

— Sim, estou meio grávida — e riu da própria piada.

— Meio?

— Bem, estou grávida, mas não doente. Saio e faço tudo o que gosto, mas logo não estarei mais — ela cerrou os olhos como se tivesse uma breve reflexão — logo vou estar normal.

— Você parece normal.

— É que haverá uma cirurgia. Bem, eu nem deveria estar falando isso com você — e apontou para o Jordan que começava a tocar Legião Urbana — sabe cantar essa?

Elas cantaram algumas músicas juntas, acompanhando o coro. Tomaram um pouco de refrigerante, mas Lígia queria se pôr mais a par do assunto que tinha começado.

— E o pai do neném, o que acha disso tudo? — perguntou Lígia, meio sem contexto.

— Lígia, eu sou pai e sou mãe, sou vida e morte dessa criança — a frase terminou bastante sombria.

— Do que está falando?

— Eu não tenho ideia de quem é o pai. Ele pode até estar nesse mesmo luau, pelo que me consta, mas isso não importa. Tenho vinte anos e preciso tocar minha vida, preciso fazer minha faculdade, preciso trabalhar e fazer todas as outras coisas que jamais faria cuidando de uma criança sozinha. Não tenho ninguém por mim, então infelizmente não há saída que não seja visitar a Marlene das Facas.

— Quem é Marlene das Facas? — perguntou Lígia horrorizada com o diálogo.

— Ela é famosa na Vila Sônia por fazer — e chegou bem perto do ouvido de Lígia para sussurrar — o procedimento para retirada de bebês. Sabe? Aborto mesmo.

— Que horror! — a ideia lhe fez confusão. O próprio pensar no assunto embrulhou seu estômago e ela pôs a mão na boca enquanto falava.

— Se perguntar lá pelas ruas depois do canal, todos a conhecem. Ela faz muito isso e vou te dizer que não é a primeira vez que vou fazer, infelizmente. É tanta desgraça nesse mundo, não é — disse ela e olhou para Lígia, percebendo que tudo aquilo não havia sido bem aceito e que essa não foi a melhor conversa que teve.

— Ah... — Lígia não terminou a frase, mas colocou a mão na barriga enquanto olhava para Priscila.

— Bem, agora vejo o porquê de seu interesse. Não acho que isso se aplique a você. Não quero ter esse tipo de influência.

Aquele diálogo tornaria a noite de Lígia bastante longa. Tão logo a próxima música terminou, ela cumprimentou Priscila, prometendo que voltaria em outro dia e depois partiu para casa. Deitou em sua cama e demorou muito para refletir. Muitos ensaios sobre como poderia ser sua vida lhe passaram pela cabeça.

Maldizeres

É de senso comum que uma ideia implantada na cabeça de uma jovem pode dar frutos bons ou ruins a depender de como essa ideia se maturou. E ainda mais importante é saber que, na maior parte das vezes, quem a plantou sequer sabe que o fez, pois sequer teve essa intenção.

Para dizer a verdade, Priscila alugou um apartamento de ideias na cabeça de Lígia, o que não poderia ser de bom destino.

As semanas que se seguiram, e relembramos que ela já estava muito próxima de parir, foram recheadas de acontecimentos que a colocaram em contato franco com seus pais. Hora porque sua mãe lhe pedira ajuda para fazer o almoço para receber as amigas da igreja, e durante a feitoria não parava de tagarelar sobre tudo, hora porque seu pai lhe chamava e a obrigava a fazer consigo uma caminhada até a padaria do Senhor Almir, em frente à praia, momento em que também tagarelava muito, mas sobre geralmente o trabalho. E outra vez, e essa nos interessa muito, em que os pais chamaram Lígia para conversar na sala.

Diante de toda a ordem de convívio, uma conversa na sala era incomum e até algo a ser temido.

Ao chegar na sala, notou um clima inquisitorial. Havia uma cadeira posta de frente ao sofá carmim, onde ambos sentavam como soberanos dividindo o mesmo espaço apertado. Marcos estava com os braços no encosto do sofá, envolvendo os ombros de Virgínia e dando a impressão de ser bem maior do que de fato era. Todo o ambiente pareceu se encolher e a lâmpada amarela e quente que estava pendurada pelos fios no centro da sala parecia até mais fraca. Uma verdadeira cena de interrogatório em uma prisão russa.

Marcos quebrou o gelo: — Ninguém vai te prender não, senta aí, gordinha — disse com um sorriso semicerrado.

— Marcos! — repreendeu Virgínia, não pelo adjetivo, mas porque ele abriu as pernas esmagando as dela no sofá.

— Bem, sobre o que querem conversar? — perguntou Lígia com bastante curiosidade e inquietação, afinal, não era sobre tudo que estaria disponível.

— Ué, sobre tudo. Os pais não podem conversar com os filhos despretensiosamente? — ele se orgulhou de falar uma palavra nova para ele, despretensiosamente, e até repetiu depois.

— Ué, pode né?

— Mas sem muito mais rodeio, nós já sabemos de tudo Lígia — disse Virgínia irrompendo-se na frente de Marcos.

— De tudo o quê? — Lígia suava frio e parecia que o parto ia acontecer lá mesmo.

Quando alguém diz que já sabe de tudo, toda a sorte de malfeitos lhe vem à cabeça como um disparo. A campainha do vizinho que apertou e saiu correndo, os alardes que fez na escola, os amantes e até a gravidez escondida, que era o caso de Lígia.

— Você tem aparecido com olheiras durante as manhãs, tem comido muito mais do que o normal e lido livros de filosofia antiga e estranha. Não sai mais com os amigos e tem passado mal toda a semana. Isso só pode significar uma coisa - disse Virgínia observando cada milímetro de reação da filha.

— Bem, eu ia contar antes, mas fiquei com receio, sabe — disse Lígia, bastante desconcertada e já com lágrimas nos olhos, porém, de certa forma, aliviada. O bebê não demoraria a nascer, já tinha adentrado ao oitavo mês da gravidez. Mesmo com medo, acreditou que era o momento de se livrar daquele grande peso.

— Não precisa ter receio. Seu pai passou por isso há muito tempo. Antes de nos conhecermos — disse Virgínia cabisbaixa.

— Ah... meu pai? Mas como?

— Foi na adolescência, mas ficou por lá mesmo. Quer dizer, nós dávamos boas risadas na época, mas isso é molecagem e não faz bem para ninguém — disse Marcos, sem nem olhar para a filha.

— Molecagem... — repetiu Lígia — eu não sei se estou entendendo bem.

— Maconha é coisa do diabo, Lígia. Não é porque seus amigos surfistas fazem uso que você precisa seguir o caminho deles. Sempre deixamos você fazer suas escolhas, nunca te obrigamos a nada, nem a igreja, e Deus sabe que queria te amarrar e colocar você para assistir às missas, mas nem na igreja te obrigamos a ir. Agora você tem que aproveitar o seu livre arbítrio e tomar decisões corretas ou vai acabar viciada em alguma coisa, praticando crimes, ou pior, grávida com essa idade.

Foi o sermão mais bizarro que levou em sua vida. Seja porque essa bendita liberdade não era bem como estava sendo dita, seja pela passividade com que estavam abordando o tema da maconha e principalmente pela maneira como a fala de Virgínia terminara.

— Eu não entendi bem... prefere que eu fume maconha a aparecer grávida?

— Marcos, explica para ela, porque já estou perdendo a paciência.

— Filha, preferimos que você tenha hábitos melhores. Que faça corridas de manhã, se alimente bem, sem assaltar a geladeira de madrugada, que passe a ir à igreja e que tenha amigos melhores. Sobre a maconha, não queremos não, mas é menos pior que aparecer grávida sim. Imagine só como seria essa casa e o que iriam falar de mim lá no quartel.

Isso foi inacreditável. Lígia já imaginava que a sua gravidez seria indesejada por seus pais, mas perdeu a última fagulha de esperança de acolhimento após ouvir aquelas palavras. Ainda mais de Marcos, que sempre se posicionou absolutamente avesso ao uso de maconha e que frequentemente soltava frases como "esses maconheiros têm que levar uma surra para aprender a respeitar a sociedade", e agora ele dizia que seria preferível isso a uma gravidez. Que disparate!

A menina não se esforçou para contra argumentar. Escutou os diversos sermões que seguiram, cada qual mais distante do bom senso e do que ela esperava dos pais e desta vez não pôde terminar a conversa com indiferença. Estava triste, realmente triste e inconsolável, como se toda a realidade que os últimos oito meses escondiam, tivesse caído sob sua cabeça de uma só vez.

Após a tristeza, sentiu raiva, muita raiva e a direcionou para o estranho, que apesar de estar dentro dela, ainda lhe era um estranho que havia mudado toda sua vida. Passou a noite maldizendo a criança e lamentando o dia em que conhecera Adriano. Culpou o feto, ainda inominado, por todos os males do mundo. O culpou por perder o interesse nos amigos, o culpou por não poder se dedicar ao surf, por perder a oportunidade de ser notada por um olheiro de esportistas, por sua indisposição física e pela reação de seus pais. Todo esse engodo, aliás, estava tomando uma forma muito mais sombria do que o esperado.

Há casos em que os males do puerpério aparecem antes mesmo do parto e podem ser causa de muitas tragédias, como o noticiado por um jornal local em que uma mulher jogou seu bebê recém-nascido pela janela do apartamento, arrependendo-se quase que imediatamente. O psicólogo criminalista comentou o caso dizendo que "há muitas manifestações dos males do puerpério, e que a mãe que passa por isso, muitas vezes é compelida a ações por um estado psíquico alterado, ou seja, sem que isso seja uma intenção ponderada".

Os maldizeres estavam se tornando ação comissiva, mesmo hoje, sabemos que suas ações não estavam sendo precedidas de reflexão. Nada se sucederia como foi se Lígia tivesse procurado a ajuda certa, contudo, naquele momento não foi o que aconteceu. Mas o que estamos contando está no passado, totalmente imutável, de modo que, apesar de nossas lamentações, só nos resta descrever como foi. E foi assim: Lígia abriu os olhos às onze horas da noite, depois de um brevíssimo cochilo precedido de horas de choro. Levantou da cama, pegou um lenço grande e pôs no pescoço. Pegou dinheiro na gaveta da cômoda e saiu de casa furtivamente. Repetiu três vezes, de maneira bem baixa, no ponto de ônibus, as palavras: — Marlene das facas, rua do canal, Vila Sônia.

Enquanto isso

Essa era a aula mais divertida que a turma do cursinho Sol Nascente havia participado. O professor Rubinho e a professora Alma estavam extremamente animados, cantavam as fórmulas ensinadas e dançavam no ritmo de um pagode conhecido. Todos os acompanhavam batendo palmas na marcação ensinada.

Ao final, os professores aconselharam a todos que deveriam tirar o dia seguinte para descansar e se divertir sem pensar na prova, mas sem exagerar quanto à bebida e ao horário de dormir. Já para o dia da prova, seria interessante preparar um kit com caneta preta e caneta azul, lápis e borracha, régua transparente, água, chocolate e um documento com foto. E assim, Adriano saiu da última aula com a segurança de que o tempo que havia investido naquele curso tinha valido a pena, estava seguro para prestar os processos seletivos das instituições almejadas.

Desceu a escada rolante do metrô cantarolando o samba ensinado. Ao atingir o meio da escada, seus olhos se encontraram com o de uma garota que subia pela escada rolante paralela. Foi um encontro de olhar rápido, que se quer afetou a garota, mas que trouxe uma avalanche de lembranças à mente de Adriano. Aqueles olhos cinzas... onde estaria Lígia, será que ainda se lembrava dele. Pensou em ligar para ela ou para algum dos colegas que havia feito, mas não tinha o número de telefone de ninguém. Então se lembrou que seu pai era amigo dos Sterques.

No restante da viagem foi se lembrando dos dias que passou em Praia Grande durante as férias de verão, de seu amor ardente e da vergonha de não ter voltado lá mesmo após tantas promessas: — "Eles também não me procuraram, então não devem sentir minha falta" — chegou a pensar, mas sabia que era apenas uma bravata contra si.

Chegando em casa, foi direto a cozinha verificar o que tinha para comer, uma vez que a aula o tinha deixado faminto. Fez um lanche, pegou um copo com refrigerante e foi para sala. Se sentou em uma poltrona colada a uma mesinha de telefone e, enquanto devorava seu lanche, consultava a agenda telefônica da família acompanhando as letras com o dedo, até encontrar o "S". Foi correndo o dedo entre os nomes e bingo! Família Sterque. Tirou o telefone do gancho e começou a discar o número 013...

— Alô! Com quem estou falando?

— Com quem deseja falar? — respondeu uma voz masculina grave do outro lado da linha.

— A Menina Sterque está? — perguntou Adriano um pouco sem graça, nunca havia ligado para ela antes e nem sabia se a própria família também a chamava assim. Provavelmente não, mas não conhecia outra maneira de chamá-la.

— Menina Sterque? Tá! Vou chamá-la — disse a voz que parecia rir.

Adriano não entendeu a graça, mas logo esqueceu do ocorrido.

— Alô! Quem fala?

— Oi, sou Adriano, amigo da Lígia que trabalha com o Clayton na loja de pranchas, nos conhecemos no último verão — disse Adriano tentando dar o máximo de referências para que ela o identificasse.

— Claro que me lembro de você, não poderia esquecer de alguém tão interessado nas histórias de Praia Grande.

— Que bom! Fiquei preocupado em parecer evasivo.

— De forma alguma. Mas como posso ajudá-lo?

— Bem... senti saudades da PG — respondeu Adriano tentando rodear para chegar ao verdadeiro motivo que era ter notícias de Lígia.

— Ontem eu estive no Portinho para um passeio ecológico no mangue. Você conhece o Portinho?

— Sim. Gosto muito daquele espaço, meus pais costumavam fazer churrasco lá... apesar que prefiro ir aquela churrascaria que fica ali na entrada do Portinho.

— O Boi Bão? Também gosto. Acho que é a melhor churrascaria da região!

A conversa seguiu com a Menina Sterque falando de curiosidades sobre a cidade e Adriano interagindo com as descobertas, mas sem oportunidade ou coragem de perguntar sobre Lígia.

— Sabia que foi minha vó quem deu o nome das ruas do bairro Flórida? — emendava a garota.

— ... — o interlocutor estava mudo.

— Você continua aí? — conferiu ela — estou, mas preciso ir. Obrigado por tudo!

Essa ligação não foi fácil para ele, mas sentiu que precisava testar se as pessoas de lá também sentiam a falta dele. Por alguma razão, achou que não e que não deveria mais fazer contato. Era hora de dedicar-se nos estudos planejados por seus pais e uma distração como essa não era bem-vinda.

O domingo chegou e, com ele, o dia da prova aguardada. Adriano se levantou cedo e calmo, se organizou e estava saindo para a prova quando Marcel se ofereceu para acompanhá-lo. Apesar de dizer que não era necessário, a insistência do pai o convenceu. Ele não queria que nada o tirasse do foco. Logo ele descobriu que a decisão foi acertada, já que, quanto mais estava próximo do local da prova, mais a calma de Adriano era convertida em pura tensão.

Há poucos metros do local da prova, como técnica para se acalmar, fechou os olhos e se lembrou da magnífica paisagem do pôr-do-sol na Serra, com a Baixada Santista de fundo. Podia escutar o barulho de água caindo e até de pássaros cantando e logo foi interrompido pela sensação do carro freando. Tinha funcionado, de todo modo.

— Boa sorte nessa prova, meu filho. Confio em você e sei que você vai nos orgulhar muito. Mostra para eles tudo o que você aprendeu no cursinho... sem pressão, aliás.

Marcel abraçou o filho e disse que estaria esperando por ele ali no portão até ele acabar a prova e de fato ficou. Viu quando o portão se fechou enquanto alguns candidatos atrasados corriam e conseguiam entrar e outros ficavam de fora. Escutou o sinal tocar, indicando que as provas começaram e viu muitos candidatos saindo antes de Adriano, alguns tristes, outros animados e outros indiferentes. Adriano, por sua vez, saiu confiante da prova e comemorou com o pai. Os dois seguiram para casa conversando animadamente sobre as questões que caíram na prova, marcando o que poderia ser o início de uma nova jornada para o rapaz.

De volta à pavorosa cena de Lígia, que ainda se mantinha firme em sua convicção recente e mal formada, nos cumpre dizer que o caminho dela até o bairro da Vila Sônia não teve grandes pontos de importância. Depois de voltas e voltas em um ônibus quase vazio, sob recomendação do motorista, desceu em um ponto iluminado, pouco antes da rua do canal.

Logo ao descer, percebendo uma súcia que se formava perto de um bar, cujos rostos pouco convidativos não intimidaram a garota, Lígia resolveu perguntar pela mulher, cuja informação reunida era apenas que era conhecida por Marlene das Facas e que ficava depois da rua do canal.

— Oxe patricinha, por que acha que eu me envolvo com aquela mulher? Tenho cara de parideira, é? — Respondeu a primeira mulher para quem perguntou.

Apesar da resposta intimidadora, ela já estava ali e perguntaria até para os cachorros na rua, se fosse preciso. Não foi, aliás. E a resposta veio de um garoto do qual ela nem se importaria em perguntar. Um rapaz bastante franzino, com os braços repletos de tatuagens, vestindo um moletom enorme e um boné preto e carregando um saco grande de latinhas amassadas se aproximou e declarou logo:

— A Dona Marlene mora na terceira casa da próxima rua. É só tocar a campainha que ela sai. Mas você tem certeza de que quer visitá-la?

— Estou certa de que sim.

— Bem, o que é de gosto é regalo da vida, já dizia minha vozinha falecida — disse o rapaz dando de ombros.

Lá foi Lígia, sem nem agradecer ao rapaz, que também não estava acostumado com agradecimentos.

Ao virar a rua, chegou até a rir involuntariamente. A terceira casa se anunciava sozinha, pois as duas primeiras eram quase um terreno baldio com portões de ferro-velho e quebrado e a terceira casa tinha um vistoso portão de alumínio preto e um grande muro branco de alvenaria, com uma placa escrita à mão onde se lia "Marlene F. - Massagem e Estética".

Ela não precisava nem de massagem, nem de estética, mas não poderia ser outra Marlene e aquele "F" só poderia estar escondendo a palavra "facas", por isso se incumbiu logo de apertar a campainha duas vezes, com o intervalo de cinco segundos entre uma e outra vez. Logo depois do segundo aperto, escutou uma voz estridente lá do fundo da casa que grasnava: — Eu não sou surda, caralho, já escutei da primeira vez!

A valentia da menina já estava muito comprometida quando Marlene abriu a porta e disse:

— O que você quer?

— Acho que é mais sobre o que eu não quero — respondeu a menina sem pensar.

— Pelos céus, e o que você não quer, garotinha?

— A criança, eu sou um monstro por isso, mas não a quero. Não posso querer, sabe? Nada disso foi de propósito e eu nunca tinha feito nada.

Alguém com o ofício de Marlene já estava calejada de conversas como essa e não tinha muito interesse nas razões pelas quais as mães faziam o que faziam, fosse na idade que fosse. Por isso, Marlene conduziu Lígia para dentro sem muito esforço, ofereceu-lhe um copo de água com açúcar e assegurou que era a melhor no que fazia. Dito isto, pediu o preço que deveria ser pago. Duzentos reais era o preço do sacrilégio que se precedia. A menina pagou com o dinheiro da cômoda, que foi roubado de seus pais, aliás.

Acontece que as decisões dramáticas costumam ser tomadas sem a mínima faísca de ponderação e, quando se está diante do resultado iminente de suas decisões, é de costume alguma desistência, arrependimento ou mesmo diminuição da convicção. No caso de Lígia era arrependimento, mas ainda estava em tempo.

Enquanto aguardava Marlene preparar o local, os aparatos a serem utilizados e um saco preto escrito descarte, pôde notar naquilo uma crueldade não imaginada até então. Passou a sentir asco, nojo de si e de tudo que observava. Da cadeira da sala onde estava sentada, era possível ver a imunda pia da cozinha, com copos e pratos empilhados até transbordar. Se olhasse para a direita, percebia que, apesar de bem acabada, a parede da saleta estava engordurada e com manchas das quais não tinha ideia da origem, mas sabia que não eram nada agradáveis. Se respirasse fundo, misturado com o cheiro de álcool, podia sentir o odor do lixo. Sentiu-se, afinal, na cena de um crime bárbaro cometido por um *serial killer*. A certeza de que não queria fazer aquilo naquele lugar apareceu quando Marlene saiu da cozinha com um fórceps na mão, sem vestir nem mesmo um jaleco, apenas o mesmo vestido florido com o qual a atendeu no portão. Não que o jaleco fosse lá coisa imprescindível naquelas condições insalubres, mas foi a gota d'água para ela.

Lígia levantou-se com a chegada daquela mulher corpulenta e destrambelhada, que deixou cair o aparelho que tinha em mãos quando notou a menina de pé.

— Eu não sei se quero fazer isso — disse a menina com os olhos já marejados e com evidente arrependimento na face.

— Não pretende tirá-lo? Vai deixar ele crescer aí até completar os dezoito anos? — disse Marlene e sorriu.

— Quando saí de casa, estava convicta de que queria realizar um aborto, mas agora acho que não quero. Eu não posso tê-lo, mas não quero esse fim triste para essa criança — a esse ponto a menina já falava entre soluços.

— Aborto? O que acha que sou, garota? Não faço aborto em quem está prenha há mais de dez semanas. Vou fazer seu parto, porque essa criança está quase pulando para fora sozinha.

— Parto...? Então não vai matá-lo?

— Não, mas assim que terminarmos, vou ligar para seus pais virem buscar você, que nem devia ter vindo sozinha.

A informação de que seus pais seriam acionados foi um estopim em seus gatilhos fisiológicos. As mãos começaram a tremer e a suar muito, seu coração batia descompassado, como se fosse sair do peito, o ar lhe faltava aos pulmões e a sensação de choque lhe percorreu a espinha. Todo o incômodo, que até ali não tinha sentido, veio de uma só vez, como se a criança quisesse rasgar sua barriga para encontrar vingança de sua mãe naquela sala. Não havia outro jeito, não havia espaço para desistência, o infante viria ao mundo ali naquela sala mesmo e não tinha quem o fizesse aguardar.

A experiência de Marlene, no entanto, salvou a menina e o pobre infeliz, que, já desde antes do primeiro suspiro, teria que superar adversidades. Depois de duas horas de um visceral trabalho de parto naquele local improvisado, nasceu um ser pequenino, cujos olhos denunciavam sua filiação, sem que fosse preciso um documento de identificação.

O pequeno ser foi colocado em uma mesa adaptada de maca, ao lado de onde Lígia repousava recuperando o fôlego, de modo que ela conseguia vê-lo perfeitamente quando virava de lado. E ela ficou ali por dez longos minutos encarando a criança. Em parte, admirando cada pequeno traço delicado que reproduziu dentro de seu ventre, sem a ajuda de absolutamente ninguém. Chegou a pensar: — *"Essa é, sem dúvida, a maior obra de minha vida."*

Mas o destino nem sempre recompensa os que trabalham duro, os que labutam sob adversidades e os puros de coração, e todo o bom sentimento de Lígia foi arrastado por uma sensação de desconforto mental absoluto, quando viu Marlene se aproximar do telefone da casa.

O segundo olhar para a criança revelou seu preocupante estado de puerpério: — *"Como poderia esse pequeno desgraçado que acabara de nascer ser responsável por tamanhas mudanças e descompasso no meu mundo?"* — e o tilintar do velho telefone que precisava ser dedilhado para discar os números, fazia um barulho estridente em sua mente e lhe fazia confusão: — *"Não sei o que fazer agora, não posso simplesmente chegar em casa com o bebê no colo, não posso ser quem eu era agora"* — e escutou Marlene dizendo "alô", no telefone.

Essa desfaçatez que narramos sem pudor é necessária para podermos entender que Lígia era controvérsia entre si. Inteligentíssima em diversos assuntos de convívio social, mas em outros da mesma seara era ignóbil. Mas isso não era suficiente para tomar a atitude que mudaria a sua vida e a de outras tantas pessoas para sempre, como em um efeito borboleta absurdo, cujos resultados veremos no decorrer. O motivo era clínico mesmo. Era o puerpério psicológico, ou seja, o momento pós-parto em que os sentimentos e sensações estão bastante confusos. A garota, tomada por um terrível desequilíbrio emocional, pensava monstruosidades sem nenhuma base: — *"Preciso dar cabo dessa criança, para que tudo volte ao normal".*

E foi nesse contexto que Lígia levantou-se, enquanto Marlene ainda falava ao telefone, pegando sorrateira suas coisas, enrolando o bebê em lenços, e saindo com ele para a rua, onde esgueiraria esquina por esquina, aguentando a dor lancinante que sentia e o peso do bebê, caminhando sem rumo madrugada adentro pela invernal cidade.

Daquela noite, Marlene só teria, além dos duzentos reais, os poucos registros de anotações que fez em um fichário de anotações dos atendimentos, cujo conteúdo eram as características de ambos, o peso e tamanho do bebê, a data e uma anotação em vermelho ao final *"a mãe foi embora sem notícias".*

Boi Bão

Ela cambaleou levemente para o lado ao dar mais um passo. Suas pernas tremiam de exaustão. A longa caminhada havia sido mais desgastante do que ela havia imaginado, e agora suas pernas pareciam pesar toneladas. Seu braço direito doía de forma insistente. O peso do bebê que ela carregava em seus ombros parecia aumentar a cada minuto. Alternar os braços já não fazia mais efeito, porque ambos estavam fatigados.

Nesse momento, ela caminhava mais próxima das paredes daquela rua sinistra, permitindo que ela pudesse se esgueirar, vez ou outra, apoiando-se na parede. A gravidade chamava sua atenção, como se fosse uma força do além, determinando que ela fosse para a casa de seus pais.

Quando ela chegou em frente a um restaurante chamado Boi Bão, já fechado por conta do horário, seu corpo declarou sua energia como finda. Ela fez o que só poderia fazer, sentou-se na guia permitindo-se um pequeno grunhido de dor e alívio. O bebê começou a se agitar, mas não chorou. Arregalou os olhos e a fitou com a seriedade que não se vê em um bebê, mas também com serenidade. Aqueles olhos. Ela só conhecia aqueles olhos quando contemplava a si no espelho. Entre verdes e cinzas. Ele tinha definitivamente os olhos da mãe e aquilo ficou mais difícil a partir de então.

Lígia tirou da mochila uma manta bastante delicada com estampas de ursinhos azuis, muito parecidos com os que achava ver nas nuvens do céu. Embalou a criança em um embrulho apertado e a colocou ao seu lado, com a cabeça apoiada na parte com mais pano. Pegou o pequeno chaveiro em formato de octógono brilhante que estava em sua mochila e prendeu na manta. Tal artefato já estava com ela há muito tempo, fora um presente de seu pai, que o trouxe depois de uma viagem à Serra Negra.

Ela também retirou da mochila um bloco de anotações e uma caneta azul. Por uma dezena de vezes a caneta encostou no papel e foi retirada na sequência sem que fizesse qualquer marca na folha. Nada parecia estar certo de ser escrito. Nem um nome para o bebê parecia adequado, nem uma mensagem parecia se pronunciar. Nenhum pensamento era coeso e nada além da certeza de que não poderia desfazer o que estava fazendo fazia sentido para ela. Por isso, depois de tanto ensaio, apenas escreveu no papel "Desculpe... Juro que é por amor".

Seus músculos já estavam um pouco recuperados depois de todos aqueles minutos, por isso ela guardou as coisas na bolsa, se levantou com certa dificuldade e pegou o inominado bebê. Ao olhar para trás, ainda no espaço do restaurante, viu um grande depósito de lixo preto fechado. Era ali, precisava simplesmente deixá-lo lá e seguir. Toda certeza que tinha, no entanto, já não estava mais lá, e cada passo em direção ao depósito era fúnebre, pesado e cruel. Sua convicção sofreu um abalo estrutural, como se um prédio perdesse, uma a uma, as vigas de sustentação. Mas precisava ser feito. Era melhor do que a criança estar junto dela no que se sucederia.

Ela colocou suavemente o bebê em cima da tampa do depósito. Passou tantos minutos quanto suas lágrimas deixaram, vendo os olhos e os suaves traços do bebê. Se aproximou do rosto dele, afagando-o com as mãos e sussurrou: — *Um dia vamos todos nos encontrar no fim do arco-íris* — até que finalmente virou as costas e se afastou.

Logo no fim daquela rua de terra, encontrava-se um longo gramado verde, com diversos quiosques de teto de palha e *playgrounds* de madeira, que agora estavam em tom noir pelo cair da noite. Mais ao fundo havia um lago com um antigo porto, usado para acessar as outras cidades de barco há mais de um século. Esse foi um ponto importante de abastecimento e transporte para São Vicente e por isso o lugar era conhecido como Portinho. Ela caminhou até a mata ciliar, bem à beira do lago. A única iluminação era a da lua, mas o reflexo prateado dela agredia o lago, fazendo com que se pudesse ver suficientemente o rosto de Lígia.

As lágrimas refletiam a lua e pareciam cristais sendo produzidos em seu rosto para se perder no gramado. Apesar disso, as maçãs de seu rosto transmitiam a convicção de suas ações. O desvario do puerpério ainda lhe impulsionava, sem que ela tivesse qualquer força para evitá-lo. Ela avançou a caminhada até o píer e a cada passo que dava na madeira, deixava uma pegada de terra molhada, marcando a pegada com sola de seu sapato. E então a beira se fez presente, estremecendo de leve sua convicção.

Lígia se dobrou para frente e caiu na água sem reagir à temperatura congelante, afundando de olhos fechados, imaginando que tocaria o solo a qualquer momento. Não tocou, mas pôde sentir diversas coisas passando por ela e a tocando por vezes. Enquanto isso, prendia a respiração. A água começava a atravessar seus lábios cerrados e o frio começava a ser percebido — *"E se um jacaré me morder aqui? Ou se os caranguejos começarem a me devorar aos poucos. Será que tem cobra nessa água? O que estou fazendo, meu Deus? Aliás, Deus? Preciso sair daqui, preciso pensar melhor. Talvez meus pais não tenham notado minha ausência, talvez ainda dê tempo* — a menina se debatia na água sem perceber.

Dizem que Budimir Sobat ficou 24 minutos e 37 segundos debaixo d'água sem respirar. Um recorde histórico. Mas Lígia não tinha esse potencial e aqueles dois minutos e meio tinham esgotado a jovem *surf*ista, cuja efêmera maternidade parecia tê-la feito esquecer como nadar.

Os braços firmes de Roberto envolveram a menina e a impulsionam para cima como um jato. Tratava-se de um velho pescador que gostava de passar a madrugada pescando em seu caiaque nas águas tranquilas. Naturalmente, o barulho de uma adolescente caindo na água foi perceptível de longe e ele remou até ela.

— Coff, coff, eu não quero morrer — balbuciou Lígia, nos intervalos de quando estava cuspindo as águas que tinha engolido, por fim, deixou seus olhos fecharem, cedendo ao cansaço mortal daquela jornada.

— Calma criança, vou te levar para um lugar seguro.

A estridulação dos grilos e o coaxar dos sapos eram a melodia que conduzia aquela situação. Não se ouvia nada mais naquele ambiente ermo.

Lá no início da longa rua, uma jovem catadora seguia sua jornada habitual, procurando o que a sorte lhe apresentasse. Comida, papelão, latinhas para vender, brinquedos descartados e qualquer coisa da qual pudesse sugar o último proveito de existência. Para levar os pertences coletados, ela tinha de carregar um grande e velho carrinho de aço, com as bordas bastante gastas e o interior forrado de papelão. Fruto da última coleta, lá estava também um micro-ondas sem a tampa, colocado com a parte da frente virada para cima, como se fosse um baú. Maria, a catadora, já estava acostumada a encontrar coisas estranhas abandonadas pelas pessoas, mas certamente não imaginava ver o que sucedeu.

O Boi Bão era um restaurante que servia churrasco com muita fartura, então a expectativa era de encontrar algum alimento que pudesse ser consumido, como costumeiramente se encontrava. Por isso foi certeira no depósito.

Maria se aproximou sem muita solenidade e nem se incomodou de ver os pequenos movimentos acima da tampa do depósito, afinal, poderiam ser ratos ou outros roedores maiores tentando a sorte antes dela. Por isso, tão logo a coisa foi tomando forma, Maria se encheu de horror da hipótese de alguém ter abandonado uma criança para morrer naquele lugar.

A confirmação veio no último passo, quando ela desembrulhou parcialmente a criança naquela manta que Lígia cuidadosamente colocou sob ele.

— Meu Deus. Quem faria uma coisa dessas com um anjo desses? Veja esses olhos perfeitos — Maria tateava a criança enquanto falava, deixando pequenos rastros de seus dedos sujos de graxa pelo corpo da criança.

Mesmo jovem e andarilha, Maria era bastante corpulenta e pôde aconchegar a criança com muita facilidade em seu colo. O rostinho corado se encaixou perfeitamente naquela posição e ambos sentiram um conforto impertinente. Nem a fome, nem os outros objetivos apareceram e logo Maria conduziu o pacotinho até seu carrinho e o colocou com cuidado dentro do micro-ondas que parecia feito sob medida para ele.

— Vamos, pequeno, a vida deu você para mim e agora temos que pensar em um bom nome para você... — ela apoiou os cotovelos na grade do carrinho e olhou para o alto enquanto pensava — talvez Rafael... não, você não tem cara de Rafael. José? Não, você tem futuro, não vai ser outro Zé igual eu, Maria — e lembrou-se dos períodos deitada em frente a igreja enquanto aconteciam as missas — Já sei, Pedro, como o apóstolo pescador.

Maria foi para a condução do carrinho e passou a seguir sua peregrinação sem destino, mas agora com propósito. No chão, ao lado da

lixeira, podia-se ver ainda bastante claro o bilhete nunca lido "*Desculpe...*
Juro que é por amor". Ele ficaria lá até ser desintegrado pela chuva.
De Roberto, ninguém ficou sabendo depois. Nem em quais modos
conduziu Lígia para o PS onde foi encontrada pela mãe depois de ser
avisada pela administração acerca da menina desaparecida. Tão menos
se souberam dos próximos passos de Maria e da criança, especialmente porque ninguém sabia de Maria e quase ninguém, da existência da
criança.

Bip, bip... bip.

Lígia acordou em meio a uma estranha calmaria, sua cabeça rodava
e seus pensamentos estavam confusos em meio a lembranças e fanta-
sias. Tentou abrir os olhos, mas pareciam colados de tão pesados que
estavam. Ergueu as mãos e as levou à cabeça como que para segurá-la,
para que parasse de rodar. Então escutou uma voz chorosa ao longe que
parecia ser a de sua mãe. Não conseguia compreender as palavras, mas
continuava a escutar aquela voz, de repente tudo escureceu novamente
e a menina voltou a perder os sentidos.

— Vamos Cinderela, hora de acordar! Não acha que já dormiu demais?

— Lígia ouvia aquela voz agradável e sentia uma mão acarinhando seu
cabelo, então abriu lentamente os seus olhos e se deparou com o gentil
sorriso da enfermeira Soraia.

— Como você está se sentindo hoje? A meu ver, sua aparência está
bem melhor do que da última vez que te vi — Soraia continuava falando
sem esperar respostas. Já Ligia forçava seu raciocínio para entender o
que estava acontecendo.

— Meu nome é Soraia e sou a enfermeira de plantão. Vim aferir seus
sinais... estica o braço para que eu possa aferir sua pressão.

Soraia cuidava de Lígia carinhosamente com um carinho maternal.

— Por que fez aquilo? Você é tão linda e tão amada por seus pais...
eles não saíram de perto de você até o doutor dizer que o período crítico
havia passado... sua mãe aceitou ir comer alguma coisa agora porque
prometi que ficaria aqui até ela voltar.

Ligia passou os olhos por todo o canto daquele ambiente desconhecido. Era um quarto de hospital com certeza. Um quarto pequeno, com
dois leitos e duas cadeiras para acompanhante, além de um pequeno
banheiro. As paredes eram de um verde muito claro e havia uma janela
que estava fechada.

As lembranças foram voltando e o coração de Lígia começou a bater
descompassadamente. Assustada, de um lado com medo do que seus
pais poderiam saber e, de outro, preocupada com o que poderia ter

ocorrido com o bebê. Ela se sentou na cama com um sobressalto e gritou:

— MEU DEUS! O QUE FOI QUE EU FIZ?

Soraia, que manejava bem situações como essa, acudiu-a com um abraço.

— Calma criança, já passou... você foi salva! Mas nunca mais tente tirar a sua vida porque pode não dar a mesma sorte de ter um anjo salvador por perto.

Como criança pequena, Lígia se aconchegou nos braços de Soraia escondendo seu rosto e chorando. Não estava falando do mergulho para a morte, mas da vida abandonada.

Virgínia entrou no quarto e não se aguentou de felicidade ao ver a filha acordada, sentada na cama. Nem reparou o olhar desesperado e perdido da menina.

— Glória a Deus nas alturas, você acordou minha filha? Minha filha... — a mãe emocionada agradeceu a Deus, abraçando a filha.

— Há quanto tempo estou aqui? — perguntou Lígia temendo a resposta.

— Há três dias — se precipitou Soraia.

— Um homem te salvou, você caiu na água. Caiu, né? Não se jogou? Porque você sabe que quem se suicida vai para o inferno — a alegria do reencontro já não estava mais presente na fisionomia de Virgínia, em um impulso de negar o que estava evidente, tentativa de suicídio, tentava entender o que tinha acontecido.

Soraia pressentiu que aquela conversa não iria tomar um bom rumo e resolveu intervir:

— Mãezinha, vamos deixar a menina descansar um pouquinho, ela teve muitas emoções para quem acabou de despertar — falou como uma professora de creche para o responsável por um aluno.

Lígia voltou a se deitar. Com os olhos fixos em um ponto qualquer do teto, revivia cena a cena do que havia ocorrido. A porta se abriu e uma pessoa se aproximou, mas ela não teve nem curiosidade de tentar identificar quem poderia ser. A pessoa estava bem próxima ao leito de Lígia quando ela resolveu virar os olhos. Era um rapaz alto, vestia uma camisa social azul clara, o rosto estava encoberto pelas flores que carregava, mas por entre as folhas e as pétalas, identificou aquele sorriso inconfundível do Clayton.

— Oi, moça. Estou sentindo sua falta lá na loja! — disse Clayton meio que sem saber o que dizer.

Lígia permaneceu muda, e assim foi durante todo aquele dia.

Do lado de fora do quarto, pai, mãe, tio e tia, discutiam o que poderia ter causado tamanha tristeza na menina a ponto dela querer tirar a própria vida. Virgínia estava convencida de que toda causa eram as más companhias e a maconha. A menina só podia estar usando drogas. Já a tia Vera, tentava explicar que depressão é algo químico, que não têm relação com drogas. O pai, sempre forte e altivo, agora cabisbaixo, se dizia culpado, acreditando que sua rigidez teria causado depressão na filha.

— Oh rapaz... fica assim não! — disse Clayton que havia acabado de sair do quarto e se deparou com aquela conversa esquisita.

— Clayton, você viu como está minha menininha? A tristeza dela é tão grande que ela nem quer mais viver... não entendo o que fiz.

— Marcos, para com isso... você não fez nada. E se ela caiu na água? — Clayton tentou remediar a situação

— Como Clayton, no meio da noite? E ela saiu de casa e a gente nem viu... nem percebeu... que tipo de pai eu sou?

— O melhor! Pode acreditar. Você é um excelente pai!

Soraia, que havia ido rodar seu plantão nos demais quartos, passou pelo grupo e nem foi percebida, voltou ao quarto e se comoveu com o olhar triste de Lígia. Ao se aproximar mais uma vez do leito, começou uma nova tentativa de conversa:

— Sabia que sua família inteira está aí no corredor conversando sobre você? Estão bem preocupados! — falava enquanto preparava uma medicação.

Parecia que Lígia estava ignorando as falas da enfermeira. — Agradeça a Deus pelos pais que você tem, o amor deles por você é enorme!

— Eu sou um monstro... — balbuciou a garota em uma fala pastosa.

— Você não é! Nunca mais diga isso. Ouviu? — exclamou Soraia olhando seriamente para Lígia.

— Sou sim! Você é que não sabe o que eu fiz... ninguém sabe!

— Eu sei! — disse Soraia, ainda, olhando seriamente para ela.

— Sabe? Todo mundo sabe? — Lígia arregalou os olhos encarando Soraia.

— Nem todos. Só o médico e eu... preferimos não falar nada, deixar que você o faça — falou a enfermeira.

— Não fala nada então, por favor! Não fala nada... não... — Lígia se agitou novamente.

— Não vou falar. Se acalme!

Devido à agitação de Lígia, a enfermeira solicitou ao médico a liberação de um tranquilizante, o que fez com que a menina dormisse até o dia seguinte.

Lígia acordou triste, mas menos indisposta, se levantou enquanto a mãe dormia desconfortavelmente na cadeira e foi tomar banho. Voltou e Virgínia ainda estava dormindo, o que a fez pensar em como ela conseguia dormir em uma cadeira tão horrível como essa. De todo modo, para tomar novos ares, foi até a porta olhar o corredor e percebeu que só havia o movimento habitual dos enfermeiros andando de um lado para o outro. Resolveu desbravar o passadiço e, no fim do corredor, encontrou uma porta de vidro que dava acesso a outro corredor que o atravessava. Tratava-se, claro, do Hospital Irmã Dulce. Ela seguiu até a porta de vidro e ao atravessá-la, viu alguns bancos e Marcos sentado, dormindo, em um deles.

Por mais que estivesse consumida por sua própria dor, pôde verificar como de fato ela era mesmo muito amada, apesar de todas as divergências que tinha com os pais. Pensou: — *"Eu errei com eles, assim como errei comigo e com aquela criança..."*

Lígia passou mais alguns dias no hospital e fez amizade com Soraia. Quando saiu, Virgínia promoveu uma missa de Ação de Graças pela vida da filha. Marcos, que estava de licença do trabalho para fins de cuidar da menina, convidou os amigos e fez um churrasco. Tudo parecia voltar à normalidade. Mas só parecia mesmo, já que carregar um segredo dessa monta é um fardo que deixa muitas marcas e traumas, tanto físicos quanto mentais. Lígia não sabia o destino da criança e seu subterfúgio mental voltou a ser os livros e o mar. Assim foi por muito tempo.

5

Pedro Pedrada

Mesmo que ele nunca fosse se lembrar disso, é importante saber que os primeiros dois anos da existência de Pedro foram compartilhando a absoluta miséria material em que Maria vivia. Noites a fio dormindo sob as marquises dos comércios do Boqueirão, para fugir da água da chuva e do sereno. A energia de Maria se deslocara muito mais em pedir auxílios para o pequeno do que para ela. Na loja em que sempre arranjava o almoço, agora pedia leite. Se antes corria atrás de um ponto para se banhar, agora precisava fazê-lo a cada poucas horas para limpar o bebê e lavar suas fraldas. Se antes se entretinha com os pequenos artesanatos que encontrava ou produzia, agora eles eram todos presentes ao pequeno Pedro.

Muitas vezes Maria mudava de bairro com receio de que alguém viesse procurar pelo bebê e que o tirassem dela. Certa feita, abandonou a enorme fila de um projeto social que servia sopa aos moradores de rua, porque escutou um casal de meia-idade conversando sobre uma criança que havia desaparecido e que estava sendo procurada pelos pais e que eles estavam dispostos a tudo para encontrá-lo. A criança procurada não era Pedro, mas disso ela não sabia e não pagaria para ver. Saiu da fila resmungando baixo e passou aquela noite inteirinha andando até onde pôde, que foi quase até a divisa com a cidade seguinte e lá fez novo abrigo debaixo da marquise.

Passasse o que fosse, nada tirava o sorriso de Maria, quando o bebê a olhava com aqueles olhos multicoloridos fazendo expressões ternas, pouco antes de fazer bico pedindo comida, ou pedindo para brincar com as pequenezas que formavam seus brinquedos, como uma colher velha ou até um pequeno pote de margarina.

Apesar de seus traços finos e dos olhos claros de Pedro que destoavam daquele contexto de rua, Maria se esforçava para escondê-lo, mantendo-o agasalhado e com a cabeça coberta, mesmo em dias mais quentes.

A pequena criança se desenvolvia aprendendo a contar pedrinhas, identificando as cores da natureza, temendo o barulho dos carros ligeiros e amando cada vez mais a sua protetora, com quem se afeiçoou em um inconfundível amor de filho legítimo, de modo que sua primeira palavra completa foi mamãe e não foi direcionada para Lígia, por óbvio, mas para a mulher que lhe significava o mundo ao redor. E por significar, nos referimos às lições de rua que Maria ensinava pelo exemplo, já que a forma tacanha com que foi letrada, não lhe permitia uma contribuição mais formal. Pelo menos não naqueles dois primeiros anos da existência de Pedro.

Uma discussão ainda habitual por aqui e acolá é sobre o que os teóricos chamariam de "função social da propriedade", ou seja, uma terra, casa ou bem não pode ser apenas um objeto de acúmulo. A terra deve ser útil para a comunidade na qual pertence, não podendo ficar abandonada por tempo indeterminado, sob pena de ser perdida, taxada ou de que algumas obrigações sejam impostas.

Tudo isso que os advogados sustentavam aos montes no tribunal, era de conhecimento prático das pessoas que moravam ali na Vila Sônia, na terceira zona da cidade. Dizia-se muito "se ficar cinco anos sem voltar para casa, você perde ela para o Urso Campeão". O Velho Chico era uma dessas pessoas cheias de conhecimento sofisticado, mas que se exprimia sem muita alegoria, em linguagem simples e direta. Ele não frequentou nenhum banco escolar, aprendeu com a experiência da vida e com as palavras dos antigos.

Veja só, se as formigas passavam a se movimentar intensamente ou a fazer trilhas, o Velho Chico já dizia para seus clientes que iria chover. Ele ignorava que as formigas percebem as variações na pressão atmosférica e na umidade antes dos humanos. Se alguém estava "avexado", ele dizia: — Tome um banho de arruda, que afasta as energias ruins. No entanto, não tinha ideia de que arruda possui calmantes e antiespasmódicos e que seu aroma forte atua sobre o sistema límbico, induzindo a sensação de alívio e bem-estar. Esses eram saberes do Velho Chico, que na Vila era bastante conhecido por sua minúscula vendinha, localizada no quintal de casa, onde comercializava toda a sorte de mantimentos como óleo, arroz, refrigerante, salgadinhos, etc.

De todo modo, não foi nem pela sabedoria de vida, nem pela vendinha que Maria foi conversar com o Velho Chico. Foi pela fome. Não dela, mas do pequeno Pedro, que já aos dois anos estava mais sapeca do que ela aguentava.

— Senhor Francisco, eu sei que tô pedindo muito, mas hoje foi difícil e o Pedro não para. Preciso mesmo de alguma coisa para ele comer. Se tiver um pouco de farinha e feijão já é suficiente. Eu nem vou comer mesmo é só para ele — e Pedro corria pela calçada enquanto Maria falava com Chico.

— Ô fia, peraí que vou ver se tem alguma coisa lá dentro — disse Chico, trancando a gaveta das moedas e depois se virando para dentro de casa.

Chico entrou na cozinha que também era sala, abriu a geladeira e de lá tirou duas panelas e um potinho de plástico que continha as sobras do dia anterior. Misturou o pouco arroz que tinha na panela do feijão e completou com molho de carne moída que estava no potinho, levou tudo ao fogo mexendo para não grudar no fundo. Despejou a mistura de comida em um potinho de sorvete e colocou um pouco de farinha em cima.

— Olha Maria, é simples, mas de coração. Mata a fome de seu pitico — disse o Velho Chico, estendendo o pote com a comida para a mulher.

— Muito agradecida! O senhor é um anjo!

O garoto banqueteou como nunca. Quando acabou, deitou no chão com a barriga virada para cima e com os braços abertos. A barriga dele parecia uma pequena montanha de tão cheia que estava. Ele estava extasiado e satisfeito. Não daria mais trabalho naquele dia. Talvez nem no próximo.

— Obrigada mesmo Sr. Chico, Deus lhe ajude dez vezes mais. Me ajudou muito, muito, muito. Na minha vida só tenho esse moleque aí e meus papelão...

— Disponha.

— Se não for abusar, eu posso dormir aqui debaixo da marquise com ele hoje de noite? Acho que vai chover e ele tá ficando resfriado.

— Aqui enche d'água, fia. Não dá. Vai lá debaixo do toldo do mercado que é melhor.

— Tá bom.

Nas noites que seguiram aquela semana, Maria estacionou com Pedro ali nos arredores do mercadinho. Durante o dia pedia dinheiro ou mantimento para as pessoas que passavam na saída e de noite, após o fechamento do comércio, se acomodava na larga calçada que era coberta por um grande toldo azul. Era como uma casa com quintal para ela. Dava para deixar Pedro correndo e brincando com os tesouros do dia, enquanto finalmente descansava as pernas.

Por muitas dessas vezes, o Velho Chico ia ao mercado comprar suprimentos para si e para a lojinha e via a homérica cena de Pedro usando um pequeno cabo de vassoura quebrado para simular que estava andando a cavalo e batalhando com outros andarilhos dali, que se divertiam muito com o garoto.

— Esse é espartano, Maria. Um dia vai tomar Termópilas — disse o Velho.

Ele adorava ler sobre os feitos antigos e sempre tinha uma ou outra citação na cabeça, apesar de ignorar o contexto geral. Sua finada esposa costumava dizer: — Você fica lendo esses livros antigos, não entende nada, e depois quer ficar de conversinha sobre batalhas, gregos e a coisa toda. Sai para lá — mas isso não o impedia de voltar a cara para o livro logo na sequência.

Maria, no entanto, dava corda. Escutava Chico falar aos cotovelos e foi ganhando sua confiança, até que em um dia o Velho acordou mais disposto a benfeitorias do que o costume e resolveu revelar um segredo que lhe era importante.

Chegou no calçadão do mercado, já de compras feitas, sentou ao lado de Maria e Pedro e lhes entregou uma guloseima enquanto tagarelava com Maria.

— Sabe Maria, pode não parecer, mas me corta o coração ver vocês dois aqui todos os dias, pedindo dinheiro e comida e passando por essa vida penosa. Eu, no entanto, tenho uma informação que pode ser interessante. Vou te dizer e você faz o que achar melhor de ser feito — ele olhou sisudo para ela, como se esse fosse o mais importante dos segredos já dito — você conhece a Rua Sete?

— Acho que sim. É onde tem aquele terreno grande de esquina?

— É sim, mas tem algo melhor lá. Ouça com atenção. Há muitos anos, vivia um senhor lá, dono de uma livraria da cidade que faliu. Ele era meu conhecido e eu ajudava ele com algumas tarefas, até que ele morreu há algum tempo. Acontece que a casinha continua lá, intocada e repleta de livros. É uma casinha muito simples, mas eu ainda vou lá para ler sobre o que gosto e ninguém vive lá. Acho que você e o Pedro poderiam entrar lá, ir ficando e talvez tentar um "uso campeão", o que acha?

— Um "urso campeão"?

— Não seja estúpida, é "uso campeão"! Enfim, vocês podem ter um lar no fim das contas — ele pareceu mais animado que ela ao fornecer a informação do usucapião.

Aquilo pareceu uma loteria para Maria e como a esmola demais sempre traz desconfiança ao santo, ela não tardou em perguntar:

— E o que você ganha com isso? — semicerrou os olhos.

— Vou dormir em paz — Chico juntou as mãos em um movimento de reza, simbolizando sua fala.

Nada é mais doce do que receber uma dose de esperança como essa. Um teto sobre a cabeça, paredes que dão proteção e talvez um banho digno. Maria não tardou em pegar seu rebento e caminhar até a dita casa, já com a chave do cadeado entregue pelo Chico.

A casa era de fato simples. Um portãozinho feito com um pedaço de alumínio improvisado, rangia ao menor toque. Um quintalzinho cheio de mato, uma saletinha que dava direto para a cozinha com muito mofo nas paredes, como se fosse parte da mobília, e um quarto relativamente amplo, com muito mais mofo do que a cozinha, mas que só perdia para a quantidade de livros entulhados em prateleiras, em banquetas, na cama e até em uma poltrona, que estava sem muita poeira, indicando que Chico realmente ia lá para ler os livros.

Pedro correu para dentro da casa com a mesma felicidade com que brincava com os pedacinhos de coisas na calçada. Pegou um livro da prateleira e começou a passar as páginas para ver as figuras.

— Você gostou desse, filho? Vem cá - ela suspendeu Pedro com o livro e o pôs sob sua perna na poltrona, pegou o livro da mão da criança que relutou em soltar e tentou ler o título — O ... P...P-quê? — e passou a murmurar, passando o dedo pelas sílabas para tentar compreender melhor até tentar de novo — Pe...quê..não - ela deu um suspiro e insistiu, voltando ao início — O Pequeno Príncipe!

Mesmo tropeçando na maior parte das palavras, Maria foi lendo o clássico para Pedro, que escutava atento às palavras da mãe, como quem aprende um mundo novo. Naquele dia, eles leram dois livrinhos completos destes, até perceberem que uma casa para morar não significava que teriam os mantimentos necessários. Essa era a nova preocupação.

Na primeira noite, Maria esticou sua cama de papelão como fazia habitualmente e colocou Pedro para dormir no conforto da poltrona ao seu lado. Aquela era a noite mais confortável dele desde o dia de seu nascimento. No dia seguinte, voltaram para a frente do mercado para pedir comida e até foram bem sucedidos. Mas ainda era necessário saber o que fariam em relação às contas de energia elétrica, água, e o mínimo de conforto do lar. Tais preocupações não eram do hábito de Maria até então.

Maria dedicou seus fins de tarde à limpeza da casa. Em pouco tempo o quintal apresentava um gramado baixo e confortável, com plantinhas nas laterais e um caminho de pedras que ia do portãozinho à entrada da casa. Com sobras de madeiras, fez um balanço, um banquinho e uma gangorra improvisada. Os livros foram limpos e organizados nas prateleiras. A cama, a poltrona e a mesinha de cabeceira foram reorganizados. A cozinha ganhou um armário novo, feito de caixotes de feira. Com a casinha arrumadinha, Maria conseguiu trabalhar olhando os filhos de duas vizinhas que trabalhavam como diaristas e não queriam deixar os filhos na creche mais próxima.

O pouco que ganhava era suficiente para comprar o alimento básico, mas ainda faltava o resto. Foi quando Lenice, uma vizinha, que morava na rua de baixo, mãe de uma das crianças, orientou Maria sobre como se inscrever em um programa governamental chamado Bolsa Família. Maria não perdeu tempo, foi logo se inscrever, mas enquanto aguardava sua vez, observava os documentos que eram apresentados por outras pessoas, RG, CPF, certidão de nascimento dos filhos. O medo e a insegurança tomaram conta de Maria que não tinha como comprovar que Pedro era seu filho. Aliás, tudo aquilo poderia trazer questionamentos que não estava apta a responder. Por essa razão desistiu. Saiu da fila de fininho e foi andando com cautela até a saída do local e quando já estava bem próxima da porta, pôde ouvir duas senhoras conversando sobre como fazer para receber o que chamavam de BPC LOAS. Em verdade, tratava-se de um benefício assistencial que oferecia um salário mínimo mensal para quem fizesse jus a ele. Infelizmente, um pouquinho mais do que escutou da conversa foi suficiente para notar que não poderia se inscrever neste programa também, já que não era nem deficiente, nem maior de sessenta e cinco anos. Assim, decepcionada, foi embora.

De volta ao seu lar, ciente de que não teria condições de recorrer a serviços públicos, como luz, água encanada, creche, entre outros, não baixou a guarda. Montou um fogão a lenha, comprou o máximo de velas que podia e limpou uma caixa d'água velha que encontrou para ser usada como depósito de água, em especial, água da chuva.

Entre as estratégias de Maria para driblar a falta de acesso aos direitos de cidadã, foi se dedicar a ensinar tudo o que podia ao pequeno Pedro, inclusive a ler.

Maria, que a princípio não apresentava competência leitora, se esforçava muito e, aproveitando do grande acervo a que fora presenteada pelo destino, lia todos os dias para o filho e, à medida que o ensinava, também aprendia. Logo, tornou-se uma leitora voraz, que encantava Pedro, as crianças que cuidava e até mesmo as pessoas que a conheciam e tinham o prazer de ouvi-la lendo. Chico era uma das pessoas que apreciava ouvir as leituras daquela mulher intrigante.

Os dias de Maria eram tomados entre o cuidar das crianças, suas idas à porta do mercado para pedir esmolas, o vasculhar os lixos do bairro em busca de tudo que se pudesse aproveitar, especialmente latinhas, e pelas noites banhadas à imaginação impulsionada por suas leituras.

Foi em uma dessas noites em que Maria lia para Pedro, que ela parou e ficou observando como ele havia crescido depressa. Coincidentemente, o livro que estava lendo contava a história de um grupo de crianças em situação de rua liderado por um garoto muito corajoso, o Pedro Bala. O pequeno Pedro se viu representado pelo personagem principal e enquanto Maria lia, ele fingia ser Pedro Bala. Corria em volta da poltrona e fingia estar atirando na polícia enquanto enfrentava os perigos imaginários da cidade.

Após a leitura, Maria não conseguia colocar Pedro para dormir de tão agitado que ele estava. Com um cabo de vassoura como rifle e um boné torto na cabeça, ele gritava ordens aos companheiros invisíveis:

— Pra frente, Capitães da Areia! A gente vai vencer!

Maria sorriu com o livro ainda aberto no colo, encantada com a cena teatral que presenciava. Sentiu um calor forte no peito, uma mistura de orgulho, ternura, esperança e dor física mesmo. Uma dor que lhe acompanharia por alguns anos a fio. De todo modo, apesar das dificuldades típicas da miserabilidade, ela estava plantando algo de muito precioso no coração da criança: imaginação, coragem, amor pelos livros e espírito de luta por igualdade social. Características que lhe seriam úteis em alguns momentos de sua vida.

A leitura daquela noite foi interrompida por um abraço repentino. Pedro pulou em seu colo, ofegante da brincadeira, e disse:

— Mãe, quando eu crescer, quero ser igual ao Pedro Bala, para cuidar de você e de meus colegas... pra que todo mundo tenha um barraco pra morá e comida pra comê.

Maria se emocionou, acariciou seus cabelos e respondeu com doçura:

— Você já é, meu filho. E assim como Pedro Bala, será um grande líder e com um coração gigante — profetizou mais como uma súplica esperançosa, já que o fez olhando para os céus, do que com certeza.

Naquele instante ela teve certeza de que a leitura ia muito além das palavras no papel. Que, como havia lido em outro livro, era um ato de transformação e de resistência silenciosa. Entre os papéis amassados, as latinhas recolhidas e os dias difíceis, havia também espaço para sonhos. E, ali naquele canto modesto da casa, um novo mundo nascia todas as noites, alimentado pelas páginas de um livro e pelo amor de uma mãe.

Uma nova manhã se formou. Maria, sem perder o ânimo e a esperança habituais, levantou-se de sopetão, colocou-se em frente ao fogão e passou o café que aromatiza a casa inteira. Ao passar os olhos pela geladeira, notou no calendário que ali estava preso há quatro anos, que logo seria o Dia de São Pedro, dali a dois dias. Lhe ocorreu que poderia ser uma boa oportunidade para homenagear Pedro.

No curso da manhã, aproveitando que as crianças brincavam distraídas no quintal, Maria gritou para Nadir, sua vizinha, que naquele momento estava juntando o papelão na calçada, e a solicitou que olhasse os meninos por um tempinho.

— Tá, mas num demora — e fez cara de desagrado.

— Não, é bem rapidinho mesmo! — respondeu Maria, correndo em direção a vendinha do seu Chico.

— Francisco, quero fazer uma surpresa pro Pedrinho, pode me ajudar?

— a fala foi ofegante, já que ela literalmente correu até a vendinha, como se o assunto fosse de fato urgente.

— Calma muié! Para, respira e fala, que não tô entendendo nada.

Maria parou, tomou fôlego, se acalmou e continuou a súplica.

— É que deixei as crianças com a Nadir e não posso demorar, sabe?— se justificou e continuou — então, quinta-feira é dia de São Pedro e quero fazer uma fogueira e assar batata-doce para o Pedro. Quer dizer, pra gente, mas pro Pedro. Entendeu?

— Mais ou menos. Você quer fazer uma fogueira pra comemorar o aniversário do Pedro, é isso?

— É, só que não é o dia do aniversário dele... mas é isso!

— E no que posso ajudar? — se prontificou Chico.

— Na verdade, quero que o sinhô vá lá.

— Mas será um prazer. Vou levar batatas-doces.

— Obrigada, seu Francisco! Agora deixa eu correr que vou vê se a Zefinha faz um bolo de fubá pra nóis.

Maria não descuidou dos preparativos, pegou as moedas que juntou em seu potinho e comprou os ingredientes para Zefinha fazer o bolo, com o que sobrou, conseguiu comprar um saco de milho e uma garrafa de groselha. Seria uma festa e tanto.

Dois dias depois, na quinta-feira, levantou bem antes do que o de costume e como Pedro ainda dormia, ela foi para o quintal bem de mansinho, garantindo que seus passos não acordassem o jovenzinho. Juntou madeira para a fogueira, colocou duas pedras em paralelo e uma madeira sobre elas para formar um banco. Pegou duas latas velhas de tinta, virou de cabeça pra baixo e as ordenou como se fossem banquetas. Voltou para dentro de casa e foi logo lavando quatro garrafas de refrigerante para que servisse como vasilhame para a groselha. Dividiu o conteúdo da garrafa do suco concentrado que comprara nas garrafas de refrigerante lavadas, em seguida as completou com água e agitou bem. Escondeu as garrafas no canto do fogão.

Pedro apareceu na porta da cozinha se espreguiçando e coçando os olhos.

— Bom dia, filho! Dormiu bem?

— Aham! — a preguiça do menino era tanta que nem falar ele queria.

— Vá deitar mais um pouco, está cedo. Vou arrumar alguma coisa pra você comê.

— Tá! — Pedro não se fez de rogado, foi para o sofá e se encolheu todo fechando os olhos.

Naquele dia, Maria combinou que não iria ficar com as crianças, assim poderia se dedicar à surpresa que estava preparando. Deixou Pedro dormindo e foi à vendinha do velho Chico comprar dois ovos para fazer para o café da manhã que também seria o almoço.

Parecia que seu Chico aguardava por ela. Entregou-lhe o saco que continha batatas-doces e não cobrou pelos ovos.

— Seu Francisco, o senhor é um anjo que Deus colocô na minha vida e na do Pedro — disse Maria, emocionada.

— É nada, muié! Você é que deve ter sido uma pessoa muito boa e Deus cuida da pessoa boa! — respondeu Chico com um sorriso caloroso.

— Sô não... — murmurou Maria, abaixando a cabeça e revelando um triste peso em seu semblante — sabe, seu Francisco... minha história não é nada bonita, não. Há muito tempo, quando eu ainda morava lá no Humaitá, eu tinha uma casa. Não era grande coisa, mas era uma casa e tinha uma família... — ela respirou fundo, como quem adentra um lugar esquecido — minha mãe morreu quando pariu meu irmão Guto... eu tinha oito anos e, como era a irmã mais velha, tive que cuidar dos outros. Meu pai trabalhou a vida toda na ferrovia, cuidava dos trilhos do trem. Foi assim que conseguimos comprar o terreno e fazer nossa casa, parte de madeira e parte de alvenaria. Além de mim e do Guto, tinha a Marilde, a Marisol e o Mário — Maria fez uma pausa, os olhos já úmidos — um dia, a Marilde entrou chorando... Disse que o seu Ancelmo, que era nosso vizinho, tinha passado a mão nela. O pai não pensou duas vezes, foi lá tirar satisfação. Xingou, brigou, e acabou dando um murro na cara do homem.

— Vixe... — sussurrou seu Chico franzindo a testa.

— Quando anoiteceu, o seu Ancelmo e seus dois filhos apareceram no nosso portão. Fiquei olhando a janelinha da porta. No começo eles falavam baixo, não dava para ouvir direito, mas depois começaram a gritar... falar palavrões. Marilde e Mário saíram pra defender o papai, e foi aí... — a voz de Maria embargou — que seu Ancelmo puxou um facão enorme e matou meu pai e o Mário — lágrimas escorriam pelo rosto de Maria — Marisol levou uma facada na barriga e gritava muito... eu fiquei ali, parada, em choque, sem nenhuma reação. A rua lotou de gente e não dava mais para ver mais nada... Depois a polícia, a ambulância. Uma mulher entrou junto com uma vizinha que contava pra ela o que tinha acontecido, ou melhor, o que ela acreditava que tinha acontecido. A mulher pegou o Guto no colo, deu a mão pra Marilde e nos levou pra um carro branco, da prefeitura. Fomos deixados em um abrigo. Lá fui informada que meu pai, o Mário e a Marisol, tinham morrido...

Seu Chico escutava calado, com os olhos marejados.

— Meu Deus, Maria... que vida menina, quanta desgraça! Mas... e os seus irmãos? O Guto e a Marilde?

— Depois de um tempo, apareceu uma mulher dizendo que era nossa tia. Levou a gente de volta pra casa. Ai, soube que seu Ancelmo e seus filhos tinham fugido pra Bahia... mas também, que ele foi morto numa briga de bar.

— Se vocês foram morar com sua tia, então como acabaram indo morar na rua?

— Morei um tempo com ela e com meus irmãos, mas ela era ruim, batia em mim e na Marilde, parecia não gostar de nós. Um diugi... fui morar na rua, mas ficava sempre por perto, pra cuidar dos meus irmãos de longe. Só que um tempo depois, ela vendeu a casa do meu pai, deixou a Marilde em uma casa de família como empregada e... foi embora com o Guto. Nunca mais vi nenhum dos dois.

— Que muié do cão! — exclamou Chico, com raiva nos olhos — não é gente!

— Procurei muito, seu Francisco... mas nunca encontrei... não sei seestão vivos ou se já se juntaram aos meus pais.

Chico suspirou, comovido:

— Maria, minha filha... esquece essa tragédia toda. Isso não faz bem. Hoje é dia de alegria!

Maria ergueu os olhos, enxugou o rosto e sorriu com doçura:

— É verdade. Meu Pedrinho é uma luz que Deus me deu pra me tirar dessa escuridão!

Ela já tinha vivido tanta tristeza que havia aprendido a transitar entre a dor e a alegria com leveza e resiliência. Assim, se recompôs e voltou para sua casa. No caminho, ouviu uma voz bastante conhecida no bairro, de um vendedor de queijadinha que gritava seu bordão através de um megafone, com pequenos intervalos: — "Chora neném, que a mamãe compra e o papai é quem paga!"

Maria, que já tinha escutado isso dezenas de vezes, mas ainda assim riu da piada comercial, se aproximou do homem e, com o dinheiro não cobrado por Chico, comprou uma queijadinha destinada a Pedro e, ao chegar em casa, entregou o doce como quem oferece um presente caro.

— Toma, meu filho. Trouxe para você.

Pedro arregalou os olhos e abriu um largo sorriso. Era raro ter um doce assim. Saboreou a queijadinha como se fosse a coisa mais rara de todo o mundo e ofereceu um pedacinho para sua mãe.

— Mãe, hoje é dia especial? — perguntou o menino, desconfiado do tom festivo no ar.

Maria sorriu e foi até ele, o abraçou apertado e o ergueu no ar com carinho:

— Claro que sim, Pedro! É dia de São Pedro. E de comemorar a benção que é ter você na minha vida!

Foi uma noite inesquecível para Pedro. A fogueira clareava a penumbra com uma luz viva, quase mágica. O cheiro da madeira queimada se misturava ao das batatas-doces assando nas brasas. O bolo de fubá e a groselha, ainda que um pouco aguada, tinha gosto de festa.

Pedro, parou por um instante, olhou cuidadosamente observando os detalhes daquele momento, registrou aquela cena com os olhos e com o coração, como se tirasse uma fotografia para guardar na alma: Maria, de pé, servindo suco para as crianças que estavam sentadas no banco improvisado; o Velho Chico, agachado perto da fogueira, virando as batatas com a atenção de um cirurgião; Dona Nadir e Lenice conversando animadamente, tudo sob a incandescência de uma fogueira tímida que competia com a iluminação aconchegante de uma lâmpada amarela na parte externa da casa. Parecia que não havia mais nada fora daquela cena, somente um céu de incontáveis estrelas e uma lua minguante.

Pedro se juntou ao grupo e a noite seguiu com cantorias, contação de histórias e leitura de pequenos trechos de livros que Maria tinha separado e outros que pegou sob recomendação de Chico, cuja experiência naquele lugar superava a dela. De todo modo, aquela noite teria algo mais de especial para se guardar no espaço de afeições de Pedro à Maria, já que foi sob sua orientação e insistência que o moleque conseguiu, pela primeira vez, realmente ler um texto.

— Aaaa...Caa...saa... feitaaa.. dee sonho — Pedro leu, se esforçando para não gaguejar.

Maria sorriu com orgulho:

— Isso, garoto! Agora lê o nome do autor.

— Meo... meola... melola... meolamento — leu o menino confiante.

Maria conteve o riso e corrigiu com carinho, apontando com o dedo:

— Não, Pedrinho. Melhoramentos é o nome da editora. O autor tá aqui embaixo, ó: Ricardo Alberty. Tá vendo?

Pedro assentiu, meio sem graça, mas com o brilho nos olhos de quem estava aprendendo. Dali em diante foi sozinho, melhorando cada vez mais e tornando-se independente na leitura.

Saiba que esse e vários outros episódios, conferiram à relação de Pedro e Maria grande proximidade e afeição, de modo que não se duvidava da maternidade dela, ainda que os traços do garoto pudessem sugerir o contrário. Tirando a fotografia na memória de Pedro, nenhum outro registro foi feito nesta oportunidade.

A Busca

Antes de avançarmos na trajetória de Pedro, é justo voltar os olhos para Lígia, a garota que o trouxe ao mundo e que, tão logo saiu do hospital, teve que enfrentar seus próprios pensamentos controversos, as restrições de seus pais e toda a vida que voltava a se formar como se o mundo não tivesse sido palco da horrenda cena que vimos da Vila Sônia ao Portinho.

Como Lígia não tinha a mais remota noção do destino da criança, antes de concluir pelo pior, resolveu fazer uma busca silenciosa e limitada. Silenciosa porque não queria que ninguém mais soubesse, além da enfermeira Soraia, que afirmou saber de tudo, e limitada, porque uma adolescente não tinha muita autonomia e ferramentas para tal empreitada.

Por essa razão, primeiro, tão logo sentiu-se confiante para matar aula, diligenciou no hospital em que ficou internada para conversar com Soraia. Como não queria levantar suspeitas, passou três horas sentada no banco de espera do saguão de recepção, aguardando a hora certa de fazer a abordagem.

— Enfermeira, você tem um minuto? — Lígia a abordou tocando em seu ombro.

— Claro... espere, você é a Lígia, não é mesmo? — Soraia moveu ligeiramente o rosto para o lado, tentando confirmar sua assertiva.

— Sou sim. Podemos conversar em algum lugar reservado?

— Sim, me dê um minuto.

Em uma sala médica desocupada, Lígia explicou toda a situação para Soraia, que não sabia exatamente que Lígia havia parido a criança. Quando ela disse que ela e o médico sabiam o que tinha acontecido, estavam convictos de que se referia a um aborto. Munida dessa nova informação, a enfermeira passou a ajudá-la, mas alertando da improbabilidade de que a criança seguisse com vida.

— Como ele estava da última vez que você o viu?

— Embrulhado em uma manta, sobre um depósito preto ao lado de um restaurante no Portinho e carregando um chaveiro vermelho em formato octogonal que eu tinha.

— Por depósito você se refere aquela lixeira preta ao lado do Boi Bão, né?

— Sim — Lígia respondeu envergonhada.

Em uma de suas folgas, Soraia diligenciou ao lugar onde o bebê foi deixado e perguntou para as pessoas se conheciam alguém que tivesse tido filho nos últimos meses por lá. Dessa visita, nenhuma informação surgiu, afastando mais ainda a possibilidade de que ele estivesse vivo. Afinal, era difícil pensar que uma criança recém-nascida tivesse aguentado sozinha por toda aquela noite fria, em um lugar tão repulsivo e cheio de perigos.

Certa vez, passado quatro meses desde o desaparecimento de seu pequeno menininho, Lígia acreditou ter tido uma boa pista, que retomou o ânimo da busca. Soraia disse que escutou de um senhor sobre uma família que tinha tido um bebê recentemente e que ele não tinha nenhuma característica que os lembrava e que ele desconfiava de que a criança poderia não ser deles. No fim das contas, descobriu-se que a criança de fato não tinha as características do pai, mas isso era fruto de aventuras da mãe com um vizinho de bairro.

Quase dois anos depois do fatídico dia, um morador de rua que passou mal e foi atendido no Hospital Irmã Dulce, recebeu a visita de uma senhora que carregava uma criança que aparentava ter cerca de dois anos no colo. Soraia passou por ela e logo foi atraída pelo olhar da criança.

— Boa tarde! Que bebê lindo você tem, como é o nome dele?

— Boa tarde, Enfermeira, é João — respondeu Maria desconfiada.

— O pai dele tem olhos claros? Os olhos desse bebê são muito lindos e diferentes, parece cinza.

— É, a cor dos olhinhos dele é igual à do pai dele — Maria respondeu firme, mas tremendo por dentro.

Tão logo pôde, Maria saiu do hospital temendo que reconhecessem Pedro. Soraia, apesar de atenta a história de Lígia, não fez conexão entre o garoto e a menina. Esse tinha sido o mais próximo que Lígia havia alcançado para recuperar seu filho e, de certa maneira, colocar um ponto final naquilo tudo.

As desventuras da busca pela criança fortaleceram a ideia de que ele não tinha resistido naquela noite. Como poderia, aliás? Foi por essa razão que Lígia enterrou esse assunto em sua mente e o compartilhou exclusivamente com Soraia, a jovem Enfermeira, que se tornou uma das poucas amigas de Lígia.

O tempo avançava e a doçura de criança ia abandonando Pedro, que perdeu o interesse pela leitura logo nos primeiros anos em que frequentou a escola. Possivelmente por achar que estava mais avançado que seus colegas, o menino se tornou presunçoso, deixando de copiar a lousa para praticar todo o tipo de traquinagem.

Se um coleguinha levasse muito tempo para voltar do banheiro, possivelmente encontraria desenhos obscenos na capa e nas folhas de seu caderno. Se levantasse apenas para jogar alguma coisa no lixo, era possível que tivesse um chiclete mastigado grudado em sua cadeira. Pedro, é claro, estaria no fim da sala, achando graça de tudo e balançando um colega pelos braços, confirmando que ele também estaria vendo a diabrura.

No momento em que a sirene estridente anunciava o início do intervalo, Pedro deixava que todo mundo saísse da sala primeiro e, inadvertidamente, trocava os estojos do máximo de colegas que conseguisse, antes de poder ser notado. Divertia-se muito com o resultado. Quando o professor saía da sala para atender a qualquer chamado, o garoto corria até a lousa e apagava metade da matéria, causando uma grande confusão.

Um dia, no entanto, a sorte não lhe sorriu. Pedro estava sentado imediatamente atrás de Natane e, como havia acabado de copiar um texto enfadonho que estava na lousa, estava entediado esperando que o restante da sala o fizesse. A menina, extremamente concentrada em sua tarefa, não percebeu que o diabinho lhe derramava todo o tubo de cola nos cabelos. Além disso, a título de enfeitar a moça, fez uma tira de chiclete rosa e colocou na transversal. Foi bem nesse momento que a menina sentiu o peso em seu cabelo e passou a mão, pegando o garoto em constrangedor flagrante. O grito estridente de Natane fez com que até as pessoas da sala do lado fossem conferir o que aconteceu.

A confusão foi tão grande que, além de enfrentar uma suspensão de quinze dias, Pedro teve que assistir Maria se explicando para o pai da garota, que foi até a casa deles cobrar satisfação e mostrar o quanto de cabelo teve que cortar da menina para desfazer o malfeito do menino. De fato, ela teve que adotar o estilo "Joãozinho" obrigatoriamente.

Não pense que a doçura de Maria a impediu de dar uma coça no menino, tão logo entraram em casa.

Irresignada com o comportamento atual de Pedro, Maria consultava-se com um e outro vizinho, perguntando se os deles também ficaram assim depois dos dez anos ou se ela tirara o bilhete premiado da loteria inversa. As respostas variavam entre "o meu é um santo, graças a Deus" e "é assim mesmo, essa molecada é ingrata, no meu tempo tinha tomado uma surra de madeira".

Apesar de todo o enlace anterior, Chico já não tinha mais tanta proximidade com Maria e Pedro. Não por inimizade ou por algum fato específico, mas porque a vida de fato afasta as pessoas que não se conversam com constância, tal como acontece após o fim dos cursos de faculdade e da escola. Assim foi com ele. O Velho cumprimentava de longe e cuidava de sua própria vida.

Bem, um fato, no entanto, pode até ter contribuído para um afastamento por parte dele. Em um verão, Pedro foi até a venda do Chico e enquanto ele ia separar uma encomenda de Maria, o garoto raspou todo o gelo da lateral de seu freezer com uma espátula de pedreiro que achou na rua, sob o pretexto de fazer raspadinha. O problema é que a ponta da espátula perfurou um duto de refrigeração, acabando com o equipamento que ficou inutilizável.

Todas as travessuras de Pedro, muitas delas acompanhadas dos amigos, fizeram com que Maria não se opusesse quando ele foi matriculado em uma escola longe da Vila Sônia, chamada Doutor Reynaldo Kuntz Busch, que ficava no bairro do Boqueirão, onde, talvez, pudesse ter amizades melhores ou, no mínimo, diferentes das atuais. De fato, a escola, em suas décadas de existência, viu muitos alunos mais travessos que ele cruzar seus muros, mas isso não o impedia de vez ou outra parar na diretoria, onde Maria era chamada para escutar os feitos do garoto. Os ânimos foram paulatinamente acalmando, até sua entrada para o ensino médio.

Assim como pegadas na areia, todas aquelas traquinagens inocentes ficariam para trás.

Fogo e cigarro

Naquele dia, Maria acordou com mais desconforto que o comum. O rádio da cabeceira da cama tocava Thank You da Dido e isso a reconfortava. Ela gostava dessa música porque combinava com dias nublados e chuvosos e despertava nela um sentimento de gratidão por ter um teto enquanto a água caía lá fora.

Quando se levantou, Maria sentiu-se tonta, mas, apesar da vertigem, resolveu iniciar sua jornada. Caminhou a passos curtos até a cozinha, pegou no armário uma das poucas coisas que ainda tinha: o café. Ferveu a água na chaleira de sempre e despejou o conteúdo no coador, fazendo com que o aroma tomasse de assalto a pequena casa.

Quando levou a xícara de café para a sala com intuito de acordar Pedro, viu que ele havia saído. Não havia nenhuma mensagem, apenas as roupas de cama ainda bagunçadas sobre o sofá e o travesseiro que estava parte no chão e parte apoiado no sofá.

A mulher sentiu-se triste por não ter conseguido falar com ele antes que saísse, mas, aproveitando que não colocara café na outra xícara, foi até a cozinha, pegou uma folha de papel da caderneta que ficava no canto da mesa, sentou-se na cadeira de ferro e começou a escrever de maneira irresoluta.

Sem perceber, uma hora havia se passado até que a única página estivesse totalmente preenchida com o manuscrito em letra cursiva. Ela dobrou o pedaço de papel em quatro e o colocou no bolso da calça.

Enquanto isso, Pedro, desde às seis horas da manhã, estava na frente da casa de Fábio, sentado na calçada, de bermuda, chinelo de dedo e com a camiseta da escola, esperando seu amigo que prometeu que mataria aula para andar de bicicleta com ele no calçadão.

Fábio também tinha 15 anos, mas parecia mais velho. Tinha marcas de briga no rosto e nos punhos, uma tatuagem em forma de carpa na canela da perna direita e algo escrito no braço. Pedro nunca conseguia ler o que estava escrito, porque a tatuagem era bastante mal feita mesmo.

Somente às seis e meia Fábio saiu de casa com uma bicicleta preta, no estilo pit bike, vestindo uma bermuda azul, chinelos e uma camiseta vermelha.

— Porque tá de camiseta da escola, trouxa? Não falei que íamos andar de bicicleta na praia hoje — disse Fábio ainda sem fechar o portão de ferro de sua casa.

— Ué, achou que eu ia falar para a minhã mãe que não iria para a escola? A velha me mata — anunciou Pedro sem demonstrar nenhum remorso.

Pedro achava que Fábio teria outra bicicleta para os dois poderem andar, mas teve que ir sentado no guidão curvado da bicicleta preta, revezando as pedaladas com seu amigo.

O amanhecer ainda estava estupendo. Quando eles chegaram na praia, faixas púrpuras, laranjas, amarelas e azuis se destacavam, como se o céu fosse feito por camadas e elas estivessem perfeitamente encaixadas umas nas outras.

Eles desceram o calçadão até a beira d'água e Fábio tirou do bolso um maço de Marlboro que continha alguns cigarros amassados, um isqueiro vermelho e um cigarro de maconha de pouco menos que uma grama.

— Vai querer dar um peguinha hoje? — ofereceu Fábio, já sabendo a resposta.

— Tô de boa.

— Beleza, só fica de olho aí para ver se não vem nenhum "guarda coco" atrasar meu lado.

A expressão "guarda coco" era a escolhida por Fábio e várias outras pessoas para se referirem à Guarda Civil Municipal-GCM, responsável pela segurança do município. Os guardas, evidentemente, não gostavam da pecha e não perdiam a oportunidade de dar uma sova nos que se aventuravam em chamá-los assim.

Assim que acabou de fumar, Fábio entregou o maço de cigarros para Pedro, tirou a camisa e foi dar um breve mergulho no mar. Pedro, que não fazia uso nem de tabaco, nem de maconha, colocou o maço no bolso e ficou apreensivo esperando Fábio voltar para passear pela orla.

Pedro estava desconfortável com aquilo. Apesar de saber que estava matando aula, não esperava que fosse ficar de vigia enquanto Fábio fumava, tão menos que teriam que dividir a mesma bicicleta no passeio inteiro. Mas prosseguiu.

De certa forma, aquilo era libertador. Apesar de pesadas, as pedaladas os levaram para bastante longe da escola, em um bairro chamado Caiçara. Como era sexta-feira, já em véspera de férias escolares, na orla, muitas garotas passeavam vestidas com mini *shorts*, de biquíni, ou mesmo de calça legging e camiseta dobrada, fazendo o formato de um top que marcava os seios. Algumas com celulares ou aparelhos MP3 em suas mãos, outras com copos de bebidas. Outras pessoas estavam somente de passagem para seu trabalho e aproveitavam para ir pela praia, talvez na esperança de que o percurso aliviasse um pouco a agrura que enfrentariam.

Os garotos não tiravam os olhos das meninas, apesar de todos os outros elementos na paisagem. No entanto, por motivos diferentes. Pedro estava encantado com as garotas vindas de São Paulo, as "patricinhas". Algumas com rostos angelicais e pele tão branca que certamente estariam queimadas no fim do dia.

Fábio focalizava nos aparelhos utilizados pelas pessoas que passavam. Especialmente se estivessem nas mãos das meninas.

— Sabe quando vou conseguir comprar um Sony Ericsson desses que toca música, igual o dessa patricinha loirinha aí? Nunca, irmão. Tô juntando latinha faz cinco meses e fui vender ontem. Devia ter uns dez quilos dessa droga. Era tanto saco preto que nem sabia que tinha esse espaço em casa. Uma catinga zoada. Sabe quanto ganhei com essa porra? Trinta e dois reais, irmão! Não dá nem pra entrada desse celular — Fábio disse isso olhando para o mar, quase com lágrimas de crocodilo nos olhos, mas no finalzinho de sua fala, olhou de canto de olho para o amigo e sorriu com certa malícia.

De verdade, dava para ver que isso incomodava muito ao Fábio, afinal, ele tinha três irmãos, seu pai trabalhava recolhendo lixo para uma cooperativa da cidade e, aliás, foi o genitor mesmo quem deu a ideia de juntar as latinhas. Sua mãe vivia fora de casa por conta do vício em crack e das ameaças de outros vizinhos. Fábio não tinha a menor chance. Bem, não pelas regras do mercado de consumo.

Pedro nem precisou insistir que agora era a vez dele de estar na garupa. Ao subirem na bicicleta, Fábio foi em direção a moça loira com o celular na mão e disse de maneira muito imperativa ao Pedro: — Quando chegar perto, puxa o celular dela rapidão!

Pedro nem pensou, tão logo passaram pela garota, ao nível de destreza quase ensaiado, ele enfiou a mão na altura do peito dela e puxou o celular no momento em que ela estava escolhendo a próxima música. Os fones desligaram do aparelho com a violência da tomada, fazendo com que a música que tocava nos fones passasse a ser reproduzida em bom som no aparelho. Tratava-se de Bon Jovi.

Na verdade, Pedro nem sabia exatamente o porquê havia feito aquilo. Sequer raciocinou se Fábio pediu aquilo porque conhecia a menina e queria brincar com ela, se falou porque achou que ele não iria fazer ou se era o que ele temia que fosse. E era.

— Ladrão! Ele roubou meu celular! — a garotinha gritou antes de iniciar um choro agudo que se ouvia de longe.

Não se raciocina muito em uma hora como essas. O pensamento costuma ser: — E se eu for pego? Por que fiz isso? Meu Deus, vão me reconhecer; minha mãe vai me matar.

Era tarde para arrependimentos e eles estavam em desabalada carreira no sentido de volta para a Vila Sônia. Cruzavam ruas, viravam na contramão e logo perceberam que estavam sendo seguidos por uma viatura da GCM.

— Vai cada um pra um lado! Me encontra lá em casa depois — Fábio disse demonstrando certa experiência desconhecida por Pedro.

Quando a bicicleta estava parando, Pedro pulou e correu para uma viela. Tirou a camiseta da escola, penteou o cabelo para o lado com as mãos e entrou no mercadinho assim que virou a rua.

Tão logo entrou, escutou as pessoas inflamando uma perseguição que acabara bem ali na frente. Ele sequer olhou para trás. Foi até o corredor das frutas e, tremendo muito, pegou uma sacola e começou a colocar maçãs, sem nem perceber quantas. Só parou quando a sacola estava cheia e uma senhora lhe perguntou se estava tudo bem. Ele sequer respondeu. Largou a sacola onde estava e andou para se juntar à multidão que assistia o bandido sendo preso em frente ao mercadinho. Ele se aproximou o suficiente para ver entre as frestas das pessoas, mas não ousou ir até a frente.

— Cadê o outro ladrão, neguinho? — dizia o guarda com os braços cruzados, curvando-se ao máximo, até estar com o rosto muito próximo ao de Fábio, que sangrava pelo supercílio.

— Eu tava sozinho, sinhô — disse Fábio olhando Pedro por entre as pessoas, como quem ensina uma lição valiosa.

Pedro não foi para a escola. Nem para casa. Ficou um tempo muito grande sentado na grama de uma praça, pensando se deveria avisar a família de Fábio, se procurava encontrar sua vítima para se desculpar — e apenas isso, já que não conseguiria devolver o celular — ou se corria para sua mãe, para contar o que aconteceu e advertir de antemão que não era culpado. Eram todas decisões difíceis de colocar em prática. Não fez nenhuma. Esperou dar o horário que costumava voltar da escola.

Sem a bicicleta, seria uma longa caminhada até em casa. Ele foi pela praia para não se perder. Na maior parte do tempo, foi olhando para o mar, para os quiosques e para o formato do revestimento do calçadão. Ele só queria não pensar nas consequências que poderia ter que enfrentar quando chegasse em casa. Possivelmente as vizinhas já teriam tido notícias de Fábio, portanto dele, logo as faladeiras já teriam contactado sua mãe. A possibilidade de que fosse reconhecido por alguém durante a caminhada nem lhe ocorreu.

Ainda antes de virar na rua de casa, luzes piscantes azuis, vermelhas e brancas anunciavam que uma viatura estava em sua rua.

— *"E se estiver em frente da minha casa? E se já estiverem lá para me prender? Como vou explicar isso para minha mãe?"*

Ele esgueirou-se no muro da esquina e foi pouco a pouco ganhando visão de sua rua. Os policiais poderiam estar esperando ele aparecer, portanto, era necessário cautela para ver se a viatura estava na sua casa.

— *"Bem, se me virem, acho que ainda consigo correr até o lixão e despistar eles lá dentro".*

Seria a segunda fuga de hoje. Mais do que o bastante para alguém como ele.

Ao atingir o ângulo ideal, pôde perceber que a viatura estava exatamente em frente da sua casa. Mas não se tratava de uma viatura policial e sim de uma ambulância. Ainda sem perceber bem o que se passava, esfregou os olhos para tentar ver quem estava sendo colocado para dentro da ambulância na maca. Era Maria, sua querida mãe. Suas mãos estavam colocadas sob o peito, cruzadas, o pescoço estava imobilizado com os aparatos médicos e não havia nenhum movimento relevante em seu corpo.

Pedro precisou de alguns segundos para notar que a ambulância estava sendo fechada e que o motorista estava partindo com a pressa habitual de um resgate. Ele, portanto, correu. Seus pés quase nem tocavam o chão. Nem se tivesse que fugir da CGM a pé teria conseguido correr com aquela performance olímpica. Tudo em vão. Ao tempo da corrida, o experiente motorista já tinha feito as manobras necessárias e deu a partida como se estivesse em uma corrida, sumindo de vista tão logo dobrou a esquina.

— Mãaaaae! — as palavras quase não tiveram som e foram acompanhadas de uma expressão de desolamento que ornava bem com seus olhos de um cinza absoluto.

Lágrimas.

O rosto de Pedro traduzia todo o seu dia. Nenhuma palavra era necessária. Até porque, fugindo do habitual, não havia ninguém na rua para recepcionar a viatura ou lhe apresentar palavras de conforto, ou mesmo a explicação do que poderia ter acontecido.

Como não sabia em qual hospital ir, ou mesmo como chegar, Pedro entrou em casa e foi para o quarto, pegou na mesinha o terço de sua mãe, acendeu um par de velas e colocou na prateleira próximo da janela, perigosamente próximo da cortina de pano, e começou a rezar todas as poucas rezas que conhecia. Algumas incompletas, algumas disformes.

— Pai nosso que estais no céu, santificado seja o vosso nome, assim na Terra como no Céu... é, digo, venha nós ao vosso reino, amém... Ave Maria cheia das graças, o Senhor é conforto... digo, convosco — e continuou de maneira ininterrupta.

No portão, um chamado já cansado.

— Peeedro!

Josefa, a vizinha mal-humorada, chamou Pedro pela primeira vez, parecendo que já tinha feito por centenas de outras vezes. O menino atravessou a pequena casa rapidamente. Ele precisava muito falar com alguém e não perderia a oportunidade. Josefa já até tinha dado as costas para o portão, desistindo poucos segundos depois da única chamada que fez.

— Dona Josefa, eu estou aqui — disse sem fôlego, mas com a voz ainda embargada.

— Vem cá menino, preciso te falar — disse-lhe, ignorando os ares de choro do garoto.

Pedro se aproximou do portão.

— A Maria foi pro hospital. Certeza que ela está no Hospital Irmã Dulce no Boqueirão, porque eles levam para lá mesmo. Pega o ônibus número trinta e três e desce lá na frente. Ela me deve. Se acontecer alguma coisa com ela, quem deve é você — era um aviso, uma ameaça e também um alento.

Muitas informações para serem processadas. Ainda assim, a informação mais importante era o local onde poderia estar sua mãe. Por isso agradeceu a mensagem e ignorou o conteúdo sobre o empréstimo. Por outro lado, Josefa ignorou o agradecimento. Estavam quites.

O adolescente sabia que se caçasse cada uma das raras moedas que encontrasse em casa, não seria suficiente para pagar a passagem. Portanto, correu até a vendinha do velho Chico e implorou para que ele lhe desse um *ticket* de ingresso no ônibus. Não foi difícil convencer Chico, que nutria grande apreço por Maria. Pedro nem conseguia emular o sentimento de gratidão naquele momento, então virou-se assim que pegou o *ticket* e correu para o ponto de ônibus.

Um ônibus não costuma estar próximo quando precisamos dele. Esse não foi um caso excepcional. Assim, Pedro iniciou uma jornada estagnada. Apesar de poucos minutos terem passado, o menino sentia que tinha perdido horas e que poderia ser tarde quando finalmente chegasse ao seu destino.

Passa o nove-três-quatro, passa o dezessete, passa até novecentos e onze, que nunca passa quando se precisa dele, mas nada da linha de ônibus que se necessitava naquele momento.

Finalmente, lá ao fundo, a inconfundível placa verde anuncia o trinta e três que se aproximava em velocidade de cruzeiro. O ônibus chega cada vez mais perto e logo fica claro que ele não pretende parar. Os motoristas fazem muito isso por lá.

Sem pensar muito a respeito, Pedro se atira ao meio da avenida, fazendo movimentos de cruzar os braços no alto, para que o motorista o visse. E o viu. O grande trambolhão se aproxima freando e sacudindo, como se a máquina fosse se desfazer em algum momento. Balança a moça que amamenta o bebê colada na janela e o velho bêbado sentado na escada e só não balança mais, porque a quantidade de gente dentro do ônibus estagna a todos.

— Você quer morrer, moleque?! Eu devia passar por cima de você — o motorista só abriu a porta para dizer isso, mas foi o tempo necessário para que Pedro explicasse que precisava ver sua mãe no hospital com urgência.

— Entra logo, moleque, disse ele.

A grande tarefa agora seria chegar ao fundo do ônibus para sair no ponto certo. Pedro tinha a impressão de que era impossível encaixar mais qualquer pessoa que fosse naquela lata de metal e passou a entender a razão de o motorista não querer parar. Sentiu-se uma sardinha. Mesmo assim, aos sacolejos, se embrenhou entre as pessoas até o fim do ônibus e conseguiu ficar perto da porta.

— Moça, sabe qual é o ponto mais próximo do Hospital Irmã Dulce? — perguntou para três moças que ocupavam os bancos do fundo, esperando uma resposta de qualquer delas.

— O próximo, meu filho, o próximo — a do meio respondeu.

Ele puxou o sinal e desceu em frente ao hospital. A grande porta de vidro, bastante iluminada por dentro, evidenciava a entrada. Por ser o único hospital público da cidade, o Irmã Dulce está sempre cheio. As sirenes das ambulâncias chegando às pressas é a música que ambienta o local. Ninguém parece dar a mínima para as urgências cotidianas. A velha recepcionista sequer olha para Pedro quando lhe pergunta:

— Já pegou a senha?

— Não, eu só queria ver minha mãe, senhora. Com quem eu falo? — verbalizou Pedro, na esperança de encontrar empatia.

— Sem senha, sem atendimento. Senha P412, por favor — interrompeu a recepcionista sem qualquer remorso.

Ao se dirigir para a máquina de senhas e colher o número P478, uma enfermeira notou sua presença e a peculiaridade de o adolescente estar sozinho naquele lugar hostil.

— Está perdido, meu filho? — ela disse com a doçura de quem já o conhecia.

— Na verdade sim, eu queria ver minha mãe. Ela foi trazida de ambulância há uma hora e meia — suplicou ele.

— Como ela se chama?

— Maria dos Santos.

— É um nome bastante comum. Bem, vamos ver o que podemos fazer. Meu nome é Sarah, se eu demorar, peça para falar comigo.

Enfim, alguma empatia.

Pedro aguardou uns vinte minutos, até se levantar para pedir que a chamasse, mas logo viu ela se aproximando pelo corredor central, com várias fichas médicas na mão e uma expressão bem menos doce no rosto.

— Bem, Pedro, eu acho que a encontrei. Como ela é?

— Ela é gordinha, escurinha e tem os cabelos meio grisalhos.

— Entendo. E onde está o restante da sua família? — ela disse em um tom preocupado.

— Não temos mais ninguém. Sou eu e minha mãe desde que me entendo por gente.

— Entendo. Espere aqui por mais um momento, tudo bem?

Pedro achou que, na verdade, ela não entendia de nada. Mas sabia que não havia muito o que fazer, senão aguardar naquele saguão branco, cujas pessoas entravam e saíam inopinadamente.

Seu estômago já estava arranhando de tanta fome. Não havia tomado café, porque saiu mais cedo de casa, não lanchou na escola, porque sequer foi para lá. Não tinha almoçado e também não tinha percebido a fome até agora, mas ela estava lá como uma antiga amiga que voltaria a visitá-lo.

Pedro nunca tinha percebido a fome até esse instante. Maria sempre se encarregou de fazer com que tudo parecesse bem. Quando não havia mistura — e foram tantas vezes — ela fazia uma sopa de fubá, buscava um pouco de suprimentos depois da xepa da feira e incrementava. Colocava a parte de cima do arroz para ele e mentia dizendo que gostava da parte que estava grudada na panela.

— Somos ricos e ricos comem de pouquinho — ela dizia. O garoto só passou fome quando era muito pequeno, mas não se lembrava disso.

A fome atrapalha o pensamento e foi por isso que Pedro não entendeu quando a enfermeira Sarah disse que Maria estava em um lugar melhor, apesar da ternura com que foi dito.

Um momento de silêncio. Os olhares voltam a se cruzar. Tudo foi entendido.

Pedro começou a chorar copiosamente e foi levado por Sarah até uma sala de atendimento, que deveria estar ocupada por um médico, mas que estava vaga.

— Deite-se aqui nessa maca. Vai ficar tudo bem. Você parece ser forte. Vai ficar tudo bem — ela parecia querer convencer a si própria. Entregou uma barra de chocolate para o garoto, que só parou de chorar para comer.

— Espere aqui, por favor — disse ela.

Ao sair, Sarah deixou a porta entreaberta e foi possível escutar os outros enfermeiros conversando.

— Hora do óbito: dezenove e trinta. Cravado! Essa mulher era pontual

— disse um enfermeiro rindo.

— Se a Sarah fosse tão pontual como a gordinha, ela não tinha tantos descontos na folha de pagamento, haha — respondeu o outro.

— Ei, soube que ela deixou um adolescente. Acho que ele tá sem família agora, sabe o procedimento? — perguntou o primeiro enfermeiro em tom de interesse.

— Bem, até onde sei é chamar o Conselho Tutelar. Eles devem levar o menino para morar no abrigo até alguém adotar. Algo assim. Gente pobre dá trabalho até quando morre — disse o final em tom irônico.

Morar no abrigo? Pedro tinha uma casa e podia cuidar dela. E, aliás, nem tinha conseguido pensar no luto pela perda de sua mãe. Aquilo tudo era um absurdo e ele não ficaria ali mais nem um minuto.

Assim que os enfermeiros entraram na porta que estava em posição oblíqua, Pedro foi até o corredor. Olhou para os lados e sentiu que era seguro seguir as faixas que indicavam a saída. Mas logo foi alcançado por Sarah e começou a chorar tão logo ela segurou em seus ombros.

— Eu não quero morar num abrigo. Quero ver minha mãe! — argumentou Pedro em tom quase infantil.

— Eu sei, meu querido. Você precisa ser forte agora. E tenho algo para você. Algo que sua mãe queria que você visse — ela tirou um papel branco, dobrado em quatro, do bolso de trás de sua calça jeans e colocou nas mãos de Pedro.

— Quero que você leia essa carta só quando chegar em casa, tudo bem?

Pedro assentiu com a cabeça, colocou a carta no bolso e se dirigiu para a porta, ainda desconfiado. Ao sair, iniciou a penosa caminhada até sua residência.

Querido Pedro,

Há muito tenho tido a impressão de que não vou ter a oportunidade de vê-lo crescer como eu gostaria. Já não consigo caminhar ou fazer as tarefas de casa sem sentir fortes dores. Por isso te escrevo agora, ainda lúcida. Ainda com vontade de viver.

Te escrevo, sobretudo, porque há algo que você precisa tomar conhecimento. Algo que escondi de você nos últimos 15 anos. Mas escondi por amor.

Há 15 anos, quando ainda morava na rua e catava latinhas, papelão e toda a sorte de coisas que achasse pela frente, encontrei um tesouro abandonado. A coisa mais valiosa que poderia ter aparecido na minha frente em cima de uma lixeira grande, ao lado de um antigo restaurante de ricos chamado Boi Bão só com uma mantinha e um chaveiro em formato de octógono. Esse foi o dia em que encontrei você e o dia em que me tornei sua mãe.

Nunca tive coragem de lhe contar a verdade, com medo de que você sentisse vontade de procurar sua mãe biológica e me abandonasse. Mas hoje vejo que foi tudo um erro. Apesar de meu amor incondicional por você, era importante que você tivesse tido a oportunidade de escolher buscá-la.

Por isso devo dizer que passei os últimos anos buscando pistas de quem ela seria e hoje tenho convicção de quem possa ser. Você tem os olhos dela.

O resultado de minha pesquisa encontra-se no quarto, embaixo da madeira solta da minha parte do armário.

Quando a encontrar, perdoe-a.

Com amor, sua eterna mãe.

O conteúdo da carta rasgou o coração de Pedro, que já não conseguia mais diferenciar a dor da perda daquela que passou a sentir pela revelação descoberta. Por alguns instantes, pensamentos intrusivos invadiram sua mente, criando uma grande confusão em seus sentimentos: — *"Pare de chorar por ela, ela sempre mentiu para você; olha só, perdi minha única família, não tenho mais motivo para estar vivo; eu deveria ir atrás dessa desgraçada e matá-la!"*

Sem perceber, sua boca passou a ter gosto de mar. Seu rosto estava coberto de lágrimas que já não sabia de onde saíam. Tudo isso foi abruptamente interrompido por um clarão que passou a aumentar aos poucos pela fresta do quarto.

Poucos segundos se passaram até que a fumaça e o cheiro de madeira queimada deixaram indubitável o que tinha acontecido. As velas próximas das cortinas iniciaram um incêndio na casa e os livros velhos provavelmente foram o combustível para o aumento repentino de todo aquele fogo.

Não! A pesquisa!! Tenho que atravessar o fogo para pegá-la — dessa vez não foi apenas intrusivo. Pedro de fato atravessou a porta e só então descobriu que as calorias jamais o deixariam avançar um passo sequer do limite em que estava.

Agora tudo estava perdido. Pedro andou devagar para fora de casa, desistindo de seu lar, de sua mãe e de sua história. A contrassenso, sentou-se na calçada do outro lado da rua e assistiu ao fogo consumir cada aspecto do que conhecia como lar. Pegou no bolso o cigarro — seu primeiro cigarro — e acendeu com o isqueiro que estava com o maço.

Nem mesmo as pessoas que corriam com baldes d'água, ou os

bombeiros que chegaram depois, perceberam que o garoto sujo, que estava do outro lado da rua, era a única vítima do incidente e que as chamas também consumiram sua única chance de não ser indigente.

O cigarro queimava como a casa... como Maria... como ele.

Em outro bairro da cidade, Lígia se preparava para sair quando escutou uma tremenda gritaria vindo da casa vizinha. Ela parou com a chave na mão, junto ao portão da garagem, e tentou compreender o que estava acontecendo. Uma voz masculina berrava com gravidade:

— A culpa é toda sua, que sempre deixou essa menina fazer o que quer!

— Não me culpe pelas atitudes dessa aí! — respondia a voz feminina, ainda mais exaltada.

A discussão prosseguia, cada vez mais agressiva:

— Não vou aceitar isso na minha casa! Pode pegar suas coisas e dar o fora daqui!

— Mas pai... pra onde eu vou? — implorava uma voz chorosa e mais jovem do que a anterior.

Lígia reconheceu a dona da voz jovem imediatamente, tratava-se de Bárbara, a vizinha de aproximadamente dezesseis anos, cujos pais lembravam muito Marcos e Virgínia.

Mesmo comovida com a cena e sem entender ao certo o que se passava, Lígia resolveu seguir seu caminho. Entrou na garagem, tirou o carro e foi ao mercado. Ao sair de lá, foi direto para a loja de pranchas, mas teve o seu trajeto interrompido por uma visão inesperada, uma garota sentada na mureta da praia, chorando copiosamente. Era Bárbara outra vez.

Por um momento Lígia hesitou. Era como se algo dentro dela a impedisse de se aproximar, anunciando lembranças antigas, ou um medo mal resolvido. Mas, vencendo aquela resistência interna, aproximou-se da menina por trás, colocou a mão em seu ombro e a acolheu com suavidade.

— Oi, Babi... dia difícil? - Babi era a forma carinhosa com que Lígia tratava Bárbara.

A menina respondeu com um soluço, seguido de lágrimas. Lígia a abraçou com firmeza.

— Não sei o que houve, mas saiba que não está sozinha. Estou aqui.

— Tia Lígia... não sei o que vou fazer da minha vida... meu pai me colocou pra fora de casa... — finalmente, a menina começou a falar.

— Tenta se acalmar... fale devagar... o que aconteceu?

Lígia já suspeitava e por mais que desejasse fugir daquele assunto, sabia que não podia fazê-lo. Era como se conversasse com um espelho que refletia o passado. Permaneceu ali, atenta, enquanto Bárbara desabafava e contava da gravidez inesperada e da reação dos pais.

— Calma, Babi. Vai ficar tudo bem. Você pode ficar lá em casa — disse Lígia, apesar de sentir o estômago embrulhado pelas lembranças que aquelas palavras lhe traziam. Mesmo assim, esforçava-se para acolher a adolescente grávida que lhe confiava sua dor.

Antes que a menina concluísse seu relato, um garoto apareceu acompanhado de um casal mais velho. Era Felipe, o namorado de Bárbara, com seus pais.

— Babi, vim te buscar, você vem morar comigo! Meus pais vão nos ajudar... vamos ficar na edícula lá da casa e... se você quiser, com o tempo, a gente pode se casar — disse Felipe, tentando acalmá-la.

Bárbara o abraçou com força. Logo, os pais do garoto envolveram os dois num abraço apertado.

Lígia observava tudo em silêncio, com o coração e a mente distantes. Aquela nova família, que se formava ali mesmo, na areia da praia, não percebeu o leve afastamento da jovem mulher de olhos cinzentos.

Enquanto Bárbara se encolhia no abraço de Felipe e dos pais dele, Lígia sentiu as lembranças a invadirem com violência. A diferença era brutal. Ela, no passado, estivera só. Não havia braços que a segurassem, nem palavras de conforto, apenas o peso da vergonha e o frio da rejeição que pressupunha de seus pais. Bárbara, apesar da dor, não estava sozinha.

Por um instante, Lígia pensou no que teria sido de sua própria vida se tivesse encontrado uma mão estendida naquela época, ou mesmo se tivesse escolhido se comunicar, como fez Bárbara. Mas logo afastou esse pensamento como quem fecha um livro que não deseja reler.

A cena, no entanto, ficou gravada. Não como um propósito, mas como uma ferida que se recusava a cicatrizar. Uma lembrança que, de tempos em tempos, ainda voltaria para assombrá-la.

6

Vida na rua

A manhã já tinha avançado pelo céu e Pedro ainda estava lá na calçada. Agora deitado, encolhendo-se em um beiral, logo à frente das ruínas que um dia chamou de casa. A manhã não tinha o cheiro de café fresco de Maria, apenas de cinzas. Ao abrir os olhos, o garoto percebeu que nada daquilo era sonho. Apalpou o corpo devagar e sentiu que estava sujo. Passou a mão levemente no rosto e olhou para ela para confirmar o que já imaginava. Toda aquela fuligem havia caído sobre ele, deixando seu cabelo grisalho e sua pele manchada como a de um minerador após o trabalho. Continuou investigando seus bolsos e encontrou o maço de cigarro da noite passada, ainda cheio, e o bilhete de Maria, que agora estava quase ilegível, bastante chamuscado e com um aspecto muito frágil.

— Como ninguém me achou aqui até agora? O incêndio iluminava a rua inteira, como ninguém me viu? — o pobre garoto ainda não tinha percebido que a única pessoa que se interessava por ele, a única barreira que o impedia de ser invisível, tinha ido.

Há momentos cruciais na vida de uma pessoa e se ela está entregue ao acaso, pode deixar de tomar pequenas decisões que podem mudar tudo. Por exemplo, se um paraquedista tenta abrir o paraquedas e ele falha, ele precisa se concentrar em encontrar a fita do paraquedas reserva, pois se ele se preocupar em lamentar sua negligência na verificação antecipada do equipamento, ou mesmo se preferir usar as mãos para proteger as partes do corpo, continuará caindo em queda livre para a morte, até que não haja mais tempo hábil.

Pedro não procurou a fita reserva. Se ele tivesse se ocupado de procurar os vizinhos que o conheciam, de pedir abrigo, ainda que provisório, ou mesmo de procurar as autoridades, poderia ter-se poupado do que viria. Mas ele tinha muito de sua mãe biológica e ocupou-se de um profundo estado de torpor. Esqueceu-se da fome naquele dia, de tomar banho, e de qualquer outra coisa. Ao invés disso, caminhou sem rumo no sentido sul da cidade, onde não conhecia ninguém. Caminhou até perto do anoitecer, sem mesmo perceber o quanto caminhava, pois sua mente simulava os bons momentos de sua infância.

Quando deu por si, já estava em Solemar, muito próximo de uma feira de artesanato local. As cores se avivaram e ele pôde perceber todo aquele movimento de pessoas interessadas em adquirir bijuterias e toda a sorte de novidade da manufatura da cidade. Ele próprio se distraiu por um momento e ficou observando as pulseiras temáticas de rock que estavam expostas em uma dessas barracas. Uma, em particular, chamou muito a atenção do menino. Era uma munhequeira de pano, com duas caveiras desenhadas em branco em uma arte quase infantil, com ossos de pontas arredondadas e com o rosto da caveira simulando um sorriso — isso vai servir ao meu luto — ele se aproximou mais da munhequeira e foi logo sacudido por um homem muito alto que já estava observando o garoto desde o início.

— Você tá louco Moleque? Tem dinheiro para comprar se sujar isso com essas patas imundas? Não, né? — bradou o homem enquanto segurava Pedro pelos ombros e o chacoalhava como um boneco de pano, fazendo com que sua cabeça acompanhasse os chocalhos.

Ele nunca havia tido dinheiro para gastar nessas feiras, mas também nunca tinha sido tratado assim só por se aproximar de um item que queria. Por isso, ficou muito assustado e desprendeu em fuga imotivada tão logo as mãos do homem o liberaram. Ele correu e se escondeu atrás de uma barraca bem no finalzinho da feira.

Acontece que nessa parte da feira ficavam as barracas de guloseimas. Bolos de todos os tipos, raspadinha, quebra-queixo, tortas, maria mole e muitas outras coisas que gritavam aos olhos de quem passasse. E esse nem era o maior dos problemas. Os salgados tomavam conta do aroma do ambiente, fazendo com que as pessoas fossem conduzidas para lá como em um desenho animado. Milho-verde sendo fervido na hora e servido com manteiga, churros sendo frito, pastéis... bem, Pedro lembrou-se de ter estômago, lembrou-se da fome e, apesar de já ter sentido muita fome e muita vontade de guloseimas na vida, essa foi a primeira vez em que ficou com medo de seus desejos.

Com a consciência da fome, veio também os efeitos fisiológicos. Seu estômago roncava como um trator, sua visão passou a turvar e parecia que suas forças foram arrancadas do corpo como quando Sansão perdeu os cabelos.

— Eu estou com fome — disse para a moça que fritava o pastel que lhe atiçara os sentidos.

— Ah, querido, primeiro você deve tirar uma ficha no caixa, depois vem que eu te preparo um — Joana falou, mesmo já tendo percebido que não se tratava de um cliente.

— É que não tenho dinheiro — devolveu ele em tom sério.

— Aqui não é caridade — e Joana voltou-se para o outro lado da fritadeira.

Pedro andou devagar até a sarjeta, que já não estava muito bem iluminada pela luz do poste, colocou as mãos no queixo e encheu os olhos.

— Você é burro ou o quê? Achou mesmo que era só chegar, pedir e eles iriam te encher de comida, novato? — A voz veio por de trás da lixeira que amontoava cana moída, restos de espigas de milho e muitas latas.

— Quem é você?

— Sou Mickael. Essa área é minha, não sabia?

— Não sabia.

— Agora sabe e não deve esquecer disso. O que está fazendo aqui?

— Eu perdi minha mãe ontem, minha casa também. Estou sem lugar para ir.

— Tem muito lugar para ir e muita comida para pegar desses aí. Você tem que pedir direito. Isso é uma arte, meu amigo. Primeiro você precisa de uma boa cara de dó, tipo essa - ele inclinou as extremidades dos lábios para baixo, apertou as sobrancelhas e os olhos. Parecia mais uma encenação de um palhaço triste do que "uma cara de dó" — agora você tem que dizer que seu filho está com fome...

— Mas eu não tenho filho...

— Agora tem! E ele está com fome. Olhe para lá, olhe o Bob ali no canto, tremendo de fome e frio — e apontou para um canto vazio enquanto tremia o beiço como se iniciasse um choro falso — não deixe o Bob morrer de fome. Vá lá e tenta de novo e depois traz minha parte?

— Sua parte!?

— Acha que minhas aulas são de graça aqui nessa área, moleque? Vá logo.

Mickael era mesmo um fanfarrão. Até onde se sabe, ele fazia parte de um circo que veio para a cidade há muitos anos, mas devido seu comportamento inapropriado com a filha do dono do circo, foi despedido e despejado aqui mesmo na cidade, e como sempre morou no circo, sem eira nem beira, por cá ficou, fazendo o que achasse melhor nos semáforos e esquinas, em troca de algumas moedas e comida. Não vivia muito bêbado, mas sua mente já estava bastante avariada.

De todo modo, Pedro tentou algumas encenações dizendo para alguns donos de barracas de comida que precisava alimentar seu pai doente e até apontava para o canto onde Mickael estava. No fim das contas, conseguiu dois pastéis e a metade de uma garrafa de Coca-Cola que estava em uma das mesas.

O circense convidou o garoto para passar a noite na mesma marquise que ele a umas duas ruas dali. Ele ficou com um pastel e com o refrigerante inteiro. Na Marquise, notou que não era o único felizardo que tinha conseguido um lugar para dormir fora do sereno. Havia pelo menos dez pessoas como ele, cada qual com seus próprios trapos e papelões, pelos quais matariam. O lugar era hostil, mas ele estava tão cansado que deitou encostado na parede e dormiu com as mãos abaixo da cabeça, desejando que dessa vez acordasse daquele terrível pesadelo.

O empresário de São Paulo

Assim como voltamos os olhos para Lígia, devemos a justa menção a Adriano.

A semana não estava sendo nada fácil, Adriano perdeu dinheiro na bolsa por conta da oscilação do dólar e ainda por cima descobriu que um de seus funcionários estava passando informações importantes para um concorrente. Com o funcionário, a situação havia sido resolvida com a sua demissão, mas, com a empresa que comprara as informações, a questão era judicial e, por isso, teve que se deslocar até o escritório do seu advogado. Detestava ir ao Centro de São Paulo, mas era preciso.

O rapaz buscava um lugar para estacionar seu carro próximo ao Edifício Martinelli, quando um jovem guardador de carros bateu levemente na janela do veículo oferecendo ajuda. A princípio ele levantou sua mão com um movimento de negativa, mas ao cruzar seus olhos com os olhos esverdeados do menino, ele sentiu uma profunda ternura pelo garoto e assentiu permitindo que o ajudasse. Depois que estacionou, saiu do carro e, já com uma moeda em mãos, a ofereceu para o menino que a recusou dizendo:

— Não, senhor, quando vir pegar seu carro aí o senhor me paga — disse o menino com ar profissional.

— Vou demorar! E se você não estiver mais aí? — argumentou Adriano, simpatizando com a atitude do garoto.

— Aí o senhor me paga outro dia, não tem problema   considerou o jovem.

— Certo então! — Adriano sorriu e sentiu sua fé renovada.

A conversa com o advogado até que foi rápida, a demora foi aquele elevador que não chegava nunca e a fila na recepção, tanto para entrar quanto para sair. Ao se aproximar do carro, logo identificou a figura do menino que ajudava outro motorista com suas manobras para estacionar em uma pequena vaga. Pacientemente, Adriano esperou até que ele estivesse livre e, ao invés da moeda que havia separado, deu-lhe uma nota de dez reais.

— Aí moço, só tenho moedas como troco. Pode ser? — perguntou o menino, não acreditando que estava recebendo uma nota de dez reais.

— É toda sua, não precisa me voltar troco — disse Adriano sorrindo, com sentimento de satisfação.

— Obrigado, seu moço! — agradeceu o menino, que saiu saltitando.

A caminho de sua empresa, Adriano se lembrou do menino guardador de carros, da cor de seus olhos que pareciam familiar e finalmente de Lígia. Não que a cor dos olhos do garoto fossem semelhantes ou mesmo parecidos com os dela, mesmo assim, serviu como gatilho para que recordasse de seu amor juvenil. Seguiu imaginando como ela estaria:

— "Será que fizera faculdade, casado, mudado de cidade? Fazia tempo que não tinha nenhuma notícia dela."

Seu pensamento foi interrompido pela pressão do trânsito de São Paulo.

Mal embicou o carro para entrar no estacionamento da empresa e Túlio, seu contador, já o abordou:

— Oi, Adriano, como foi lá no advogado?

— Calma, Túlio, me deixa entrar primeiro.

— É ansiedade! Depois do que aquele funcionário fez, fiquei assim, ansioso!

— Tá! Me deixa estacionar e já converso com você.

Adriano era muito querido pelos funcionários da empresa e mesmo tendo sido traído por um deles, não sentia raiva, só tristeza por não esperar por isso. Então, escutou Túlio amaldiçoar o traidor sem o incentivar. Zhara, secretária na empresa, observava a conversa admirada. Há tempos que seu coração acelerava quando se aproximava de Adriano e sua postura amorosa a deixava ainda mais encantada.

Outra bravata e a primeira lição

As semanas foram passando e Pedro já estava ficando bastante ambientado com a rua e com a arte de pedir. Se encontrava uma madame com crianças, sabia que tinha que pedir em nome dos irmãos mais novos que estavam passando fome. Se encontrasse com um jovem festeiro no carro, especialmente se estivesse com a namorada, tinha que ser jocoso e dizer que o dinheiro era para cachaça ou para se livrar da sogra. Realmente ele passou achar tudo aquilo uma arte e via o presunçoso do Mickael como um mestre das ruas.

Com ele aprendeu também que a cidade tinha seus próprios códigos e sinais invisíveis. Aprendeu que perto da padaria Estrela, eles jogavam na calçada o pão que sobrou das vendas, exatamente às dez e meia. Aprendeu que se pegasse uma marmita de alumínio, dava para amassar a metade da refeição e guardar no bolso para mais tarde. Lições não estavam em falta nesse novo momento.

Em um dia estava no principal semáforo do bairro Samambaia e, por ser feriado na cidade, centenas de turistas passavam por lá, muitos esbanjando dinheiro.

— Oh, meu patrão, me ajuda a comprar minha passagem de volta para a Bahia. Eu tô perdido nessa terra aqui — disse o garoto de forma muito convincente para um rapagão em uma Mercedes, parada bem na faixa, em frente ao semáforo.

— Eita, meu amigo, você está longe de casa hem. Quanto é essa passagem aí? — e olhou pesaroso para os familiares que estavam no carro.

— Vissi, eu não sei direito, meu rei. Tem que ver no terminal — ele não tinha pensado que seria questionado sobre isso — deve ser uns cinquenta reais, eu acho.

— Você não consegue nem sair desse bairro com isso, moleque — e caiu na risada.

— Eu acho que mais, então, vissi — e seu rosto já estava bem vermelho.

— Tá, ok. Vou ver se consigo te ajudar de algum jeito.

O rapaz relutou no banco do carro para tirar a carteira do bolso traseiro. O semáforo já estava para abrir e Pedro estava ficando tenso — será que ele havia desconfiado da história? — parecia que a qualquer momento a luz verde ia acender e os carros sairiam como na largada de uma Fórmula 1. O homem conseguiu pegar a carteira, no entanto, o semáforo abriu no último segundo e ele ficou bastante atrapalhado. Tirou a primeira nota que encontrou e entregou para o menino, desejando boa sorte, enquanto engatava a marcha e acompanhava o trânsito. Não sabemos quais eram as intenções iniciais do rapaz, mas no fim das contas, ele entregou cem reais nas mãos de Pedro.

Nem mesmo nos melhores momentos de sua vida com Maria tivera acesso a uma nota de cem reais. Tão menos em uma situação onde acreditava que podia deliberar sobre o que fazer com ela. Ele se considerou absolutamente rico naquele momento. Poderia almoçar o que quisesse, ou então, poderia dormir em uma cama quentinha e comer alguns doces. Mas secretamente, Pedro almejava, de maneira muito ingênua, guardar dinheiro para comprar um notebook ou algum aparelho que o ajudasse na busca pela identidade de sua mãe biológica, na esperança de que ela o salvasse dos males que passava desde o seu nascimento e tendo piorado após o falecimento de Maria. Esses não eram os mesmos planos de seu colega.

Mickael, que estava aguardando toda aquela cena acabar, bem do outro lado da rua, decidiu aprontar uma boa com o falso baiano. Fez sinal para que ele e os outros retornassem para debaixo da marquise e logo lançou:

— Companheiros e companheiras, hoje vamos comer pizza! - ele falava como se apresentasse uma atração de circo.

— Eita bem — exclamou o José, que estava quase moribundo encostado no posto desde o começo.

— Viva ao Mickael — repetiu três vezes a Martinha, que era meio namorada dele.

Só Pedro não esboçou reações. Enquanto encarava Mickael, colocou a mão por dentro do bolso e apertou a nota, conferindo se ela ainda estava lá. É que o olhar do circense já entregava seu plano.

— Viva a mim? Não, viva ao Pedro, que jogou um embuste no playboy e logo pegou cem pratas para a janta, não é, Pedrinho? — e fez duas vezes um gesto com a mão solicitando a nota.

— É que eu queria fazer outra coisa com o dinheiro — disse Pedro sem tirar o dinheiro do bolso.

— Você não vai decepcionar todos os nossos amigos, não é, Pedrito?

— Não, mas não quero gastar hoje.

Em tempo, precisamos dizer que Mickael era um sujeito bastante peculiar. Seus dentes eram bastante amarelados e, embora tivesse todos eles, eram irregulares e com os caninos sobressaltados naturalmente, o que dava um ar um tanto sombrio em seu sorriso cínico. Ele era bastante esguio e tinha sempre vestes largas. Um paletó azul-escuro surrado e uma camiseta amarelada. Muito mais amarela do que realmente era, dado seu estado de conservação. Os poucos fios de cabelo escorriam pela cabeça até passar o pavilhão auricular, ralos, oleosos e um loiro enegrecido pela sujeira e pelo tempo, lembrando teias abandonadas por aranhas mortas. Sua testa era um campo de batalha entre o couro cabeludo e o vazio. A sua aparência medonha e seu cheiro de tinta óleo vencida só eram suportáveis em razão de sua teatralidade anfitriã. Mas ele sabia ser tão maquiavélico quanto parecia ser:

— Bem, meus queridos espectadores, nosso jovem recém-egresso da boa vida esqueceu-se de uma regrinha básica daqui — e virou-se para todos — e qual ééééé?

— Tudo nas ruas daqui são do senhor Mickael! — disseram todos em uníssono, afastando qualquer possibilidade de que eles não tivessem entendido bem o que falavam.

— Pois é, garotinho mimado. Já que não se importa com a fome de pizza de nossa família, então trate já de começar a pagar o aluguel — ele arfava.

— Família? A minha única família morreu há poucas semanas — seus olhos estavam cheios de lágrimas e sua voz pesada e agressiva — eu não vou pagar aluguel nenhum, vou embora daqui! — disse e se virou no sentido da rua.

Mickael se colocou na frente do garoto ameaçadoramente e logo o golpeou na barriga com força, fazendo com que Pedro se dobrasse sem ar e logo caísse no chão totalmente indefeso, oportunizando os outros andarilhos a revistarem todos os bolsos dele, até encontrarem a perquirida nota de cem reais, abandonando o garoto em seguida. Não sem antes Mickael se aproximar muito do rosto dele e dizer as palavras que Pedro nunca se esqueceria:

— Bem-vindo à rua, criança.

A primeira lição que o garoto aprendeu na rua foi a de não confiar cegamente em alguém de primeira mão. Ele tornaria a cometer esse erro mais para frente.

Piqueri

Adriano teve que ir por muitas vezes ao seu advogado e, em todas essas ocasiões, encontrava o garoto guardador de carros como um guardião fiel da rua. Com o tempo, ele e Piqueri criaram uma relação de amizade.

Um dia, ao sair do Edifício Martinelli, onde ficava o escritório de advocacia, viu Piqueri sentado na calçada, de cabeça baixa. Estranhando o comportamento do garoto, aproximou-se, preocupado:

— Oi, Piqueri! Está tudo bem? — perguntou Adriano franzindo a testa.

— Sim... — respondeu o menino, desanimado.

— Não parece. Quer conversar?

— Está tudo bem, seu Adriano. É só... questão da vida mesmo.

Mas a resposta não convenceu o empresário.

— Pode falar, menino. Se eu não puder ajudar, posso pelo menos te ouvir.

Piqueri olhou para ele com os olhos marejados.

— O senhor é um bom homem... minha avó morreu ontem... foi ela que me criou. Era como se fosse minha mãe.

— Eu sinto muito! — disse Adriano, visivelmente comovido.

— Éramos só nós dois... — Piqueri levou as mãos ao rosto e começou a chorar.

Adriano, meio sem jeito, colocou a mão no ombro do garoto num gesto de consolo, formando um meio abraço.

— Não sei o que farei na minha vida... — soluçava o menino.

— Mas e o resto da família? Seu pai, sua mãe?

— Não sei quem é meu pai. Minha mãe... se casou novamente com um homem que não gosta de mim. Não me querem morando com eles.

— Entendi... Você está morando onde?

— Aqui no Centro mesmo, no casarão da Rua Quatro. Eu e minha vó moramos num quarto lá.

— Pagam aluguel?

— Sim. Eu pago o aluguel e minha avó comprava a comida — respondeu Piqueri, que, percebendo a preocupação de Adriano, apressou-se em dizer:

— Fica tranquilo seu Adriano. Não preciso de nada, não. É que hoje estou muito triste, um pouco sem rumo, mas vai passar. Eu dou um jeito.

— Tranquilo não ficarei até que você esteja bem. Aceita tomar um refrigerante comigo? — convidou Adriano, já conduzindo Piqueri a um comércio próximo, sem dar tempo para recusa.

Mais tarde, com o garoto visivelmente mais calmo, Adriano se despediu, combinando de encontrá-lo no dia seguinte. Assim o fez com a desculpa de que precisava ver o advogado uma vez mais. Na verdade, ele tinha se lembrado de que, neste escritório, estavam precisando de alguém para ajudar. Embora a vaga fosse originalmente pensada para um estagiário de Direito, resolveu tentar convencer o advogado a dar uma chance ao garoto. Depois de alguma insistência, conseguiu. Piqueri seria contratado como "faz tudo".

Satisfeito com o resultado, Adriano foi procurar o menino, mas não o encontrou. Restava, então, esperar pelo dia seguinte.

Na manhã seguinte, antes de sair de casa, abriu o armário e separou algumas peças de roupa para o garoto. Não foi fácil, já que ele era alto e forte e o menino de dezesseis anos, era pequeno e magro, mas conseguiu separar três camisas, uma calça jeans e duas bermudas. Saiu ansioso para o encontro, parecia até que ele próprio começaria um novo emprego, de tão feliz e agitado que estava. Chegou no horário combinado e lá estava Piqueri, cabelo lavado, roupa simples e desgastada, mas limpa. Adriano o observou com orgulho. O garoto, mesmo sem saber o que o aguardava, se preparou para o encontro.

Foram juntos a uma padaria e tomaram café da manhã. Adriano contou sobre a vaga de emprego e entregou a sacolinha com as roupas.

Piqueri, por sua vez, compartilhou boas notícias: conversou com o responsável pelo imóvel, que se comprometeu a manter o contrato de aluguel temporariamente, mesmo estando em nome de sua avó. Além disso, uma mulher que frequentava a mesma igreja que a sua avó, foi visitá-lo, levou algum alimento e roupas usadas.

Cada relato do menino era, para Adriano, a confirmação de que ele era um bom rapaz. Eles saíram do café e foram juntos até a advocacia, onde Adriano o apresentou a todos e só foi embora depois de garantir que tudo estava certo para o início no novo trabalho, já no dia seguinte.

Anônimo

Depois de muito se lamentar, o menino se levantou e tomou rumo. Andou muitas quadras até se sentir seguro para fazer valer sua arte de pedir. Ele sabia que a área era comandada por Mickael e por isso só ficaria ali por tempo o suficiente para pegar uns trocados para o ônibus e para comer um salgado.

Perambulou por um bom tempo até conseguir sete reais, foi quando notou que era observado por uma súcia de andarilhos bastante maltrapilhos, mas que certamente eram conhecidos de Mickael. Por isso, arremeteu-se a correr no sentido de um ponto de ônibus sem olhar para trás. Pegou o primeiro que passou. A linha, todavia, estava indo em sentido absolutamente contrário ao que pretendia e foi parar na divisa com uma pequena e pacata cidade vizinha, chamada Mongaguá. Ali, teve que implorar ajoelhado para que o motorista não o obrigasse a descer e comprar nova passagem e depois de muita humilhação e de outros passageiros impacientes para o motorista tomar logo direção, conseguiu voltar e até fazer a baldeação necessária para chegar em seu antigo bairro, a Vila Sônia.

Apesar das poucas semanas em que se afastou, Pedro tinha perdido qualquer familiaridade com aquele local. Ele teve muita dificuldade de encontrar o caminho da casa incinerada. Mas a achou, e não poderia deixar de reconhecer aquele monte de escombros que recortava a vista das casas velhas daquela rua. Era como se aquele fantasma de casa fosse um pedaço da natureza morta que sempre estivera ali. As pessoas passavam e sequer olhavam para o lugar, que agora acumulava toda a sorte de lixo entulhado.

Pedro entrou no terreno e começou a andar olhando para baixo, procurando algo que ainda tivesse utilidade para ele ou que ainda pudesse servir de lembrança de Maria. Ele andava e chutava um montinho de fuligem, analisava de perto o vão entre as madeiras, às vezes puxava algo que estava semienterrado e descobria que o objeto estava obliterado na outra parte. Em geral, não tinha muito o que encontrar, ao passo que, logo após o incêndio, durante as semanas em que esteve longe, muitos andarilhos, e até vizinhos, entraram no terreno para garimpar utilidades, de modo que as coisas decentes já haviam sido recolhidas. Bem, tudo exceto uma mochila escolar que estava chamuscada, mas que ainda oferecia perfeita funcionalidade. Era a mochila fornecida pela prefeitura, que ele usou por muito tempo no ensino fundamental. Agora seria sua companheira de jornada.

As semanas que antecederam o retorno de Pedro foram bastante tensas, como vimos, e por essa razão, ele estava pouco reconhecível para quem o via esporadicamente nos melhores tempos. A pele do rosto estava totalmente cavada, de modo que se podia analisar cada osso de sua face, os olhos fundos e turvos, estava andando mais curvado e de maneira irregular. Seu cabelo tinha crescido bastante, mas como não era muito liso, formava cachos irregulares, que estavam em um tom de cinza-escuro, por conta da sujeira. Estava embrulhado no mesmo tecido que usava quando saiu de lá, mas agora parecia um espantalho mal costurado. O pior, na verdade, era o odor sólido que ele passou a exalar, sem sequer perceber. Era uma mistura de suor fermentado, urina seca e um desodorante vencido que achou na segunda semana.

Por essa razão, ninguém estava a fim de se aproximar do garoto, nem mesmo para perguntar o que fazia ali, ou mesmo para colocá-lo para fora. Quem cheira mal por muito tempo, não sente o próprio odor e não entende o descontentamento do outro.

Pedro viu que uma das duas antigas vizinhas estavam em frente a seus respectivos portões conversando de longe uma com a outra, precisando gritar para se comunicar sobre fofocas variadas. O garoto então tentou se aproximar de Josefa, a vizinha que estava mais próxima, para lhe pedir auxílio. Não deu tempo, ao ver tal figura se aproximando, a mulher logo entrou e trancou a porta. A outra, Lizandra, o tratou com um desprezo muito amargo. Chamava-o de coiso, de moleque, de menino, mas em nenhum momento daquela curta conversa o chamou de Pedro. Nem mesmo agiu como se um dia já o tivesse levado para a creche no lugar da Maria, ou como nunca o tivesse cumprimentado de manhã. Ele estava anônimo, sem identidade literal ou social. Sem mesmo referência alguma.

Mas como quem nada têm se distrai com pouco, o garoto olvidado logo estava contente pela mochila. Passava a mão em algumas das partes chamuscadas, tentando limpá-las e podia jurar que o estava fazendo, mas na maior parte das passadas de mão, acabava por manchar ainda mais as outras partes do tecido. Testou todos os zíperes de todos os bolsos e se surpreendeu por funcionar tudo muito bem. Foi metendo a mão em cada pequeno bolso para ver se garimpava algo de interessante. Achou uma caneta rachada, alguns pedacinhos de papel, que pela umidade já estavam se desfazendo e um pequeno chaveiro em formato de octógono, que ainda brilhava cintilantes em um âmbar misterioso. A relíquia chamava realmente a atenção e ele resolveu enfeitar um dos zíperes com ela. Alguma coisa naquele velho chaveiro lhe causava uma nostalgia absurda, como se o objeto carregasse consigo um legado oculto.

Não demorou para que Pedro se lembrasse da vendinha do Velho Chico, que tinha lhe fornecido a passagem de ônibus para que ele pudesse ir até Maria. O Velho sempre gostou dele e não deixaria de reconhecê--lo. Poderia ser aí o seu recomeço. Morar com os dois netos do Velho Chico, ajudar em casa e, de repente, até trabalhar na vendinha e voltar para a escola. Era possível e ele precisava tentar. Afinal, pelo que pôde ouvir de Maria em certa oportunidade, foi mesmo o Velho Chico quem ajudou ela a conseguir a casinha onde moravam. Por isso não tardou em procurar a rua da vendinha.

Ao encontrar o comércio, percebeu que sua neta Mônica estava no balcão. A menininha, era bastante afável e delicada, não combinava nem um pouco com aquele cenário. Seu cabelo preto era irretocavelmente liso e estava preso para trás das orelhas por um arco vermelho que não deixava nem um único fio encontrar a contramão em seu rosto de pele branca. Seu lábio era naturalmente avermelhado, fazendo até parecer que ela era mais velha do que de fato era. Afinal, era uma jovem de quinze anos.

O menino, encantado com a vista, se aproximou esquecendo-se de como cheirava mal e ela retorceu o nariz instintivamente.

— Opa, tudo bem?

— Do que precisa? — respondeu ela em tom ríspido.

— Precisava falar com o Seu Chico, sou amigo dele?

— E meu avô agora tem amigo mulambo? O que você quer? — já deu para ver que ela não era de muita conversa.

— Eu quero falar com ele, não posso?

— Não!

— Por quê?

— Porque não. Te devo satisfações agora?

Ela era um entojo. Ele nunca tinha percebido, já que estava sempre encantado com a aparência dela e já que essa era a primeira vez que realmente tivera um diálogo com a diabinha.

— É importante, eu realmente preciso falar com ele.

— Então deixa recado que passo para ele. Ele não vai atender ninguém — ela fez uma expressão de pesar quando disse.

— Ele não quer atender? — agora Pedro estava mesmo curioso.

— Não, ele não pode. É diferente.

— Ora, desembucha, menina, o que está acontecendo?

— Ele está internado desde semana passada com aquela maldita doença. Pronto! Agora que já conseguiu a sua informação, some da minha frente e vá tomar um banho, porque já estou enjoada! — sua voz foi ficando mais alta enquanto ela falava, a ponto de terminar a frase gritando.

Com receio de alguém achar que ele estava amolando Mônica além da conta e consternado com a informação da saúde do Velho Chico, Pedro deixou o comércio e foi caminhando até o bairro do Boqueirão, que ficava há uns trinta minutos de caminhada dali. No caminho ficou pensando no que poderia consistir essa tal de "maldita doença" que Mônica falou com a segurança de que ele saberia de qual se tratava: — "Será que o Velho estava com problemas no coração? Será que era algo mais leve, como uma diarreia desenfreada? Quando ele teve uma semana de diarreia, Maria havia dito que aquilo era uma maldita doença, então até poderia ser". De todo modo, o fato era que Chico não poderia ajudá-lo, pelo menos naquele momento, então a jornada teria que continuar do modo que Pedro já estava se acostumando a ser, na base da "pedição".

O Velho Chico daria seu último suspiro naquela noite, deixando Mônica e seu irmão com o legado da lojinha. Há quem diga que Chico, pouquinho antes de fechar os olhos, falou o nome de Maria com certo orgulho pela antiga benesse prestada, mas a maioria dos seus parentes diz que essa é só uma história inventada. Fato é que, pontual como Maria, ele se foi.

Interlúdio

Entrementes, para ser mais exato sobre Chico, saiba que ele interagiu com Soraia. A experiente e atenciosa enfermeira o acolheu em seus últimos momentos.

Na ala da oncologia, Soraia aproximou seu ouvido da boca do homem.

— Não escutei. Pode repetir?

— Fran..cisco.

— Agora sim. Francisco... seu Francisco, tenta ir relatando o que está sentindo, o senhor vai ficar bem... já foram chamar o médico de plantão. Chico sabia o que estava acontecendo e não gostava de ser enganado. As sessões de quimioterapia deixaram ele muito fraco. Ainda assim, mesmo que a náusea fosse muito grande, dirigiu os olhos com doçura para a enfermeira e deu um leve sorriso.

— A dor diminuiu, mas continuo tonto e com muita náusea.

— Infelizmente não tenho autorização para te dar um remédio para essa náusea, mas logo tomará a medicação certa. Enquanto esperamos, posso aferir sua pressão. O senhor permite?

— Claro... — já era possível ouvir a voz dele um pouco mais nítida.

Já haviam se passado mais de vinte minutos e nada do médico aparecer ou mesmo da outra enfermeira voltar. Soraia, no entanto, permanecia ali acompanhando o inevitável.

Então o senhor mora com dois netos e tem uma vendinha de garagem?

— É, fica na vila Sônia. Conhece? — Chico tentava ser simpático, mesmo preocupado com seu próprio estado de saúde.

— Pra dizer a verdade, nunca fui até a Vila Sônia, moro em Solemar.

— Quando for lá, passa na minha lojinha que vou preparar o melhor suco de graviola que você já tomou na vida — ele sorriu, sabendo que ela também sabia que isso nunca aconteceria.

— Não será difícil já que eu nunca tomei suco de graviola — riu Soraia.

A conversa seguiu por mais trinta minutos e a presença do médico e da outra enfermeira nunca se fez. A voz de Chico era cada vez mais opaca e prenunciava sua partida, situação a qual Soraia já estava acostumada. O que a pegou de surpresa foi a maneira com que acolheu a morte como uma amiga, no fim da vida. Seus olhos fecharam por definitivo e, em seu rosto, ficou a impressão de um leve sorriso sereno, quase infantil, como se, enfim, tivesse encontrado descanso.

O médico finalmente apareceu e passou a fazer uma manobra cardíaca, e, apesar de todos os movimentos, encostou o ouvido na boca do paciente, parou de fazer a massagem, olhou para o relógio e se dirigindo à enfermeira anunciou:

— Hora do óbito 20 e 30!

Não era de costume, mas Soraia saiu dali arrasada. Sem vontade de ir para casa, seguiu caminho contrário ao ponto de ônibus. Quando chegou na Avenida Costa e Silva, virou sentido praia e continuou a caminhar. Já no Posto Dois, se sentou na mureta da praia e chorou de indignação.

O centro comercial da cidade é muito bonito e movimentado. Uma grande avenida cruza o bairro inteiro, interligando o terminal de ônibus com a praia. Muitas lojas, pastelarias, bancos e restaurantes se criaram ali nessa avenida chamada Costa e Silva. As pessoas passam apressadas, com pastas e papéis nas mãos, sem paciência e preocupadas com todo o tipo de coisas. Mas se você prestar atenção nas calçadas, parados e encostados nos muros dos comércios estão pedintes, ambulantes, vendedores e, às vezes, simples vadios que, para se desobrigar dos deveres, se desobrigam de todos os bônus. Estes últimos são raros. A maioria é gente como Pedro. E falando nele, ao sair da Vila Sônia, seguiu o caminho já conhecido do centro, que de centro nada tem, pois fica na ponta norte da cidade.

O adolescente desprendeu a caminhada como estava, de mochila, chinelo de dedo e casaco. A essa altura, o maço de cigarros que estava consigo quando foi para a rua já tinha acabado e ele já estava sentindo falta de pitar. Por isso, já por um terço do caminho, ele viu um senhor de chapéu de couro, do tipo de Lampião, e vestindo jaqueta jeans, como se fosse um vaqueiro da Baixada. O homem fumava um cigarro bastante fedido, mas portava-se como se estivesse gravando uma daquelas propagandas antigas da Marlboro, com uma das pernas apoiadas no ponto de ônibus e uma das mãos na cintura. Com a outra mão, segurava o cigarro com dois dedos, inclinava a cabeça para cima e tragava. Parecia que nunca soltaria a fumaça, mas pouco antes do trago seguinte, fazia uma cena tentando soltar anéis de fumaça, sem sucesso.

Pedro, que já não tinha mais pudor para pedir, foi logo pensando em uma história para dizer, mas no fim das contas apenas pediu o cigarro direto:

— Oh moço, me arruma um cigarro desses, por favor? Um só — disse fazendo o número um com a mão, com a doçura de quem estivesse pedindo uma bala ou um pedaço de algodão-doce.

— Homi! Quantos anos cê tem? Dou não, cê não pode fumar ainda não — disse o homem indignado.

— É verdade, mas também não deveria estar morando na rua, não é mesmo?

O homem, que era conhecido como Zé, afinal, largou um sorriso com a capacidade de argumento inesperada do adolescente, mas do sorriso se podia ver as inevitáveis consequências do fumo, como um prelúdio ignorado por Pedro. Alguns dentes faltando, outros enegrecidos, outros amarelados, mas nenhum incólume como o das patricinhas que Pedro viu passeando na praia há semanas atrás com Fábio. Ele conseguiu o cigarro, por fim. E conseguiria muitos outros no curso de sua jornada.

Ele voltou a caminhar, agora pitando e cantando nos intervalos. Quando já estava no início da Avenida Costa e Silva, seu chinelo, que havia sobrevivido até agora por esforços hercúleos, resolveu ceder e rompeu a tira sem possibilidade de conserto, virando só um pedaço de borracha. Como já tinha se acostumado com as desgraças, viu ali uma oportunidade de preencher aquela mochila que estava vazia. Guardou o chinelo avariado e seguiu a caminhada com apenas o pé esquerdo.

Considerando que o sol castigava o solo, fazendo com que seu pé queimasse, ele trocava sistematicamente o lado do chinelo, beirando ao ridículo, até que chegou próximo de uma grande padaria de esquina, onde se reuniam outros de sua situação. Como não tinha compromisso, sentou-se há pouco mais de dois metros do grupinho que viu e lançou um olhar de autoconvite para fazer parte da súcia. Ninguém deu bola. Nem mesmo o que era mais maltrapilho.

Ele foi se achegando mais, completando aquela reunião como se já fizesse parte dela há tempos. Ninguém o cumprimentou, mas ninguém o repreendeu.

Pedro notou que a reunião era para definir algumas regras entre eles, especialmente relacionadas a ordem de quem pediria as coisas, porque estava acontecendo que muitos se amontoavam sobre as pessoas que passavam e isso as assustava, fazendo com que a arrecadação de comida e dinheiro fosse bastante afetada. Era uma reunião muito séria, afinal:

— Olha para a sua cara Banha, feio desse jeito, ninguém vai dar nem pó de sopa para você. Avisa antes de chegar para não assustar ninguém.

— Eu até sou feio, mas cheirando a carniça assim, Cuca, nem urubu vai te dar atenção — disse Banha descontraindo todo mundo e depois virou para o Moela e perguntou: — E você, Moela, tá cobrando quanto?

— Oxe, para que, Homi?

— Pra assustar uma casa de dois cômodos — e todos caíram na gargalhada

— Agora é sério, rapaziada — disse Banha voltando — vamos cada um de uma vez. Não chega todo mundo junto não. Tô com a maior fome.

Pedro, que prestava muita atenção no papo e até ria com eles das piadas, achou que era hora de intervir:

— Mas e se um pedir comida, o outro dinheiro e o outro cuidar das coisas? Daí vamos juntando tudo aqui e todo mundo come no final ué — disse ele com a mão no queixo e com uma intimidade surpreendente.

O mais maltrapilho, Moela, notou finalmente a presença alienígena e perguntou o nome do garoto, que não esperava ser questionado sobre isso:

— Tanto faz, mas pode me chamar de Pedro. Bora lá?

— Eita Menor, acho que dá certo hem? — disse Banha empolgado.

Depois de algumas semanas sob a batuta de Mickael, Pedro, provisoriamente conhecido como Menor, tinha algumas artimanhas que poderia reproduzir. Ele via como o palhaço lidava com um grupo permanente de pessoas e achou que poderia funcionar com ele. Por isso, escalou Cuca para pedir moedas na saída da padaria, já que sempre sobrava troco depois de passar no caixa e as pessoas ficavam constrangidas de dizer que não tinham dinheiro. Colocou o Moela para pedir comida para a "família" na entrada da padaria, onde dava para as pessoas que estavam comendo seus lanches, verem a cara de fome dele. Por fim, ele pediu para Banha buscar papelão para eles forrarem o chão para os outros inominados que só estavam observando, mas o veterano, que não tinha a alcunha de Banha por acaso, deu um sorriso malicioso de canto de boca e disse:

— Tá maluco menor, sou eu quem manda nessa porra. Vai lá pegar o papelão e não volta de mão vazia não hem.

Contrariado, Pedro foi em busca de papelão para as forragens, enquanto Banha, que já tinha se assenhorado dele também, começou a dar ordens para o restante do pessoal.

Acontece que buscar papelão nas lojas era uma arte das que Pedro ainda não havia aprendido. Se um andarilho qualquer pede papelão na loja, muitos comerciantes já enxergam a bagunça que vai ser. Pedaços de papelão por toda a parte, com cheiro de urina e úmidos. Aquilo não era bom para os negócios. A resposta costumava ser não e Banha já sabia disso quando mandou que Pedro fizesse a tarefa.

Para os da rua, o papelão tinha várias serventias. De noite, utilizavam para amenizar a temperatura entre o chão e eles, como se fosse um isolante térmico, ou mesmo para se cobrir, fazendo às vezes de uma manta. Às vezes era usado para montar pequenas cabanas, separando espaços entre eles, de modo que os pertences de cada um ficava sob sua guarda. Em outras ocasiões, faziam barreiras visuais para dar um mínimo de dignidade na hora de trocas de roupas, mesmo que o fizessem com pouca frequência. Usavam também como suporte para levar coisas e, no fim da vida útil do papelão, ele era usado como fonte de renda, vendido por frações de centavos em uma cooperativa qualquer.

Ele não conseguiu papelão em nenhuma das lojas da avenida e, por isso, virou a Avenida da Praia e continuou pedindo em loja por loja, sempre recebendo respostas negativas, mas sempre persistente. Aparentemente, nenhuma das artimanhas que aprendeu estavam funcionando.

Alguns quarteirões depois e logo estava à frente de um lugar bastante intrigante. Um comércio que estava fechado. Dois suportes de tochas enfeitavam a entrada, uma placa grande anunciava que se tratava de uma loja de pranchas e escola de *surf* e, na cortina de ferro, havia uma folha com dizeres "Volto logo". Ele sentiu certa familiaridade no ambiente, mas seus olhos se voltaram para a parte mais importante. Uma enorme pilha de caixas de moldes de prancha com a marca Leaf estampada, já separadas com cautela e amarradas por fitas de arquear. Era perfeito!

Pedro segurou naquelas fitas e foi puxando sozinho aquele monte de papelão até onde se reuniam os andarilhos de Banha no fim do dia. Sua sorte é que eles se reuniram mais perto da praia do que quando ele saiu de lá.

Todos eles ficaram muito surpresos com todo aquele papelão e com toda aquela organização. Banha, que não estava muito seguro de continuar guardando o marmitex de Pedro, mudou logo de ideia e entregou ao garoto. Era um banquete melhor do que ele comia em casa, afinal, era comida de restaurante. Arroz, feijão, batata frita e frango à parmegiana.

Antes de comer, ele ajudou na distribuição do material, conversou com todo mundo e foi colocando todos os restos das fitas de arquear na lata de lixo pública.

Tão logo distribuiu o último papelão para uma senhora homônima de sua mãe Maria, ele se sentou exausto na sua folha reservada e ficou observando o comportamento dela. A mulher deixava seu cachorro Pipe ao lado, olhando, enquanto ela estendia o papelão com a delicadeza de quem arrumava uma cama. Era o seu colchão, seu escudo e sua casa, tudo em uma folha de papel.

Ali Pedro viu o fruto de seu trabalho e se orgulhou da árdua tarefa do dia. Pipe rodopiou umas três vezes, antes de deitar-se bastante encostado na Maria, de modo que ambos certamente estavam confortáveis. Pedro comeu sua marmita com muita satisfação e elencou aquele dia como o melhor, desde que foi para a rua.

Ninguém que tem um teto para morar, comida fresca, afazeres comuns e outras vantagens da vida social, costuma ter alguma satisfação em um dia na rua, especialmente quando se vagou por diversos bairros sem comer, vasculhou escombros de sua antiga casa, pediu pedaços de papelão por horas e dormiu ao relento. Mas um dia bom depende de uma força de comparação. Se você é um grande executivo, come a fina flor da alta culinária italiana, veste roupas caríssimas e dorme em fios de seda, possivelmente não terá satisfação em degustar uma boa marmita de frango à parmegiana. Mas se você sempre teve uma vida de extrema simplicidade, comendo ovo mexido ou macarrão nos melhores dias, então pode ser que o marmitex seja uma ceia de Natal. Lígia já tinha aprendido isso com Epicuro, Pedro com a vida.

A comida pesou no estômago de Pedro e ele se levantou, pegou sua mochila inseparável e resolveu dar uma volta antes de dormir, com esperança de que o mal-estar cessasse de alguma forma. Estava em frente ao restaurante Cavalo, que ficava na esquina entre a Avenida Costa e Silva e da Avenida Castelo Branco, quando viu uma luz branca vindo da praia e resolveu ir ver do que se tratava. Atravessou a rua em direção ao luminoso e logo entendeu que havia sido enganado por seus olhos, tratava-se de alguém que estava sentado de costas para a avenida na mureta da praia. A luz que ele via era, na verdade, reflexo de uma estampa prateada da blusa dessa pessoa.

Pedro já ia se afastando quando ouviu soluços e percebeu que era um choro e vinha da direção da luz. Ao se aproximar identificou tratar-se de uma mulher. Com cuidado para não assustá-la foi se anunciando.

— Oii! Você está bem? Eu ouvi seu choro e...

Soraia levantou de sobressalto, o cuidado de Pedro não foi suficiente.

— Estou bem sim! — disse assustada.

— Desculpa! Não pretendia te assustar.

— Não... tudo bem... só tive um dia ruim.

— Sei como é... — disse Pedro e se virou para voltar para junto de seu grupo.

Ao virar-se, a luz refletiu o pingente preso em sua mochila. Soraia fixou os olhos no objeto e o achou familiar, mas de onde? Pensava ela e acabou dizendo.

— Ei... menino!

Pedro se virou imediatamente.

— Esse chaveiro aí... você ganhou?

— Chaveiro? — Pedro virou a mochila procurando o tal chaveiro, não encontrando, pegou o pingente e perguntou — esse?

— Sim... é muito bonito!

— É mesmo. Era da minhã mãe — Pedro respondeu lembrando-se de Maria.

Os dois se viraram em sentido contrário e se colocaram a caminhar. Pedro de volta ao seu grupo, Soraia em direção ao ponto de ônibus.

Um olho abre. Na horizontal, pés de pessoas passam muito próximo de seu rosto. Já são quase sete horas da manhã e as pessoas passam aos montes, desfilando suas roupas de trabalho ou até mesmo grifes em frente a Pedro, que continua bastante preguiçoso em seu papelão. Ele rola para o lado da parede do comércio, para ter mais alguns minutos de sono e se lembra de Maria acordando ele com uma xícara de café na mão. Quando chega mais perto da parede, percebe que Pipe está dormindo colado nele.

Pipe era um cachorro sem raça, mas bastante charmoso. Não era nem corpulento, nem magrelo. Sua pelagem era branca com várias mechas pretas e seu rosto parecia a de um senhor de idade avançada com uma pomposa barba branca. Ele estava com a Maria há alguns meses, mas ninguém sabia exatamente a sua origem. Ninguém ligava também.

Sua soneca prolongada não durou muito mais. Frederico, dono da loja de roupas que ficava entre aquele "sindicato dos sem lar" e a pastelaria do Xiong, varria a frente da loja todas as manhãs e odiava ser obrigado a falar mais de uma vez com os que chamava de escória. Por isso, depois do primeiro aviso para Pedro, começou a varrer toda a areia para cima dele e esbravejou:

— Se continuar aí, vou jogar um balde d 'água! — disse levantando a vassoura.

— Eu preciso de um banho mesmo — provocou Pedro

— Olha garoto, não me provoca não, hem! Já estou por aqui com vocês. Semana passada um porco aí cagou na porta da minha loja. Escutou isso, Xiong — e gritou para o chinês ouvir — eles cagaram na minha porta, igual vocês fazem lá no país de vocês — lançou a provocação sabendo que Xiong não entendia quase nada.

O oriental sorriu e acenou.

— É cada ignorante que tem aqui, Menor - advertiu Moela, puxando Pedro pelo braço para ajudá-lo a levantar - Se bobear, eles fazem o samba da vaca louca em cima de você, então bora levantar.

— Alguém realmente fez cocô na frente da loja dele, Moela? — perguntou Pedro baixinho.

— Cara, eu não tô vendo nenhum banheiro aqui, você está? E tem mais, ele mereceu. Viu como falou com o japonês, só porque ele é daquele país que come cachorro?

— Eita, Moela, acho que você também está ofendendo ele. O cara é chinês, minha mãe já falava que eles não gostam de ser confundidos — eles se entreolharam e riram.

A voz corpulenta de Banha se pronunciou sobre eles, fazendo todo mundo parar de falar e prestar atenção.

— Está bem, meninas, todo mundo já acordou e arrumou sua cama. Agora é hora de trabalhar com o papai aqui. Bora para a reunião — e balançou a mão fazendo um círculo, como quem indica exatamente a disposição da reunião.

— Fala aí, pedaço de bacon — disse o Cuca, descontraindo o ambiente como sempre — o que manda para hoje?

— Hoje vamos todos pedir dinheiro ao invés de comida! — alertou Banha como quem dá uma ótima ideia e, visto que todo mundo ficou só olhando, resolveu complementar — com o dinheiro, vamos comprar comida e o que mais precisar. Até uma cara nova para o Cuca parar de assustar criancinhas.

— Beleza, mas vamos comer que horas, chefia? — perguntou Moela.

— E onde vai ficar o dinheiro? — emendou Pedro.

— Caralho, isso aqui é um interrogatório da Civil e eu não estou sabendo? Vai ficar comigo, para vocês não gastarem tudo em bala, no almoço vamos pedir um rango para todo mundo de uma vez, para ficar mais barato e de noite vamos pedir outro. Tá bom assim ou querem assinar um contrato?

— Contr.. — começou a dizer Moela, quando foi interrompido.

— Bora lá galera, daqui há pouco a Guarda Civil vem participar da reunião, cada um na sua função e quero todo mundo aqui às onze horas para a próxima rodada.

As ordens eram claras. Nada de pedir comida, papelão ou outros beneplácitos. Dinheiro era o foco da pedição, que começou lá pelas sete e meia da manhã nos semáforos da avenida, ainda nas calçadas, na frente da padaria, como sugerido por Pedro e nos comércios. Como Banha sentiu um fio de desconfiança de que Pedro poderia disputar liderança com ele, mandou o garoto ir pedir nos comércios, onde costumava ser mais difícil arrecadar. Pedro já tinha suas malícias, como sabemos, de modo que ganhou mais moedas do que "não" na primeira parte da manhã.

Às onze horas, todo mundo estava de volta e começou a arrecadação no potinho do Banha. Com Moela tinham trinta e dois reais em moedas e mais três notas de dois reais. Cuca depositou vinte e um reais e quarenta centavos, só em moedas. Os outros partícipes, juntos, arrecadaram mais quarenta e nove reais. Ninguém sabia o quanto Banha tinha arrecadado. Só faltava Pedro colocar as moedas no pote. Banha olhou para ele com um sorriso de canto de boca e disse:

— Bora garoto, coloca o ouro aí — esticou a mão com o pote para ele — ou ficou de moleza na praia?

Pedro também sorriu de canto de boca com uma certa arrogância. Estendeu uma das mãos com o punho fechado e começou a deixar cair moeda por moeda enquanto olhava para Banha. No final, as moedas somaram onze reais e quinze centavos.

— Pois é, metade de um homem, metade da arrecadação. Você melhora com o tempo haha.

O homem já ia tirando o pote quando Pedro estendeu a outra mão com o punho fechado. Todo mundo arregalou o olho e Banha arfou. Quando o garoto abriu a mão, um maço de quarenta e dois reais em notas de cinco, dez e dois reais caíram no pote. A galera explodiu numa gritaria daquelas de final de campeonato. Teve gente subindo nos bancos da avenida e até jogando pedaços de papelão para cima, como se tivesse sido um feito daqueles. Pedro se sentiu bastante satisfeito com aquilo, mas Banha sentiu que foi desafiado.

— Aí Banha, agora pede aquele rango dos bons hem? Não quero saber de comer sopa — alertou Moela.

Banha, no entanto, tinha outros planos.

— Florzinhas, comida boa é de noite, senão ninguém aguenta o turno da tarde. Já conversei lá no Morte Lenta e vamos pegar as marmitas para todo mundo.

Morte Lenta era como eles chamavam um restaurante horrível da região que, apesar de barato, servia comida da pior espécie. Todos arfaram com razão.

— Aquilo tem gosto de chulé mermão! — exclamaram alguns de dentro da multidão de famintos que estavam na roda.

Nenhuma das reclamações foi suficiente para desencorajar o que ele já tinha definido. Banha insistiu que iria pegar as marmitas sozinho e até questionou os que se ofereceram para ajudar se não confiavam nele. Ninguém confiava em ninguém ali, mas não era prudente dizer isso em voz alta. Pedro até tentou fiscalizar, mas foi fortemente reprimido por Banha.

Trinta minutos depois, quando a espera já estava ficando insuportável, voltou Banha carregando as sacolas com as doze marmitas dentro. Chegou como herói e foi distribuindo para cada um. Até que a comida não estava tao ruim no final, mas o que ainda incomodava Pedro é que as contas não foram prestadas até então. No final, cento e sessenta e um reais e sessenta centavos tinham sido arrecadados por todos, fora o dinheiro do Banha.

A hora do almoço havia acabado e isso significava que o turno da tarde deveria começar. Após nova reunião, ficaram definidas novas metas, rotas ainda não exploradas pela manhã e o mesmo ponto de encontro. Ainda deveriam pedir dinheiro e não comida, essa era a regra número um do gestor.

Apesar de desconfiar de Banha e de não concordar com tudo, Pedro atravessou a avenida com foco na missão. Não passou um comércio sem que tivesse tentado arrecadar algo, cada vez com uma técnica diferente da outra. E, tão logo a avenida se encerrou de frente para a majestosa praia, virou para a direita e começou a pedir em frente aos comércios da orla.

Pipe, que parecia ter desistido de sua companheira anterior, estava perseguindo Pedro na missão do dia, comportava-se quase como um fiscal. Quando o garoto entrava em um comércio, o cão ficava parado na porta, esperando e olhando atentamente. Teve até um momento que uma senhora disse que não tinha dinheiro para dar, mas que Pedro poderia ficar com o lanche que carregava. Antes de recusar, Pedro olhou para Pipe, que o aguardava sentado, e disse que só poderia aceitar dinheiro.

Avançando mais sua andança, o pedinte de olhos multicoloridos avistou o já conhecido cenário da loja de pranchas, que, desta vez, estava dando uso aos suportes de tochas. Elas estavam acesas e soltando uma fumaça enegrecida, muitas pessoas transitavam por dentro da loja que parecia estar sediando um evento do outro lado do cansado. Turistas e profissionais do *surf* olhavam as pranchas, compravam parafina, testavam o leash da prancha e perguntavam sobre a flutuabilidade das pranchas biquilhas e das monoquilhas. Obviamente, Pedro causou espécie em muitos que o notaram naquele ambiente, cuja familiaridade para ele era absurdamente intrigante, por um motivo desconhecido. Ele quase tocava na Rebeka, prancha de estimação do Clayton, quando foi interpelado por seu dono.

— Posso te ajudar em alguma coisa? — perguntou Clayton sisudo.

— Pode sim, eu preciso de dinheiro para comprar comida para minha família que está me esperando na avenida do Boqueirão, você poderia me ajudar com qualquer quantia? — ele começou a frase ainda olhando para a prancha e terminou virando-se para o homem.

Tão logo Clayton olhou em seus olhos, sentiu uma familiaridade absurda. Os olhos de Pedro estavam de um verde cintilante, que além de destoar dos demais pedintes que já tinha visto, o fazia lembrar de alguém que estava há poucos metros de distância. Ele congelou por algum tempo.

— Se não tiver, não tem problema, eles já comeram um pouquinho hoje de manhã e devem aguentar mais uns dois dias — provocou Pedro em uma técnica ridícula.

Clayton se irritou com a tentativa clara de fazê-lo passar por tolo, mas disse para tentar com a garota do balcão, pois só ela poderia ajudá-lo. A moça do balcão era ninguém menos do que Lígia, mãe desconhecida de Pedro, já contando com seus trinta e poucos anos, ainda de uma beleza estonteante e dona de olhos multicoloridos que, naquele dia, também estavam de um verde inquieto, com sombras de uma floresta sem trilhas. A mulher estava com os olhos voltados ao evento de *surf* que realmente acontecia do outro lado do calçadão, acompanhando cada manobra do campeão patrocinado pela loja, cuja vitória representaria um enorme passo comercial. Ela mal sabia que um dos momentos mais importantes de sua vida estava muito próximo de acontecer.

Pedro se aproximou do local indicado, atravessando a loja sem nem perceber as pessoas ao redor, que eram apenas vultos em seu caminho. Elas, no entanto, o percebiam pela indecência de seu cheiro e pela incompatibilidade de suas vestes. O clima pesou sobre ele, dando consciência do total disparate entre todos e ele, afetando ainda mais o seu humor. Mesmo assim, continuou abrindo espaço, até que lá estava ela, como se fosse uma sádica brincadeira do acaso, parada olhando para o mar. Pedro não ousou tocá-la, mas arriscou o diálogo.

— Oh moça, pode dar algum dinheiro para eu comprar comida para a minha família? — perguntou claramente irritado por estar sendo ignorado desde o começo.

Lígia olhou de canto de olho e sem muito perceber ou interpretar, respondeu:

— Olha menino, dinheiro eu não dou, mas se quer mesmo se alimentar, passa ali na padaria do Almir e pega um salgado na minha conta que eu falo com ele — na sequência voltou seus olhos para o mar e sibilou quando o competidor começou a remar forte para entrar na onda.

— Um salgado para alimentar minha família? Não somos uma família de ratos não, moça. E, além disso, eu preciso do dinheiro mesmo.

— Pega um salgado para cada um, então, menino. Dinheiro eu não dou n... — ela colocou a mão no rosto, cobrindo os olhos, logo após o competidor cair da prancha — Jesus, não tinha outro prego para colocar nessa prancha, não? — disse em voz alta em direção ao grupo de pessoas que acompanhava a competição com ela.

— Padaria do Almir, né? — disse Pedro sorrindo maliciosamente com o canto da boca, ao ser fortemente ignorado por Lígia. Ele saiu antes da resposta.

Pedro estava absolutamente indignado e no fim das contas, nem era por não ter recebido o dinheiro ou pela oferta de um salgado para a família, Pedro sequer sabia o porquê sentia o que sentia. Se tivesse perguntado para Maria ou até para sua desconhecida avó Virgínia, teriam explicado que se tratava de energia ruim. Fato é que seu humor não era dos melhores naquele momento e, ao chegar próximo da porta, percebeu que Clayton estava sentado no beiral da loja, alimentando pipe com um pedaço de torta que estava em um saco de pão.

— Encontrou o que procurava — perguntou Clayton olhando fixo para os olhos do menino, que confirmaram algo, ao se acinzentar.

— Só a confirmação de que aqui só tem gente da pior laia mesmo.

— Talvez seja... bem, tome aqui — e esticou o saco de pão para Pedro — este outro pedaço é para você.

Pedro bateu na sacola, fazendo-a voar para dentro da loja, mas, ao invés de irritado, Clayton cerrou os lábios e olhou consternado o garoto que saia encarando-o, até o perder de vista. Havia muita informação no ar e Clayton parecia saber aproveitá-las mais do que Pedro, cuja consciência de sua posição social tornava-se cada vez mais latente e revoltante.

Já estava quase na hora de voltar, mas o menino resolveu dar cabo de uma certa vingança desnecessária. Todos sabiam bem onde ficava a Padaria do Almir, que era no caminho de volta, aliás. Assim que chegou no estabelecimento, observou a estufa de salgados ainda repleta e cheirosa. Ele foi até o balcão e chamou por Almir como se fossem amigos.

— Ei Almir, eu conversei com aquela moça legal da loja de pranchas e ela pediu para vim pegar alguns salgados aqui contigo. Disse que poderia marcar na conta dela, mas não sei bem como funciona - ele fez a famosa cara de dó que funcionava bem em seu rosto ainda adolescente.

— A Lígia?

— Essa mesma. É que minha família está lá na avenida principal e ela concordou em ajudar.

— Está bem, em quantos vocês são?

— Em vinte. Pode colocar tudo na sacola que eu levo para eles.

— Vinte!? Tem certeza? — Almir desconfiou da informação, mas como Lígia sempre deixava um dinheiro em caixa com ele, era só abater na conta dela — ela só tem direito a dez, vou colocar aqui e te entregar, mas se você estiver me sacaneando, vou caçar você nessa cidade, moleque!

— Imagina, Almir, nunca faria isso com o senhor — disse ele se arrependendo tarde demais.

Almir entregou a sacola com os dez salgados, que custaram todo o crédito que Lígia tinha com a padaria e o garoto saiu de lá tão logo pôde, com receio das represálias que viriam quando sua traquinagem fosse descoberta.

— Vamos Pipe, já está na hora de voltarmos — ele jogou uma coxinha, que foi devorada pelo fiel companheiro.

A arrecadação da tarde não foi tão boa quanto a da manhã, quando Pedro teve a sorte de encontrar pessoas mais caridosas e com os bolsos mais abastecidos. Agora ele voltava com quatorze reais e alguns centavos que não tinha contado, mas também com uma sacola de salgados. A galera já estava bastante reunida quando ele se aproximou. Banha estava com o mesmo pote, recebendo os valores de todos, enquanto chacoalhava ele para fazer cintilar o barulho das moedas, que lhe dava imensa satisfação, como se fosse um grande empresário das ruas. Pedro fez seu depósito e foi logo sentar perto dos demais, com receio de que Banha reparasse nos salgados.

Feita a coleta, restava a Banha cumprir a promessa de uma boa janta. Então disse a todos que mais uma vez aguardassem que ele retornaria com tudo sozinho e que isso era o mínimo que ele podia fazer como recompensa pelo árduo trabalho de todo mundo: — Agora é descansar e curtir, galera, eu já volto.

Os salgados foram divididos com todos quando Banha saiu e, não fosse isso, muitos estômagos estariam roncando, uma vez que já tinham se passado mais de uma hora sem que o homem voltasse. Que ele era lerdo, todo mundo já sabia, mas uma hora? Só poderia ser brincadeira. Pedro e Moela, que já tinham criado certa afinidade, se voluntariaram para procurá-lo. Foram aos restaurantes mais prováveis e nada dele, até que se entreolharam e pensaram no mesmo destino, juntos: "Morte Lenta".

Chegando no estabelecimento, que já estava baixando as portas, Pedro descreveu Banha para o encarregado e perguntou se ele havia passado por ali há pouco.

— Há pouco não, ele veio aqui na hora do almoço e já fizemos a nossa doação do dia. Ele levou um montão de marmitas da sobra.

— Doação! — exclamou Pedro.

— Sobras! — disse Moela ao mesmo tempo.

— Sim, o amigo de vocês não entregou as marmitas? — perguntou o encarregado fechando a cara.

— Entregou, sim, boa pessoa ele — disse Pedro com desdém.

— Dá para acreditar que eu recusei um lanche da loja do palhaço por conta desse puto? — Moela ficou indignado.

Uma boa andança sucedeu o que deveria ser um bom jantar. Acontece que Cuca já suspeitava bem onde poderia estar o Banha naquele momento e dez esquinas depois, encontraram ele caído no chão, inconsciente, mas de olhos ainda abertos e com os bolsos cheios de droga. O homem estava em pleno transe, um caco e em total descrédito.

Pedro agachou-se do lado dele e nem se preocupou em ajudá-lo. Retirou dos bolsos dele o conteúdo para mostrar aos demais o que já era evidente, pegou o restante do dinheiro, que já somava menos de cem reais e o maço de cigarros. Quando se levantou, seus olhos cintilavam e sua expressão era de seriedade. Ele levou um dos cigarros à boca, acendeu e deu uma tragada forte, soprou a fumaça e começou a discursar:

— Meus amigos, pelo visto a rua é de fato o nosso destino, mas não é por isso que precisamos viver na precariedade e passando a perna uns nos outros. Viver na rua não nos impede de seguir algumas regras de convívio, de afastar os que são vermes desleais e nos ajudarmos como uma família. Aqui está o dinheiro que sobrou e nessa noite vamos, sim, comer algo bom. Venham comigo!

Ninguém se opôs à liderança natural do garoto, nem mesmo questionaram sua idade. O discurso dele foi convincente, pois era a realidade, e ele cumpriu sua palavra. Cada centavo foi gasto na melhor alimentação que era possível e distribuído com igualdade. No final desse dia, o Sindicato dos Sem Lar havia ganhado um jovem líder e, por outro lado, Pedro aprenderia outra lição: A rua não era como uma empresa. Outra ética e outros valores vigiam, era uma selva que não se dominava na força ou ao estilo Faria Lima.

Surf além da vida

Com o tempo, a loja de aluguel de pranchas do Clayton, expandiu e se transformou na maior e mais famosa loja de artigos para *surf* da Praia Grande. Além do aluguel e venda de pranchas, oferecia roupas para todos os estilos, gêneros e tamanhos, além de CDs, revistas e tudo o que estivesse relacionado ao universo do *surf*. Um dos grandes atrativos eram os eventos promovidos como campeonatos de *surf* e luaus temáticos.

Lígia ainda acompanhava Clayton nessa empreitada e foi a principal responsável pelo crescimento e sucesso do negócio. Focada em seu esporte preferido, cursou Comunicação e Marketing, aplicando o conhecimento para transformar a loja em um verdadeiro ponto de referência, até mesmo para turistas de outros estados. Com isso, o negócio precisou expandir muito além do aluguel de pranchas e acessórios.

Clayton, por sua vez, sempre preferiu estar na água a ficar atrás do balcão. Estava plenamente realizado com o andamento dos negócios e confiava no tino de Lígia. Ele passou a ter tempo para velhos hobbies como o de escrever poesias, desenhar e visitar a fábrica de pranchas de seu velho amigo Zobe, com quem adorava conversar e ajudar na produção das pranchas. Em troca, Zobe costumava atuar como fiscal nos campeonatos e doava pranchas como premiação ofertada ao primeiro lugar.

Os campeonatos eram uma boa oportunidade de fonte de renda, além de movimentar os *surfistas* locais. Por isso, naquele ano, organizando a agenda da loja, Lígia percebeu que já fazia quase onze meses desde o último campeonato, então abriu o calendário e começou a dedilhar possíveis datas:

— Clayton, o que acha de realizarmos o próximo campeonato no dia oito de novembro? — seu dedo parou bem em cima do número com firmeza.

— Terça-feira? Sei não... Não seria melhor em um fim de semana? — ponderou ele pensativo.

— Humm... dia onze? — os dedos dela voltaram a correr pelos números.

— Acho melhor. E você, o que acha?

— Por mim perfeito! O que preciso é da data para começar a organização: selecionar patrocinadores, fazer divulgação, abrir inscrições... — ia pontuando enquanto falava.

Clayton a observava conduzindo toda aquela conversa e sentia um orgulho paternal imenso. Como se não estivesse mais prestando atenção em Lígia, correu a mão sob seu caderno de ensaios, que estava absolutamente rabiscado e leu em voz alta sobrepondo Lígia.

— *Se eu pudesse mergulhar no fundo do seu peito e dele retirar toda essa dor, eu o faria. Mas olha, seu tolo... você tem o infinito ao alcance do olhar e o sol a te abraçar, pois abraça-o, já que tu e somente tu eres senhor de teu destino e comandante de teu navio* - ele levantou os olhos e encarou Lígia esperando um veredicto, e como ela só ficou parada olhando em verde, ele precisou emendar — ... ainda não terminei... mas, o que você acha, tá ficando bom?

— Uau, está lindo. A senhorinha para quem escreveu vai ficar bem contente — ela ironizou, mas claramente se tratava de um elogio orgulhoso, até porque, também sabia que ele tinha escrito para ela.

Ele deu de ombros, mas como entendia as entrelinhas, ficou orgulhoso de si e se afastou, lendo suas próprias palavras enquanto Lígia voltava a mergulhar nos preparativos do evento. Ela fez tudo com maestria e, com menos de quinze dias para o campeonato, todas as inscrições estavam preenchidas. No entanto, dois grandes problemas surgiram: a prefeitura ainda não havia liberado a autorização e um dos patrocinadores, justamente o responsável pela alimentação, desistira de aportar verba.

— Quer saber, Clayton? Não vou atrás de mais nenhum patrocinador. Nós vamos bancar o lanche e esses outros itens que faltam, tudo bem por você? — ela falou demonstrando exaustão.

— Hum... deixa eu ver o livro aqui — disse ele, consultando o livro caixa. Apesar de ter deixado a contabilidade de lado, ainda usava sua experiência nos negócios.

Após conferir as contas, liberou verba para cobrir quase 85% dos custos e o restante foi coberto pelo dono da padaria, Senhor Almir, que não ligava muito para as benesses de ser patrocinador, mas queria ajudar os amigos.

Dois dias antes do evento, chegaram caixas e mais caixas com mercadorias, principalmente de pranchas. Os dois passaram o dia inteiro desembalando e organizando. O volume de papelão acumulado foi imenso e, quando terminaram, Lígia percebeu o professor mais cansado do que o habitual. Suas têmporas estavam suando, o rosto vermelho e a respiração bastante ofegante. Todos esses sintomas eram incomuns para quem *surf*ava como Clayton, por isso ela estranhou.

— Clayton, está tudo bem com você? — questionou preocupada

— É só cansaço, mesmo.

— Você precisa parar de fumar... Está muito ofegante.

— Que nada! Sou jovem! — respondeu ele, brincando com um sotaque paulista puxado.

De fato, seu consumo de cigarro aumentara exponencialmente nos últimos anos. Seu comportamento transmitia uma ansiedade abrasadora. Quando estava sentado, tremulava a perna como se fosse uma britadeira, entornando xícaras e mais xícaras do café que acompanhava o fumo. Mas isso não era ligado a motivo nenhum que Lígia conhecesse, até porque, ao que se sabia, ele não tinha mais vida do que a que vivia no mar e na loja.

O raiar do sol trouxe o momento esperado, o dia do campeonato. Clayton e Lígia chegaram à loja junto com o sol. Ele foi verificar o palanque onde ficariam os fiscais, ela organizava os saquinhos com os lanches dos *surf*istas inscritos em uma caixa. Os prêmios foram posicionados no pódio e os demais arrumados em caixas com os fiscais.

Com tudo pronto, baterias sorteadas e colaboradores a postos, Lígia resolveu dar uma passada na padaria para confirmar com seu Almir: se faltasse lanche, ela mandaria alguém lá para buscar salgados. Estimaram margem para no máximo cinco pessoas, dez salgados extras. Quando voltou, a primeira bateria já estava na água e ela focou no mar, tentando localizar o *surf*ista patrocinado pela loja, torcendo para que ele estivesse bem colocado, mas logo notou que ele só entraria na terceira bateria. Apesar de acostumada com aqueles eventos, ela sempre ficava muito nervosa com tudo. Era como se ela mesma estivesse no mar, competindo.

Com a ficha dos participantes nas mãos, seus olhos continuavam acompanhando atentamente os movimentos, de modo que pôde ver bem quando, de repente, dois concorrentes entraram na mesma onda e não desistiram quando se perceberam juntos, acabando por se chocarem brutalmente. Felizmente nada grave aconteceu, mas ambos foram severamente eliminados: um por ter cortado a onda do outro, e o segundo por machucar o pé, ficando impedido de fazer as manobras.

A segunda bateria transcorreu normalmente, mas Lígia pouco prestou atenção. Estava concentrada no grupo que compunha a terceira. Ao toque da buzina, o grupo correu em direção à água, atravessando a arrebentação. Lígia, atrás do balcão, seguia cada movimento com seus olhos azuis ansiosos, prendia a respiração quando aconteciam as remadas antes de entrar nas ondas. Era como se o destino da loja se equilibrasse naquela prancha com estampas em formato de folhas verdes. E, no meio de todo esse turbilhão, Lígia foi interrompida por um garoto pidão e insistente. Ela não queria deixá-lo com fome, mas não daria atenção para ele naquele momento, então lhe concedeu a benesse de ir pegar salgados às suas custas na padaria do Almir, mas esse enredo já sabemos como termina.

Quanto ao campeonato, apesar de todos os pesares, o *surf*ista patrocinado pela loja ficou em terceiro lugar. Ainda assim, Lígia e Clayton estavam radiantes com o resultado.

É muito simples

As manhãs que se sucederam foram parecidas com o dia anterior. Calçados passando em frente às vistas de Pedro, que mesmo na rua tinha dificuldade de acordar, Frederico varrendo areia para cima de todos, Xiong sempre acenando com um sorriso no rosto e Pipe dormindo com Pedro. A diferença era o correr do dia, já que agora era Pedro quem organizava todo mundo para fazer os trabalhos.

Em algumas semanas, o grupo tinha se organizado de modo a garantir a sua sobrevivência e segurança, com reserva de dinheiro para os dias em que a arrecadação não fosse suficiente e um novo lugar estratégico para se reunirem sem incomodar os comerciantes. Cada vez mais o grupo confiava nas estratégias de Pedro, que não tinha se esquecido da busca por sua mãe biológica, mas que entendeu que manter a si e àquele grupo vivo era uma prioridade. Por isso, nada de guardar dinheiro para *notebook* ou coisa assim. Ele até estava gostando de seu sucesso gerencial e começou a galgar planos econômicos em sua cabeça: — *"Se cada um de nós conseguir guardar cinco reais todos os dias, em poucos meses podemos comprar um suporte e alguns doces para vender na rua, guardar algum estoque nas mochilas, quem sabe montar uma barraquinha e ajudar a alimentar todo mundo".* Parecia tudo muito lógico e categórico, não tinha como não dar certo com um tanto de esforço e disciplina.

Logo depois de organizar o primeiro turno do pessoal, Pedro gostava de ficar sentado por cerca de trinta minutos no banco da avenida, perto de onde outras pessoas ficavam esperando as lojas abrirem, para que pudesse escutar as conversas, aprender um pouco, se atualizar e, muito raramente, tentar interagir.

Em um desses dias, ele sentou-se no lugar de sempre, relativamente perto de dois jovens que vestiam camisetas lisas, um de preto e outro de carmim, calça de sarja preta, um com sapatênis e outro com um tênis esportivo. Ambos tinham os cabelos penteados para o lado com a ajuda de um creme que os deixava perfeitamente alinhados. Apesar da aparência corpórea claramente diferente, eles pareciam gêmeos no vestir e no falar. Enquanto tomavam um café expresso duplo, o de camisa carmim começou a falar.

— Pô brother, o negócio é trazermos aquele conceito do business do seu pai da Paulista aqui para o Litoral — e deu uma bicada no café.

— É isso, mano, tem que trazer os players para cá, montar logo uma padoca gringa e afogar o mercado das padoquinhas, e, em um ano, essa galera já vira head de um departamento nosso. Só não fica rico quem não quer — o de camisa preta também bicou o café e ambos ficaram em silêncio.

Pedro estava cabalmente interessado no assunto e queria que os rapazes estranhos conversassem um pouco mais. Ele pensou: — "Eu quero ficar rico. Será que eles sabem como fazer isso?". Como nenhum dos dois esticou mais o assunto, Pedro decidiu tentar uma aproximação cuidadosa. Ele se aproximou um pouco mais do banco em que eles estavam e chamou a atenção deles.

— Bom dia amigos, tudo be... — tentou terminar de forma cordial, mas foi logo interrompido pelo de camisa carmim.

— Oh brother, agradeço mesmo viu, mas hoje estamos sem nada. Fica para a próxima, viu?.

— Não, amigo, eu não vim pedir dinheiro... — mais uma vez foi interrompido, mas pelo de camisa preta.

— Relaxa Mano, o cara só quer um cafezinho — disse para o seu amigo, como quem dá uma grande lição de moral — pega aqui irmão, não vou mais tomar não — e esticou o braço para que Pedro pegasse e, meio sem jeito, ele o pegou.

— Obrigado, amigo, mas eu queria mesmo uma informação, pode ser?

— Bora lá, mas tem que ser rápido porque temos uma meeting daqui há pouco, valeu?

— Sim, só queria saber como faço para ganhar dinheiro do jeito que vocês estavam falando — ele deu de ombros, como se fosse um assunto óbvio.

— Brother, esse cara pode ser um puta case de sucesso —disse o de carmim para o de preto e depois virou para Pedro — brother, não tem segredo, você vai naquela livraria ali e vai comprar o livro "Pai Rico, Pai Pobre", não custa nem cinquenta mango, ou pega pela internet que até sai mais barato. Mas isso é só para você mudar seu mindset mesmo. Depois você tem que se posicionar no seu mercado. O que você faz?

— Eu peço dinheiro na rua - Pedro apontou para a extensão da avenida.

— Pronto, agora você não pede mais, você é um demander ou um street beggar, morô? Daí você vai pegar seus colegas e colocar para ir pedindo e você vai coletando tudo. Paga um cash para eles só para dar aquela moral, tipo dez por cento do que coletarem e depois coloca uma meta. Tipo, se o cara coletou a golden coin, ele ganha o almoço na faixa, morou? Quando você juntar uns cem street beggar, você coloca um head para te ajudar e investe em outras coisas, tipo no mercado financeiro ou em algum comércio daqui...

— Mas o que é um "caxi"? — Pedro interrompeu ele, já que não estava compreendendo quase nada daquela linguagem alienígena.

— É cash mano — corrigiu o de camisa preta e se virou para o amigo — não dá para ensinar quati a tocar gaita né irmão, tu acha que o cara vai pegar a moral do negócio?

— Ah brother, mas tem que ter o esforço também, não dá para ganhar dinheiro sem se esforçar para entender o mínimo, né — justificou o outro e voltou-se finalmente para Pedro, que até tentava falar, mas era interrompido pelo tom professoral do rapaz de carmim — Brother, vou te dar esse incentivo aqui, mas quero ver como você vai se sair. Vou voltar aqui no final do ano, assim que chegar de Orlando, e quero ver você dominando essa rua — e esticou a mão para o garoto que já estava imaginando toda a sorte de coisas que alguém como ele poderia oferecer, até que sua mão abriu com uma nota de cinco reais — já junta com o que você ganhar hoje e compra o livro que falei, brother, mas agora vai lá para eu ter a meeting aqui com ele, beleza?

— Belez... — e Pedro foi interrompido novamente.

— Beleza então, vai lá, falou!

Embebido com aquele monte de informações, Pedro se convenceu de que precisava mesmo do livro para entender a mensagem dos rapazes e colocar em prática seu plano. Por isso, juntou todo mundo na reunião seguinte e explicou que precisava comprar o livro e que logo teriam um grande avanço. A ideia não foi bem recebida nem por Moela.

— Tu vai almoçar esse livro depois de ler ou vamos usar para forrar o chão? Tá de sacanagem né meu amigo?

— Cara, isso vai mudar nosso mindset!

— Que "mãe de sete" o que, cara. Eu tenho é fome!

Pedro pensou: — *"É, realmente não dá para ensinar quati a tocar gaita"*. Mas ele também não sabia nada sobre o que significava mindset ou os outros termos que ouviu. Assim como os demais que estavam ali, não tinha o mínimo de cabedal para entender as dinâmicas de mercado e toda a teoria econômica que exigia sinapses complexas de seu cérebro mal desenvolvido.

Diante da negativa geral de dar seguimento a compra do livro — até porque o resto do plano nem fora objeto de discussão — Pedro achou que, como líder, poderia tomar essa decisão de forma unilateral, comprar o livro e depois apresentar os resultados positivos a todos e, como era ele o detentor do que foi deixado no "caixa" deles como segurança, ninguém iria notar.

Assim, quando todos saíram, Pedro juntou o máximo de moedas e notas que conseguiu colocar nos bolsos e foi até a livraria que ficava na própria Avenida Costa e Silva e lá, rodeado de muitos olhares curiosos, adquiriu o tal livro. Nos dois dias seguintes, esgueirou-se o mais longe possível do grupo para devorar o livro em uma leitura rápida e ansiosa, sempre com medo de ser pego na espreita. Quando voltava, tinha que esconder o livro dentro de suas vestes e dormir com ele, para que ninguém pudesse ver.

A devoradora leitura não estava surtindo o efeito esperado. Aparentemente, o havaiano que escreveu o livro não estava ambientado com a extrema pobreza e suas limitações. Aquelas lições eram interessantes, mas Pedro esperava algo mais concreto, mais objetivo e que fizesse sentido com sua situação específica. Ele não acharia. Mesmo assim, a título de tentar reproduzir o que os gêmeos falaram, ele tentou uma organização nova. Reuniu todos no terceiro dia e disse:

— A partir de hoje somos *streets beggar*. Vamos pedir nesses novos pontos, vocês me trazem o dinheiro e ficam com cinquenta por cento de tudo. Eu pago um almoço para quem conseguir trazer cem reais no dia. Os outros cinquenta por cento vão ser usados para nós investirmos na nossa estrutura e em outras coisas.

— Como é que é? Nós vamos pagar imposto para você? — disse Cuca.

— Não, imposto é coisa de político, nós vamos nos tornar empresários — disse ele com grande ingenuidade, mas com confiança.

Todos riram muito e com gosto. O garoto estava perdendo a confiança dos demais, mas insistiu na empreitada.

— Quem de vocês não quer uma casa para morar, um carro igual a esses que temos que bater nos vidros para pedir dinheiro e dinheiro para comer o que quisermos? A única coisa que precisamos é esforço. É isso que nos separa deles.

Heloísa, que era uma jovem de vinte e poucos anos pertencente ao grupo, brilhou os olhos com a ideia de toda aquela prosperidade. Não demorou para que começasse a se imaginar vestida em roupas de banho de linho, em uma casa chique, com uma taça de champanhe na mão.

— Se fizermos isso vamos ficar ricos, Pedro?

— Claro, por que não? Os caras que me ensinaram isso são ricos, vão até dominar o ramo das padoquinhas daqui. Nós temos que explicar para as pessoas que estamos fazendo isso para mudar de vida, daí eles vão entender e talvez até contribuir com mais.

— Eu acho que quero tentar — disse Heloísa virando-se para o grupo insatisfeito.

O dia tinha raiado com um sol de rachar, mas isso não tirou o ânimo da jovem que se posicionou no lugar indicado por Pedro e começou a pedição com mais entusiasmo do que nunca, assim como alguns outros que foram no embalo. Apesar do ânimo da menina, aquilo não era exatamente fácil, já que, embora tivesse um novo discurso, as pessoas não queriam perder tempo escutando alguém da rua e tão menos serem vistas conversando com alguém tão maltrapilha e fedida.

Ela não estava nem perto da meta, então decidiu não almoçar e continuar com a tarefa. O sol da tarde não perdia para o da manhã e a menina continuava firme no propósito, até que desabou no chão desfalecida e sua pele só não declarava estar branca e sem sangue, porque a vermelhidão das queimaduras de sol eram muito mais fortes. Ela definitivamente estava fora do páreo. Pedro mandou que a levassem para o PS central e assim o fizeram.

Lá pela madrugada, quando finalmente foi atendida, o médico, que não tinha noção alguma da posição social da jovem, receitou-lhe remédios que não tinham na farmácia do Posto de Saúde. Depois de muito pensar, aqueles que a acompanharam decidiram pegar o dinheiro que estava na caixinha com o Pedro. O dinheiro era para sobrevivência do grupo e, obviamente, essa era uma questão de sobrevivência.

A notícia de que Pedro havia usado o dinheiro com o livro caiu como um raio sobre todos. Isso era imperdoável já que Banha tinha perdido a liderança justamente por usar o dinheiro do grupo.

— Eu tinha era que descer a marreta em você, seu animal! — exclamou Moela para Pedro, que sentiu muito aquelas palavras do amigo.

O menino em ascensão estava definitivamente expulso do grupo, sob a ameaça de que um retorno àquela localidade lhe custaria uma sova para nunca mais se esquecer. E não era para menos, já que o grupo vivera com o mesmo nível de dignidade antes da gestão de Pedro e Banha e agora ainda tinham que deixar sua arrecadação na mão de outros.

Pedro iniciou uma nova caminhada sem rumo. Dessa vez tinha a sua mochila enfeitada com o chaveiro em octógono, um livro seminovo de um havaiano, um pedaço de papelão e a companhia de Pipe, cuja lealdade mudara de Maria para Pedro sem nenhum porquê.

Ele andou até um dos bancos do calçadão que davam vista longínqua para a loja de pranchas. Sentou-se como quem faz um piquenique vazio, abriu o livro e continuou a leitura do ponto em que estava, com a esperança de um novo insight acerca de onde ir e o que fazer.

A leitura já durava uma hora quando, lá de longe, Pedro ergueu os olhos e percebeu o som de uma ambulância se aproximando com a urgência de um atendimento. Não conseguiu afastar a lembrança de Maria em seus últimos momentos. Aliás, a lembrança verdadeira era das últimas vezes em que a viu; tudo o que imaginou sobre seus momentos finais era apenas fruto da imaginação, já que foi privado de vê-la no fim. O barulho da sirene estava aumentando depressa e a nostalgia deu lugar à malsinação de um presságio. Ele olhou fixamente para o comércio que era enfeitado com as tochas e quase profetizou o destino da ambulância. Aquele som repetido e insistente continuava a cortar o ar com um grito metálico até que o veículo virou a esquina e suas luzes azuis e vermelhas brilhavam ofuscantemente, até que estacionasse exatamente em frente à loja de pranchas.

De onde estava, Pedro não conseguia ver quem precisava de socorro, mas acompanhou os gestos apressados dos paramédicos, o abrir brusco das portas e o movimentar da maca, que retornou ocupada e com brevidade para a viatura.

Aquilo que o menino acompanhou com certa indiferença, naquele momento, seria para Lígia um dos grandes pontos de virada em sua vida.

Pelo que se sabe, as amizades mais improváveis são as mais duradouras e as que costumam dar melhores frutos, seja pela ausência de expectativas que se põem em gente que não comporia o seu rol natural de amigos, ou mesmo pela própria mística do acaso. Apesar de improvável que a enfermeira detentora de segredos de Lígia seguisse com uma forte amizade com a garota ao longo do tempo, isso mostrou-se verdadeiro, como uma dessas ironias da vida que desafiam a lógica.

Dito isto, vez ou outra, Soraia fazia visitas à Lígia, especialmente quando sentia que ela não estava bem, ou precisando de alguma coisa. Neste caso, de fato Lígia experimentava certo vazio e a visita veio a calhar.

Depois de um interminável chamado, Ligia atendeu finalmente a enfermeira, que levava em suas mãos uma sacola de mercado com mantimentos para um café da manhã, e sua bolsa. Demorou para que se acostumasse a ver Soraia sem vestir o branco habitual, então a figura dela usando um vestido longo e um chapéu creme, desses de praia, foi um tanto pitoresca no início.

— Entre Soraia, como estão as coisas? — Lígia suspirou no final da frase, como se cumprisse o papel de Atlas, carregando o mundo nas costas e deixando claro que a pergunta era meramente retórica.

— Eu estou bem, melhor do que você, ao que soube. De todo modo, vim tomar café da manhã à força com você — disse sorrindo e avançando até a cozinha com toda a liberdade do mundo.

— Ah, claro, fique a vontade — disse Lígia esperando que ela não ficasse.

Soraia de fato estava à vontade. Pegou os talheres nas gavetas, foi cortando os pães, utilizando uma frigideira para fazer ovos e foi preparando o café da manhã tal como em um hotel. Enquanto mostrava suas habilidades na cozinha, foi puxando papo com a amiga.

— Como você pouco fala, vou falando por você. O serviço lá no hospital tem sido excruciante, sabia? — com o receio de que ela não entendesse e também não perguntasse, ela resolveu usar um sinônimo para a palavra "excruciante" — digo, tem sido bastante difícil lá. Muitos médicos novos não estão preocupados com os pacientes, a administração foi trocada e está um "mais do mesmo". Noutro dia, fui chamada para atender um senhor em fase terminal de um câncer e foi bem triste, sabe? Escutar aquele senhorzinho falando sobre a preocupação em deixar os netos e até sobre um velho amor não declarado — ela fez uma pausa enquanto estava de costas fritando o ovo, claramente para se recompor e continuar a contação — ele morreu nos meus braços, sabe? O médico e a outra enfermeira tinham deixado ele sozinho e sem os remédios por muito tempo.

— Isso acontece bastante na sua profissão, não é? — disse Lígia, fria — quero dizer, a morte. Você já devia estar acostumada.

— Eu devia, sim, mas às vezes não estou. Dessa vez não estava, pelo menos. Tão logo aquele plantão acabou, eu fui para a praia chorar um pouco em frente ao mar e uma coisa intrigante aconteceu — ela parou de falar e continuou passando manteiga no pão, esperando que Lígia se interessasse em perguntar.

— O que foi intrigante?

— Sabe, tem coisas aparentemente irrelevantes, mas que ficam fixadas em nossa mente por um tempo incrível. Uma dessas coisas foi a descrição que você deu do pingente que deixou com sua criança naquele dia, sabe? Um pingente octogonal vermelho é de certa forma incomum e...

— Onde quer chegar com isso?

— Vi alguém usando esse pingente e me lembrei de você, achei que precisava fazer uma visita.

— Você quer dizer que viu meu filho, depois de todo esse tempo? — a fala de Lígia foi áspera.

— Não disse isso e nem saberia se o fosse. Estou dizendo que lembrei de ti apenas e que quis te visitar. Também queria saber o que você acha de uma coisa. Esse Velho que morreu falou de seus netos e de sua lojinha na Vila Sônia. Acha prudente eu visitar essas crianças?

Lígia não sabia muito sobre a prudência, mas ninguém diria para não fazer a benesse de atender aos últimos desejos de um velho moribundo daquela simpatia. Por essa razão ela apoiou a ideia, mas recusou o convite de acompanhá-la na jornada. As amigas tomaram café juntas, conversaram sobre toda sorte de outras coisas e, por fim, se despediram.

Soraia, por sua vez, seguiu o ciclo de visitas, e dirigiu-se para a vendinha do Velho Chico, onde foi prontamente atendida por Mônica, que comandava o lugar com firmeza. Em um primeiro momento, Soraia se fez de cliente e fez mil perguntas sobre tudo, até que chegou no ponto que queria, falou um pouco do velho e sentiu a dor da criança. Sem muito esforço, a enfermeira convenceu Mônica de fazer uma pausa para tomar café com ela em uma boa padaria do bairro Guilhermina.

Chegando no local, Soraia fez questão de deixar a menina à vontade para pedir o que quisesse. Sentaram-se nas mesinhas abaixo da marquise e foram prontamente atendidas por uma garçonete.

— O que vão querer? — perguntou sorridente.

— Um cappuccino grande, um croissant com requeijão na chapa, dois ovos fritos e depois um pedaço de bolo de chocolate — atravessou Mônica, surpreendendo a todas.

— Deus lhe abençoe, menina — balbuciou Soraia tentando lembrar quanto dinheiro tinha na conta e, preferindo não se arriscar, emendou para a garçonete — para mim só um café pequeno, puro.

Soraia já tinha notado que a menina tinha um gênio forte e que era bem decidida, então não se poupou em contar coisas sobre Chico no hospital. Contou inclusive dos descasos médicos e de sua preocupação com os netos. Depois se arriscou em perguntar sobre outro ponto que o Velho havia deixado escapar:

— Você sabe quem é Maria?

— Acho que conheço umas cem Marias, então não sei. Deveria conhecer?

— Ah, bem. É que ele mencionou uma Maria no final, sabe?

— Deve ser uma velha amiga dele, que também morreu naquele hospital não muito antes dele. Ela até deixou um filho. Um desastrado que colocou fogo na casa e foi morar na rua. Agora vive da ajuda dos outros e até já veio me amolar na vendinha.

— Nossa, coitado! — exclamou Soraia.

— Coitado nada, dizem que a mãe morreu de desgosto dele e que ele colocou fogo na casa depois. Enfim.

As duas seguiram uma longa conversa e Mônica apreciou bastante a visita de Soraia, especialmente por conta das regalias que recebera. Logo no fim da conversa, quando o silêncio entre as falas já estava prolongado o suficiente, Soraia decidiu anunciar que já era hora de irem. E, segundos antes de pedir para que a garçonete fechasse a conta, ouviu a exclamação de Mônica:

— Não acredito! Olha o fedidinho ali — e apontou para o garoto que perambulava do outro lado da avenida — é ele, é o menino que pôs fogo na casa.

Soraia esfregou os olhos para ver melhor e foi acompanhando o menino, interessada, até que percebeu, pendurado na velha mochila, o brilho do chaveiro octagonal vermelho, que balançava com o andar destrambelhado do garoto. Aquilo era uma grande coincidência e ela queria muito falar com Pedro, que já estava muito desconfiado dos olhares que recebia e passou a caminhar em passos fortes.

— Ei menino, espere menino — falava em tom alto, mas que era inaudível do outro lado na avenida, devido ao barulho dos carros — vamos Mônica, vamos falar com ele.

— Eu não, nem tenho o que falar — e revirou os olhos como de costume.

A enfermeira tentou se apressar, mas foi abruptamente desestimulada pela fila que se formava para pagar a comanda no caixa da padaria. Ela esperou impaciente até que sua vez chegasse e se arrependeu de ter deixado Mônica à vontade quando o garoto do caixa revelou o valor total. Ela pagou a conta, pegou a menina pelo braço e arriscou caminhar para tentar achar Pedro, mas foi tudo em vão, o menino já estava bem longe e com Soraia, apenas deixou a impressão intrigante sobre ele e sobre o chaveiro.

O peso do vento

De volta a São Paulo, a proximidade entre Adriano e Zhara no ambiente de trabalho e o cuidado dela com ele, despertou o interesse do rapaz pela secretária. A atenção mútua e crescente, se tornou algo mais profundo. Depois de quase quatro anos de namoro, acabaram se casando em uma cerimônia discreta.

O casal não teve filhos biológicos, apadrinharam os dois filhos de Piqueri.

Com o incentivo de Adriano, que crescia profissionalmente cada vez mais, Piqueri cursou Direito, e mais tarde se especializou em Direitos Humanos, com foco em pessoas em situação de rua. Sua gratidão pelo amigo e benfeitor era tamanha que, ao casar e ter filhos, não permitiu que outro fosse padrinho dos gêmeos, a não ser Adriano e Zhara.

O aniversário de quatro anos das crianças coincidiu com o sexto aniversário de casamento de Adriano e Zhara. Resolveram, então, comemorar juntos, com uma grande festa na casa dos padrinhos.

Foi uma tremenda festa, repleta de alegria, comidas fartas, brinquedos infláveis, risos de crianças e uma dezena de parentes e amigos reunidos. Entre os convidados estava Norma, cunhada de Piqueri, que morava na Europa e estava no Brasil em visita aos pais. O advogado de Adriano, já aposentado, também compareceu, passando oficialmente o escritório no Edifício Martinelli para sua filha, esposa de Piqueri.

A campainha da casa tocou:

— Pode deixar que eu atendo — gritou Adriano, que atravessava a ampla sala decorada com balões coloridos.

Ao abrir a porta, deu de cara com Norma. Seus traços, ainda que diferentes, despertaram em Adriano uma memória antiga. Por um instante, o tempo congelou. Aquela mulher lhe lembrava Lígia de um modo perturbador. Seu coração acelerou.

— Boa noite! Eu sou Norma, cunhada do Piqueri. Vim para o aniversário dos meus sobrinhos — disse ela, simpática.

— Adriano. Seja bem-vinda. Todos estão lá na área da piscina — respondeu ele tentando se recompor.

Adriano a conduziu até o espaço onde todos estavam reunidos. Assim que chegaram, a irmã de Norma correu para recepcioná-la e logo a apresentou aos convidados presentes.

Durante a festa, Adriano não conseguia desviar os olhos dela. Tentava disfarçar, mas a presença de Norma o puxava como uma lembrança viva, uma aparição vinda do passado. Não faltaram oportunidades em que ele se perdeu olhando fixamente para ela. Zhara notou e ficou muito incomodada. Lançava em Adriano um olhar discreto, mas pontiagudo. Optou por não comentar durante a festa, mas assim que o último convidado se despediu, ela não se conteve e confrontou o marido:

— Não gostei daquela cunhadinha do Piqueri.

— De quem? — Adriano percebeu que estava sendo vigiado e precisou de tempo para raciocinar.

— Daquela mulherzinha que você não tirou o olho a noite toda.

— Para com isso, Zhara, eu nem conheço ela.

— Agora conhece. Mas espero que não volte a vê-la.

— Veja bem, não estou a fim de discutir com você. Está sendo infantil e irracional... vou dormir.

Adriano falava com sinceridade, ao menos parcialmente. De fato, não conhecia Norma e não pretendia voltar a vê-la. Mas ela havia mexido com ele mais do que Zhara poderia supor. Algo nela o arrastava por muito tempo atrás, para uma memória engavetada há mais de vinte anos. Lembrou-se de um verão no litoral de São Paulo, das férias em que conheceu uma garota com quem viveu um breve, porém intenso romance.

Realmente, ele nunca mais voltou a encontrar Norma depois daquela noite. Mas a presença dela havia deixado uma rachadura em seu casamento. A relação com Zhara jamais foi a mesma. Silêncios começaram a pesar, pequenas brigas se tornaram frequentes, a distância emocional cresceu como uma planta daninha.

Dois anos depois, acabaram se separando.

7

Expresso Sul

A vida foi um "mais do mesmo" nos quatorze anos seguintes. Novas lições foram aprendidas, Pedro ascendeu e declinou em sua tentativa de mercantilizar sua atividade, conheceu gente nova, brigou com várias pessoas, mas nunca deixou a rua. Seu propósito de encontrar sua mãe biológica tinha perdido força, no entanto. Especialmente depois de um feito que marcaria o auge do declínio físico e psicológico de Pedro, ele estava viciado em drogas pesadas.

Com quase trinta anos, Pedro era uma figura bastante esguia, com várias tatuagens malfeitas, cabelo grande e bastante desengrenado emendando com sua barba que tinha muitos fios mais claros em razão de estarem queimados por química e sol. Sua pele por entre as tatuagens era branca e seus olhos continuavam apresentando a mesma anomalia herdada. Do antigo Pedro ainda podíamos ver a mochila bastante remendada, o chaveiro em octógono, já bastante gasto e o sucessor de Pipe, um cãozinho do mesmo porte chamado Orfeu.

Pipe já era um cão velho quando passou a acompanhar o menino Pedro. Morreu uns cinco anos depois do início daquela parceria e foi bem alí, sentindo a ausência de seu único apoio emocional, que o rapaz mergulhou em um mundo de drogas quase sem reversão. No intervalo de um dos tratamentos que realizou pelo Centro de Atenção Psicossocial Álcool e Drogas - CAPS AD, salvou e adotou Orfeu, que tinha acabado de perder toda a sua ninhada para uma doença de rua. Os dois se tornaram amigos inseparáveis e muitas das recuperações de Pedro, pós-recaídas, se davam quando ele observava o amor incondicional do bichinho em relação a ele.

Outra pessoa tinha se reaproximado de Pedro, especialmente neste período mais tenebroso de sua jornada. Era Fábio, que depois do causo no dia do incêndio, cumpriu um mês na Fundação Casa, que abriga menores infratores. Assim que saiu, soube do que houve com Maria e Pedro, mas decidiu seguir sua jornada. Envolveu-se com outros menores infratores, passou a realizar favores para criminosos locais, aumentou a gravidade dos delitos que cometia e depois de atingir a maioridade, foi preso no Centro de Detenção Provisória de Praia Grande por roubo de carga, por três anos. Como ele não conheceu nada além das mesmas ideias perigosas e brutais que cultivara na rua, não saiu de lá querendo montar uma *startup*, mas sim um império baseado em crimes. Não duvide, portanto, que foi ele quem forneceu a primeira carreira de cocaína para Pedro, seu cachimbo de ferro e até quem fez pessoalmente várias das tatuagens que cobriam o corpo do rapaz.

Em troca de coisa pouca, Pedro prestava toda a sorte de tarefas para Fábio.

Certa feita, Fábio mandou que o chamassem em seu QG, como ele próprio chamava o sobrado onde se reunia com os outros criminosos para tramar as novidades que viriam. Ele tinha uma tarefa que demandava o ocioso tempo de Pedro. O rapaz foi como sempre, de camiseta, mochila e cão. Tão logo tocou a campainha, foi recepcionado por um dos colegas de Fábio chamado Beleu. O sujeito era bastante gordo, tinha uma barba perfeitamente desenhada, mais cheia no cavanhaque, vestia camisa preta, bermuda e boné. Tinha tanto ouro pendurado nele, que certamente era possível trocar por um carro zero em alguma concessionária da cidade.

— O Fábio está?

— Oh cumpadi, é tu que é o homi do Fábio? Ele tá lá em cima te esperando. Só que esse dog vai ter que esperar aqui, senão vai virar *hot dog*, tendeu? Sobe lá — e apontou para a escada.

Eles nunca deixavam Orfeu subir, porque Fábio não gostava muito de cachorros. Pelo menos não os de rua.

Pedro subiu as escadas que já conhecia e deu um sorriso amarelado quando viu Fábio sentado em uma luxuosa mesa de escritório, apontando para que ele sentasse na cadeira do canto, apesar de ter uma cadeira bem em frente a ele. A cadeira do canto estava forrada de jornais velhos e claramente significava que ele não queria sujar a outra com a presença de Pedro.

— Fala mestre — ele chamava todo mundo de "mestre" — tem um servicinho para você, coisa boa — e sorriu.

— Aí sim, Fábio. Em que posso ajudar?

— Sabe aquela delegacia nova que tem lá no bairro da Ocian?

— Sim.

— Só preciso que você fique lá na esquina...

— E aí?

— E aí que se eles entrarem nas viaturas, tipo de duas para cima, com as armas e tudo mais, preciso que você use esse rádio para avisar o Beleu, que está lá embaixo — e entregou um rádio Nextel na mão de Pedro — é bem simples, só você apertar esse botão e falar, não dá para errar.

— Mas eles podem me prender?

— Já viu alguém ser preso por falar no rádio, mestre?

Ele ignorava a existência do crime de associação criminosa e por isso a informação fazia todo o sentido. Nada demais pela tarefa, mas e sobre a recompensa?

— Vintão? Que tal? — Fábio colocou a nota na mesa, ainda sob sua posse.

— Pô, mas é muito pouco, eu iria tirar mais se ajudasse o pessoal na obra de novo — ele não estava negociando.

— Você é jogo duro, hem? Tá bem, vintão e dez gramíneas da farinha do capeta — e deu uma piscadela, apesar da petulância da proposta.

— Sei lá, Fábio, tô querendo parar com isso ai.

— Seu safadinho... última proposta então: tudo isso mais uma daquelas pedrinhas da perdição que tu gosta — ele sabia o quão apelativo era tudo aquilo, mas mesmo assim colocou tudo na mesa, drogas e dinheiro, e empurrou para Pedro.

Ele olhou bastante antes de fazer o que não se deve fazer diante da debilidade em que estava, pegou tudo para olhar de perto e decidir. E como a loucura só precisa de um pequeno empurrão, Fábio fez a gentileza.

— Bem, já que pegou, está aceito. O Beleu vai te passar o rádio lá embaixo, vou descendo contigo — disse em tom bastante amigável, como quem força um camarada a aceitar que se pague a conta da padaria.

Sem perceber, lá estava ele novamente, naquele jogo vicioso de realizar tarefas para Fábio, ganhar drogas e um pouco de dinheiro que gastaria com mais drogas, depois do *input*. Mesmo assim, ele nada disse, desceu com o amigo e se pôs a cumprimentá-lo na saída, quando Orfeu, que já estava muito inquieto da espera, avançou ferozmente na perna de Fábio. A mordida transpassou a calça jeans que ele vestia e pegou na carne, irritando muito ele. Beleu chegou a sacar a arma que escondia em sua cintura, e apontou para o cachorro. Pedro pediu pelo amor de Deus e Fábio, que ainda precisava de Pedro, não deixou que o Orfeu fosse abatido, mas chutou o animal que voou alguns metros.

— Você tem que parar de criar esses bichos, Cara! Pelo amor hem? — dirigia-se ferozmente a Pedro — tu passa fome direto, cozinha essa porra quando for assim.

Não houve resposta. Não se responde algo assim, afinal. Pedro, que não soube dizer "não", passou a seguir sua jornada a fim de cumprir a missão imposta. Foi de andança da Vila Sônia até o bairro da Ocian, com o rádio escondido na mochila para não chamar atenção.

Uma enorme construção com uma placa iluminada anunciava "POLÍCIA CIVIL - CPJ, DISE E DIG". Tratava-se de um complexo de segurança pública que ficava ao lado de uma companhia da Polícia Militar do Estado de São Paulo e da Guarda Civil Municipal de Praia Grande. A rua em frente era de trânsito controlado, contando com barreiras de cones, fiscalização constante e um fluxo intenso de viaturas. Não era um local para dar bobeira e tão menos para sentir-se confortável, tendo o aspecto que tinha Pedro. Por essa razão, sentou-se em uma praça que ficava na esquina e não tocou no rádio nem por um segundo. O caminho já tinha sido mais do que suficiente para que se arrependesse do "aceite" que deu.

Duas horas haviam se passado e nada tinha acontecido. Pedro estava largado em frente ao banco da praça, deitado com a cabeça apoiada na mochila, olhando para a delegacia. Por duas vezes, policiais apontaram para ele e conversaram entre si, de modo que, pela distância, ele não conseguia escutá-los, mas estava certo de que tramavam algo contra ele. A tensão aumentava bastante e o rapaz decidiu sentar-se no chão mesmo. Os dois policiais que conversavam e apontavam para lá, passaram a caminhar nessa direção conversando, como quem trama uma captura de último momento. Pedro já estava tremendo muito e abraçou a mochila esperando a investida deles. Em certo momento, até levou a cabeça aos joelhos que estavam dobrados e fechou os olhos, até que escutou os passos passarem por ele e seguirem adiante. Quando olhou para trás, os policiais estavam sentados no banco da praça conversando, de modo que ele podia escutá-los, mas o papo não era sobre ele.

— Cara, que caso bizarro foi esse que você estava atendendo hem? O moleque de rua foi abandonado pelos pais mendigos e veio andando lá de outra cidade até aqui? — ele acendeu um cigarro — e o que ele quer na delegacia?

— Não, ele disse que o padrasto mendigo sumiu com a mãe mendiga dele e ele está andando procurando eles, mas só veio pedir comida mesmo — ele também acendeu um cigarro.

— Essa cidade tem vários casos de abandono de criança, sabia? — disse o primeiro policial dando uma tragada no cigarro — meu tio estava comentando recente de um que ele mesmo vivenciou, se liga...

Pedro, cujo interesse passou a ser o cigarro, se aproximou dos policiais e pediu um cigarro. Eles deram, para que pudessem continuar conversando e assim o fizeram como se Pedro não estivesse lá.

— Então, continuando, meu tio Roberto disse que estava pescando no Portinho, de madrugada, há muitos anos, quando ele viu uma menina novinha pulando na água para se afogar. Ele pulou lá e conseguiu tirar ela da água quase sem vida, daí ele levou ela para o médico e no caminho ela balbuciou que tinha acabado de parir uma criança e deixado em cima de uma lixeira do lado do Boi Bão — ele fez um suspense.

— Tá, mas e aí, o que aconteceu depois?

— Depois ele voltou lá, mas a criança já não estava mais no lugar. Provavelmente foi comida por algum animal selvagem daquela região.

— E que animal que ia comer uma criança assim sem deixar vestígio, ô policial de araque, haha.

— Sei lá, é a história.

A essa altura, Pedro estava alucinadamente conectando as informações que ouvira por acaso. Lembrou-se da carta de sua mãe Maria e sabia que ela tinha dito que ele foi achado em cima de uma lixeira ao lado desse restaurante. Ele não podia mais se segurar, quando resolveu tentar interagir com ele:

— Você sabe o nome dessa mulher que ele salvou? — perguntou surpreendendo os dois policiais.

— Oxe, não, por quê?

— Eu acho que conheço ela. Acho que pode ser alguém que estou procurando há muito tempo.

— Não, ele também não sabe o nome.

— Eu posso falar com ele?

— Com meu tio?

— É, sim, por favor, é muito importante para mim — Pedro estava em posição de súplica e os policiais, que não viam nenhum tipo de maldade nele, também não viam razão para poupá-lo dessa informação, já que Roberto não era alguém que fazia questão de não ser procurado.

— Ué, fala. Ele fica na banquinha de jornal que fica em frente à praia no Boqueirão. Se você chegar lá em trinta minutos, ainda pega ele lá antes de ir.

— Obrigado, muito obrigado mesmo!

Pedro conversou com os policiais como se não tivesse com drogas e um rádio comunicador na mochila, como se não estivesse a serviço de um criminoso. Ele sequer se lembrou disso, pois aquela velha chama havia sido acesa com a mais inflamável gasolina.

"Dane-se a tarefa", pensou em agonia. A possibilidade de encontrar uma boa pista sobre a sua mãe biológica atropelou qualquer ideia de consequência pelo descaso que faria com Fábio. Passou a andar de um lado para o outro da pequena praça, ora com as mãos na cabeça e ora com elas em forma de oração, até que viu, sentado em um dos bancos da praça, com uma bag do lado e uma motocicleta entregas para em frente, o entregador Rael, com quem foi falar automaticamente.

Pedro, como qualquer pessoa que é pouco ouvida no dia a dia, se desembestou a explicar, falando ininterruptamente sem parar, sem muitas conexões e sem ser perguntado. Contou sobre como era Maria, sobre como foi parar na rua, sobre a carta, sobre Pipe e Mickael e, por fim, chegou na pista sobre Lígia, que até então era inominada para ele. Para sua sorte, Rael, o motoboy, era uma pessoa de grande empatia e, escutando as explicações de Pedro, não deixaria que ele fizesse tal caminho a pé. Ele queria ajudar e o faria mesmo a custo de sua gasolina, de ficar com o cheiro de Pedro e Orfeu por estarem tão próximos na moto e até de chegar atrasado no trabalho.

— Sobe aí irmão, você vai comigo — Rael lhe ofereceu o capacete.

— Não amigo, fica tranquilo, não quero te dar trabalho — recusou Pedro instantaneamente, percebendo o quão intrusivo estava sendo.

— Relaxa, sei que é fogo andar a pé, quero te ajudar irmão — ele acenou novamente para que Pedro subisse na moto.

— Certeza?

— Certeza! Vambora para ninguém se atrasar — ele não contou que quem poderia ser — penalizado pelo atraso era ele próprio.

— Nem sei como te agradecer.

Pedro nem sabia subir na moto. Aos trinta anos, nunca tinha feito isso, então ensaiou bastante e pisou na pedaleira com o pé direito, até notar que era essa a perna que teria que passar por cima da moto. Depois, pisou com o pé esquerdo, mas se perguntou como passaria a perna sem acertar o baú da moto. Quando ele já ia sentar de lado, perigando cair de cabeça, Rael lhe ofereceu que subisse antes dele. Afinal, não queria perder mais tempo explicando como fazer. Sobe aí, depois eu subo. A manobra deu certo e eles seguiram o caminho com Rael na frente, Pedro na garupa e Orfeu na mochila dele, apenas com a cabeça para fora. Cruzaram as avenidas secundárias, entraram na Marginal e depois subiram no acesso para a Expresso Sul. Aquela sensação de liberdade era melhor do que as viagens estacionadas de Pedro e ele se perguntava "*como isso é possível?*". O vento entrava pelas frestas do capacete, fazendo com que ele percebesse a velocidade, a estrada vindo e os carros passando pelos lados. Ele nunca viu a Expresso Sul por essa perspectiva, sempre era andando por suas margens. Aquilo o encantou absurdamente a ponto até de esquecer seu destino. Ele estava vivendo o percurso, que é, na verdade, onde se vive mesmo.

— Cara, isso aqui parece um mar de asfalto. Me faz pensar em como essa estrada é controversa. Ela é um corte duro em nossa cidade, dividindo dois mundos que parecem nunca se encontrar, morro e praia, miséria e riqueza. Uns passam por cima da estrada, outros moram embaixo. Até mesmo aqui nessa viagem dá para ver que dentro desses carros... — e apontou para um de luxo que passava em velocidade de cruzeiro — é uma paz, ar condicionado e música, já aqui fora tem poeira, barulho, mas liberdade.

Rael achou aquilo absurdamente genial e se perguntou como um homem que podia fazer essa reflexão tão profunda, ainda estava na rua, passando pelo que seu corpo denunciava que passava. A reflexão só parou quando percebeu que teve que frear bruscamente para desviar de um carro que mudou de faixa sem nenhum aviso, quase condenando os motoqueiros a um acidente trágico. Rael acelerou e mostrou o dedo do meio para o motorista do carro, que baixou o vidro e começou a xingar os dois.

— Tem que morrer mesmo, motoqueiro corno!

— Cara, não vou nem perder meu tempo com esse moleque — e acelerou a moto para sair do alcance dele

A situação foi bastante tensa, mas Rael decidiu quebrar o gelo:

— A moto tem liberdade, mas tem cara no chão também haha. É cada louco que aparece na nossa frente, especialmente aqui nessa estrada. Muita gente já se foi aqui, muitos amigos meus — e cerrou os lábios enquanto lembrava de seu luto.

— Nem sei o que dizer.

— Nem diga.

A viagem seguiu em silêncio, até atingirem o destino. Pedro desceu e fez um aceno bastante sentido e agradecido para Rael, que retribuiu e colocou-se em disparada para o seu compromisso. Agora, restava abordar o velho senhor Roberto e perguntar-lhe tudo o que precisava sobre seu intento.

Boatos

Ali estava a banquinha de jornais, repleta de livros, revistas, cartazes, balões, doces e toda a sorte de coisas que convinha vender à beira da praia. Lá no fundo, engolido pela imensidão de variedades, estava Roberto, que agora era um senhor de cabelos muito brancos e ralos, com a pele bastante marcada pelo tempo. Ele já se locomovia com o uso de uma bengala há uns dez anos e por isso mostrava um bom manejo dela. O velho já não pescava mais, nem no Portinho, nem em lugar algum, já que a saúde era algo que lhe faltara.

Roberto adiantou-se para a frente de sua banquinha quando viu Pedro se aproximar. O lugar não era estranho para ele, pois já passara muito por lá, apenas nunca tinha entrado na banca ou mesmo falado com seu ocupante.

— Quer jornal ou alguma coisa? — Roberto perguntou sisudo e sério.

— Não, quero só uma informação mesmo.

— Hã, pode falar.

— É sobre uma coisa que aconteceu há muito tempo.

— Se for há muito tempo, não posso te ajudar. Veja, este velho já não tem a mesma memória de antes — e sorriu com uns dois dentes faltando.

— É sobre uma história antiga mesmo. Sobre uma menina que você salvou no Portinho há muitos anos. Há uns trinta, eu acho — disse Pedro com os olhos semicerrados, como quem revela mafiosamente alguma informação crucial.

— Quem te contou essa história, garoto?

— Seu sobrinho policial.

— Aquele linguarudo tinha que prestar concurso para ser o contador de histórias do município. Nunca vi um policial com a língua tão grande! — exclamou jogando as mãos para cima, em uma típica cena de irritação do velho pescador — adianta aí, porque o interesse na história.

— Porque eu sou a criança encontrada no lixo, do lado do Boi Bão — revelou Pedro.

— Ave minha Nossa Senhora! — exclamou Roberto colocando a mão no peito — não pode ser possível, essa criança morreu e desapareceu naquele dia.

— Como pode ver, cá estou. Agora, preciso saber o que o senhor viu naquele dia.

Roberto passou quase um minuto encarando Pedro em silêncio, até decidir contar o que viu. Certamente não havia o porquê de tanto mistério na história do velho pescador, mas Roberto era uma pessoa antiga e não gostava de papear à toa, de modo que essa história nunca ganhou grandes contornos fora de sua família e era apenas um causo contado quando assava alguns peixes com seus familiares próximos. O velho ofereceu um banquinho para Pedro e ambos se sentaram em frente à banca.

— Bem, por onde começar exatamente...

— Comece pelo início.

— Pois é, bem, eu era um pescador... um bom pescador, filho. Eu não precisava ir para o mar e nem mesmo de companhia, eu costumava ir ao Portinho de madrugada para pescar com camarões vivos. Sempre conseguia coisa boa lá — e simulou, em um movimento curso, como se jogasse uma linha com isca na água — naquela noite a coisa estava meio devagar, estava frio e tudo estava muito escuro e calmo. Eu estava no meu caiaque, como sempre, até que notei a presença de uma garotinha no píer. Aquilo me chamou bastante atenção e fiquei olhando fixamente para ela. A menina parecia muito sombria, entristecida e fraca. De uma hora para outra, a garota se deixou cair na água como se fosse uma pedra. Ela afundou instantaneamente e logo notei que ela não iria voltar. Por isso, eu remei com bastante força até chegar próximo e pulei na água para salvá-la.

— Ela sobreviveu? — perguntou Pedro, que estava segurando a pontinha do banco com bastante força.

— Sim, ela sobreviveu. Nunca vou me esquecer daqueles olhos vazios, cinzas e arrependidos olhando através de mim, enquanto eu levava ela para a terra firme. Eu sabia que se eu deixasse ela onde estava, era possível que ela voltasse para a água. Ela parecia determinada a se destruir por algo que tinha feito, algo que eu descobriria depois. Eu peguei ela nos braços e levei ela até a emergência do Hospital Irmã Dulce e, pouquinho antes de eu deixar ela lá, ela me disse: — A criança, preciso pegar a criança....

— Ela falou alguma coisa mais sobre a criança?

— Não, ela apagou em seguida. Mas eu voltei lá. Como tinha visto alguma movimentação próximo ao Boi Bão, fui na área da lixeira e não encontrei nada. Presumi que alguns animais selvagens tinham levado a criança, já que a lenda diz que uma onça vive nessas matas. Tipo o leão da Vila Sônia, sabe? Bem, é tudo o que sei.

Pedro desabou em lágrimas, lavou a alma e o rosto em um choro copioso e sentido. Seus olhos tornaram-se de um cinza bastante claro, o que chamou a atenção de Roberto que, apesar de muito surpreso, nada disse.

— Como... snif... ela... snif ela... cof cof? - perguntou Pedro em meio aos soluços e ao choro.

— Eu não entendi nada.

— Como ela era? Minha mãe!

— Bem, garoto, eu me lembro de ser uma garota bem branca, com os cabelos claros e olhos... bem, olhos como os seus.

Era a primeira vez que Pedro escutava uma descrição sobre a imagem de sua mãe. Agora ele tinha mais algumas peças no quebra cabeça imaginário que construía, sem acrescentar nenhuma peça há tempos.

O papo entre eles foi cortado com a presença de uma mulher que passava a folhear os jornais do dia, incomodando Pedro, que perdeu a atenção de Roberto. O velho se levantou imediatamente e sorriu para a moça, que já era conhecida dele.

— Menina Sterque, sempre pontual, não?

— Esse apelido nunca vai sair de mim, né? — a moça sorriu amigavelmente para seu velho amigo Roberto.

— Se escutei bem, você comentou sobre o leão da Vila Sônia, né?

— Foi, sim, aquela lenda daqui da cidade.

— Não foi lenda, meu tio Cláudio já escreveu sobre isso em seu livro — e assentiu com a cabeça sinalizando que Roberto já devia saber disso, depois voltou-se para Pedro e começou a contar a história — Timbó foi um leão que era de um circo que se instalou temporariamente na Vila Sônia e foi negociado com o dono de um restaurante local, que o adotou ainda muito novo. O resto da história tem nesse livrinho chamado "Aconteceu na Praia Grande" do meu tio Cláudio — ela apontou para o livro que estava posicionado à venda na banquinha.

— Como vê, vou ficar devendo a leitura — disse Pedro apontando para si, evidenciando sua capacidade econômica de adquiri-lo.

— Não por isso. Senhor Roberto, coloque esse livro na minha conta para ele, pode ser?

— Claro, querida.

Por algum tempo, Pedro, cuja qualidade da mente o traía por vezes, esqueceu-se de sua mãe e passou a imaginar Timbó no circo e suas possíveis aventuras na Vila Sônia. Imaginou que Mickael poderia ter sido do mesmo circo e até que poderia ter conhecido mais do leão abandonado. Ao lembrar-se de Mickael, também lembrou-se do dia em que o encontrou, daí do caminho que fez até o Solemar e então da casa em chamas. Por fim, lembrou-se de sua inominada mãe.

Assistência Social

Mendigo, indigente, vagabundo, miserável, marginal, sem classe, pobre, maloqueiro, esmoleiro, menino de rua, sem teto, lazarento e até fodido, foram formas de se referir a Pedro ao longo desses últimos anos. Ele já não ligava mais para isso, mas deu um salto de fúria quando viu um grupo de garotos "bem nascidos" chutando um jovem desafortunado na rua e o chamando de "sem futuro".

O jovem se chamava Raphael e no alto de seus dezesseis anos, já era experiente de rua há mais tempo que Pedro, já que tinha nascido nela e dela nunca saíra. Apesar de sua graduação nessa vida, Raphael era de uma doçura e inocência incompatíveis com sua experiência, de modo que as vicissitudes lhe acertavam com força, tal como a garotada o estava fazendo naquele momento. Pedro colocou todo mundo para correr, literalmente. Deu um brado forte e ameaçador e saiu correndo na direção deles com um pedaço de madeira na mão. Todos correram sem olhar para trás.

— Por que você estava apanhando? — perguntou Pedro ainda com a expressão ameaçadora que tinha esquecido de desfazer.

— E lá tenho motivo para apanhar? Eles me viram, riram e vieram. Eu os vi, chorei e caí.

— Tá bem, tá bem. Agora levanta e se sacode. Você não pode ficar dando bobeira aqui por essas bandas. Cadê sua gente?

— Eu não tenho mais gente. Não tenho nem gente, nem coisas.

— Como assim?

— Que eu ficava com minha mãe e meu padrasto, mas eles sumiram há uns dois anos e por isso fui andando e procurando eles. Saí de Registro e estou aqui agora.

Registro é uma cidade há cento e sessenta e sete quilômetros de Praia Grande, de modo que era mesmo impressionante essa viagem feita pelo garoto. Pedro olhou com admiração para Raphael, que ainda estava encolhido no chão. O garoto tinha uma feição bastante infantil. As bochechas arredondadas, os olhos grandes, a pele bastante escura, o cabelo enrolado e algumas cicatrizes pelo corpo.

— E o que pretende fazer agora?

— Não sei, acho que vou continuar indo.

— Indo? Para onde? Você nem sabe por onde começar a procurar eles. Qual o nome da sua mãe?

— Era Elisangela Neves de Sousa.

— É com "s" ou com "z"?

— Não sei.

— Então, precisa saber, daí tem como procurar.

— E como descubro?

— Não sei.

— E agora?

— Também não sei.

— Então você não me ajudou em nada — disse Raphael fechando a cara.

— Mas não disse que ia te ajudar, ué — Pedro deu uma risada e os dois ficaram em silêncio por uns dez segundos até caírem juntos na gargalhada. Depois emendou — Vai garoto, levanta daí e vamos comer alguma coisa.

— Tá bem.

Naquele dia, Pedro já tinha passado nos lugares onde pedia habitualmente comida, então sua marmita já estava separada na mochila. Ele tirou o embrulho de papel alumínio em meio ao livro, blusa e outras poucas coisas que estavam na mochila, mandou Raphael se sentar no meio fio e então entregou a marmita inteira ao rapaz, mas o advertiu para comer somente a metade, para que ele pudesse comer a metade que sobrou.

A grande surpresa foi que Orfeu, que sempre se sentava em frente a Pedro para comer depois dele, dessa vez deitou-se ao lado de Raphael e apoiou a cabeça nele, enquanto esperava ele terminar de comer. O menino levava uma garfada à boca e depois colocava o conteúdo da segunda na mão e levava até a boca do cachorro. No início, Pedro ficou com ciúme daquela nova relação, mas logo se acostumou. Assim que terminou sua parte, o menino entregou a meia marmita para Pedro, que comeu um terço e depois largou o restante para Orfeu, que estava feliz em ser duplamente alimentado.

Depois de um longo período olhando a rua em silêncio, Pedro quis saber mais sobre a vida de Raphael, que passou horas contando como era no bairro onde foi criado, sobre as pessoas que o acolhiam com marmitas sempre no mesmo horário, sobre como sua mãe saía de manhã e voltava com uma bala de iogurte e sobre seu padrasto Leônidas que era violento às vezes e sobre como se sentia solitário na rua, depois de ter sido abandonado.

Não se surpreenda com a identificação de Pedro com Raphael, pois, mesmo tendo tido contato com tantas histórias de tragédias, de traições e de vidas que se perderam nas ruas, nosso esmoleiro ainda conseguia ser empático a ponto de ver-se na pele do adolescente e vendo-se ali, sentir cada frio narrado, cada noite solitária, cada dia de fome e abandono. Por isso, o abraço paternal com que Pedro recebeu o menino, foi surpresa só para Raphael.

Nos dias que vieram, Raphael e Pedro ficaram juntos, cuidando um do outro. Nessa época, devido ao frio de julho, estavam dormindo embaixo do Viaduto 22 de Abril, logo em frente ao *Shopping* Center da cidade. Não faltaram vezes em que Pedro acordou no meio da noite para cobrir o garoto com sua mantinha, garantindo que ele não ficaria doente e, em várias dessas vezes, sentava-se de costas para o concreto frio e usava toda a sorte de drogas que tivesse, inclusive as que conseguiu com Fábio, este que, por sua vez, nada tinha gostado de não ter sido alertado no dia em que mandou Pedro até a delegacia.

Naquele fatídico dia, Fábio aguardava o toque no rádio, com a simples informação sobre a movimentação, ou não, dos policiais. Acontece que realmente a polícia tinha armado uma diligência para pegá-lo no sobrado e ele só escapou porque um policial inexperiente, sobrinho de Roberto, aliás, resolveu ligar a sirene antes da hora, para que o carro da frente o deixasse passar. Esse alerta foi suficiente para que ele corresse pelos telhados e conseguisse se esconder na casa de vizinhos. Beleu, por outro lado, não tinha condições de andar pelos telhados, saiu pela frente e tentou trocar tiro com a polícia, tendo sua decisão culminado em sua morte com treze tiros. Aquele ficou conhecido como "o caso do mineirinho da Praia Grande".

Fábio jurou vingança, mas ainda estava ocupado com outras coisas. A mente de Pedro estava em outras bandas. Quando usava seu cachimbo e em algumas noites de sono, tinha a mesma visão repetida. Primeiro *surfava* em uma praia, depois era engolido por uma onda e, no fundo do mar, via Maria, que lhe falava coisas que ele não conseguia escutar, até que ele acordava sem ar. O fascínio pelo que via era um dos motivos pelos quais continuava fazendo o que fazia.

Em uma quarta-feira de muita chuva, estava sentado sob o viaduto com Raphael, fazendo uma brincadeira que passou a ser costume entre eles. Ficavam observando as pessoas que iam cruzar de um lado para o outro do viaduto, tentando adivinhar uma característica delas e se iriam ou não os cumprimentar.

— Ih, essa aí tem cara de que é madame que perdeu o carro, não vai dar nem bola — disse Raphael, quando viu uma moça com um casaco bonito, cuja touca era coberta por pelos, como se fosse de pelúcia.

— Ah, ela tem cara de educada, acho que vai cumprimentar sim — argumentou Raphael.

Quando a moça estava há quase dois metros, Raphael levantou-se e cumprimentou com um "boa tarde, senhorita", encenando como se fosse um lorde inglês. A mulher olhou com a maior cara de nojo que eles haviam visto naquele dia.

— Senhorita? Você nem me conhece, escória!

— Des...desculpe moça — disse Raphael desconcertado.

O clima ficou tenso e eles acompanharam ela indo embora, para só então voltar o rosto um para o outro, até que Pedro quebrou o silêncio.

— Acho que de escória eu nunca fui chamado — e começou a rir muito.

Raphael se pôs a rir também e uma moça que se aproximava gostou muito de ver a alegria dos dois e começou a se aproximar.

— Essa vai dar esmola, pelo jeito — Raphael estava vendo ela de ponta cabeça, porque tinha deitado no chão para rir e Orfeu estava em cima dele, por isso disse a frase já com ela muito perto.

— Esmola eu não tenho, mas quero fazer um convite para vocês.

— Eita, um convite? Acho que nunca ganhei um convite. É para uma festa? — Raphael se empolgou.

— Não, queridos — ela se voltou para Pedro — Meu nome é Ana Carolina, sou assistente social aqui do município...

— Prazer, Ana! — disseram os dois em uníssono, com cara de bobo.

— Prazer, bem, eu nunca vi você e seu filho lá no abrigo.

— Ele não é meu filho. Aliás, que abrigo?

— Não sei se vocês sabem, mas existe o Abrigo Solidário e o Centro POP, que servem para acolhimento de pessoas em vulnerabilidade social como vocês.

— Pessoas em vulnerabilidade social... — repetiu Raphael em tom sério — achei que éramos escórias.

— Não são. Bem, não para mim. Durante as noites, vocês podem ter apoio no Abrigo Solidário, com uma refeição decente e uma cama para dormir bem. No Centro POP, que funciona durante o dia, vocês podem recorrer a outros serviços. É lá onde eu trabalho.

— Isso é novo, moça? — perguntou Pedro realmente curioso.

— Imagina! Isso tem faz tempo. Eu mesma trabalho lá há dois anos.

— Eu nunca tinha ouvido falar isso e sabe, esmola muita é de se desconfiar.

— Está no site da prefeitura, nos jornais e em tudo quanto é lugar! Como não viu?

— Ah, sim, viu Raphael, como você não vê as coisas aí no seu smartphone? Não viu no jornal de ontem também? Essas crianças são fogo, viu, só querem ficar brincando — ironizou Pedro, que já estava ficando farto da mulher — mas, enfim, como faz para o Rapha, o Orfeu e eu dormirmos na cama quentinha da prefeitura?

— Eh, bom, você e o Raphael sim. Lá não aceita cachorro, sabe?

— Eu não vou deixar o Orfeu sozinho na rua — exclamou Raphael.

— Olha, vocês são bem exigentes para quem não tem nada hem? Bom, se quiserem parar de morar na rua, já sabem onde é, fica do lado da base principal da Guarda Municipal. Agora vou indo para não me irritar.

Acontece que Ana Carolina, apesar de bem intencionada, não tinha muita habilidade nessa abordagem, que é crucial quando se vai explicar as possibilidades de serviços públicos para pessoas em vulnerabilidade social. Isso fez toda a diferença, já que Raphael ficou horrorizado de não poder levar o cachorrinho, que já era o apoio emocional tanto seu quanto de Pedro.

Em verdade, muitas outras pessoas em situação de rua recusavam as "ajudas" oferecidas, seja por não poder levar seus animais de apoio emocional, seja por não ter lugar seguro para deixar suas carroças, ou mesmo em razão de alguma abordagem truculenta de pessoas da própria assistência social, ou de outros usuários desses serviços. Outros tantos, nunca ouviram falar dessas possibilidades, já que a informação não chegava neles.

De todo modo, estava posto que Raphael não tinha a intenção de abandonar Orfeu e Pedro não o obrigaria a ir para tal lugar desconhecido. A ideia foi descartada pelos dois. Acontece que uma notícia viria para bagunçar a ordem das coisas entre os dois. Raphael soube, por um andarilho conhecido, que sua mãe e seu padrasto estavam em São Paulo, na praça da Sé e, depois de muita conversa entre Pedro e ele, ficou decidido que era importante que o menino fosse encontrar sua mãe. Pedro se sentiria muito culpado se não permitisse que o garoto fosse em busca de sua mãe, já que ele mesmo estava falhando miseravelmente em sua própria busca.

— Vá sim, encontre sua família e viva o amor que eu não pude viver.

— Mas você também é minha família agora — Raphael abraçou sua nova figura paterna com tanta ternura que ambos não conseguiram conter as lágrimas que escorriam. Até Orfeu parecia triste.

— Eu vou sentir sua falta.

— Não vai... você vai levar um pedacinho meu com você — Pedro olhou para Orfeu e cerrou os lábios, despedindo-se do amigo que tão fielmente o tinha seguido. O cão pareceu aceitar a missão de bom grado e ele lembrou de quando Pipe deixou Maria para acompanhá-lo sem cerimônias.

Raphael já estava indo embora, quando voltou correndo apenas para dizer:

— Assim que eu encontrar minha mãe, vou voltar com ela e vamos ficar felizes juntos. Eu prometo!

Água, sabão e sangue

Os dias e noites da alegria que sentia na companhia de Raphael, voltaram a ser solidão e, como já vimos, a solidão é convidativa para outros males. Recaídas muito mais perigosas se tornaram frequentes na jornada de Pedro. Aquele vazio era arrebatador, tanto que, em alguns dias, nem mesmo a formidável ideia de encontrar sua mãe era suficiente para afastá-lo do próximo pico, do cachimbo ou do que quer que o tirasse de si.

Havia dias em que ele os passava literalmente em posição horizontal e dava a desculpa para si, que aquilo era um descanso merecido e que no dia seguinte voltaria para a árida rotina. Tal conduta é maléfica até para quem vive em pleno conforto, mas imagine Pedro, deitado sob um viaduto, coberto por uma manta fedida, sem outro plano senão o sono, sem comer e sem muitas memórias boas para socorrê-lo.

Como se fosse possível, ele estava ficando mais magro e mais abatido e sua decomposição em vida já era bastante aparente, ao ponto de ter afastado até os demais andarilhos que hora ou outra faziam contato com ele. Era hora de buscar ajuda. Mas onde? Como?

Tendo em vista que ainda estava no Viaduto 22 de Abril, não demorou muitos dias até que Ana Carolina passasse por lá de novo. Dessa vez, a imagem que a mulher viu era bem menos feliz e convidativa. Debaixo do viaduto, tudo cheirava a urina e mofo. O colchão, que estava abandonado por ali, era de uma espuma bastante úmida. Pedro estava caído no chão duro mesmo e só reconheceu Ana depois que ela cutucou ele com o pé.

— Cadê o garoto?

— Se foi — disse-lhe em tom mórbido.

— E você, como está?

— De férias — ironizou ele, mas logo teve um refluxo e vomitou bem no pé da moça.

— Meu Deus, que nojo! — ela derrubou o líquido da garrafa d'água que iria beber, bem onde o vômito tinha acertado ela — cara, você precisa fazer alguma coisa quanto a isso. Até quando vai ficar nessa autopiedade? Até quando vai ficar se matando de pouquinho em pouquinho? Você não tem nenhum objetivo de vida?

"Objetivo de vida"... isso o lembrou que realmente tinha e em um resquício de lucidez, voltou-se para ela com uma sincera feição de piedade e disse:

— Me ajuda... por favor.

— Sim — ela balançava a cabeça afirmativamente, como se precisasse convencer a ela própria também — eu vou ajudar você. Venha, vou lhe apresentar alguns serviços que podem fazer sentido para ti.

Ana pegou o telefone e fez uma ligação, enquanto Pedro recolhia suas poucas coisas.

— Sim, sim. Tem alguém para ajudarmos... como assim não, você me deve essa.... — ela fez menção de jogar o telefone contra a parede, depois da resposta de seu interlocutor — olha aqui cara, você só saiu dessa vida por minha causa, se não pode fazer isso por alguém como você, não vale nada o que fizemos!

Ela ficou em silêncio por quase um minuto — então está bem, te esperamos aqui do outro lado do *Shopping*, na frente do viaduto... é claro que não tenho um lençol limpo, cobre o carro com papelão ou sei lá... tá bem, até daqui há pouco.

Depois da ligação, eles ficaram esperando o interlocutor por cerca de uma hora. Enquanto esperavam, Ana explicou os detalhes de como funcionam os serviços sociais e das possibilidades que havia. Pedro não entendeu tudo, mas estava convicto de que teria uma ajuda especializada.

Uma caminhonete vermelha se aproxima e para pouco antes de onde estavam Ana e Pedro. Nem deu tempo deles se mexerem e o motorista já buzinava e gritava que estava sem tempo.

— Vamos logo com isso, vai! — disse o motorista que abanava as mãos como um italiano enfurecido.

— Uma caminhonete, Marcelo?

— Você queria o quê, dona Ana Carolina? Uma Mercedes?

— Tá bem, tá bem. Vou colocar as coisas dele aí atrás e vamos lá para o CRAS. Quero que oriente ele quanto aos direitos dele, depois.

Depois de ter os pouquíssimos pertences colocados na caminhonete, o próprio Pedro foi como bagagem, deitado na carroceria, para que os guardas de trânsito não multassem o veículo, já que Marcelo preferia correr esse risco do que tê-lo sentado em seu banco limpo.

Marcelo, em seu bom tempo, tinha sido advogado e tratava de causas relacionadas a benefícios previdenciários. Dizem que foi um amor mal curado que o tirou da profissão, mas Ana sabia o exato motivo. Há alguns anos, ele foi o primeiro usuário do CRAS que ela acompanhou, tirando o homem de uma miséria absurda que passara por conta do uso de crack e cocaína. Depois de muito tratamento, ele se reabilitou, mas não voltou para a antiga profissão já que, segundo ele, era ela um dos motivos de seu afundamento emocional. Por mais que odiasse esse fato, ele sabia que devia um favor para Ana e teria que orientar Pedro.

Pela pequena janela traseira da caminhonete, Pedro conseguia acompanhar a acalorada discussão entre Marcelo e Ana.

— É tão difícil assim ajudar alguém com o mesmo problema que você teve?

— É sim! É justamente esse o problema, Ana. Não quero voltar a ter contato com essa vida. Não quero voltar a ser assombrado por esse fantasma que achei ter matado.

— Ele precisa de ajuda.

— E é seu dever ajudá-lo, não meu! Mas minha palavra vale um tiro, já que decidiu usar o favor que eu devia, vou fazer isso. Depois me esquece.

— Que infantil. Tudo bem, mas converse com ele.

Pelo retrovisor interno, Pedro conseguiu ver os olhos de Marcelo revirando, mas depois percebendo sua presença, fixou eles em Pedro, que rapidamente abaixou-se de volta na carroceria.

Minutos depois, eles chegaram no complexo de serviços às pessoas em vulnerabilidade e Ana desceu para falar com amigos de lá. Enquanto isso, Marcelo foi até a traseira de seu veículo, apoiou os braços na carroceria e ficou olhando para Pedro, aguardando que a iniciativa viesse pelo outro lado.

— Desculpe por te dar esse trabalho todo — disse Pedro ironicamente.

— Não é culpa sua, afinal — Marcelo revirou os olhos novamente — Mas preciso de algumas informações para poder te ajudar. Quantos anos você tem?

— Uns trinta.

— Já trabalhou ou contribuiu com a previdência?

— Nunca e nem sei o que é previdência.

— Bem, você não vai conseguir benefícios previdenciários.

— Você tem alguma deficiência?

— Só de dinheiro.

— Pois é, espertinho, se tivesse, poderia ser o caso de pedirmos um BPC/LOAS para você, que é um benefício para quem vive em miserabilidade e tem deficiência ou mais de sessenta e cinco anos, mas não é o seu caso, não vai ganhar esse salário. Enfim, tem filhos?

— Olha, um garoto me chamou de pai uma vez, mas foi por engano.

— Você é bem animadinho para quem está na situação em que está, hem? — Marcelo conteve-se, mas resolveu ir além nas dicas — Olha, o que vou te falar é importante, portanto preste muita atenção. Eu já estive na mesma situação que você. Eu sei, seu sei, não parece né — ele passou as mãos por si e seu carro para indicar a evolução na vida — mas foi sim. Quando estamos no fundo do poço, as pessoas ao nosso redor podem nos ajudar, mas a decisão final é sempre nossa. Se você ficar dando desculpas ou esperar que uma força divina te levante para fazer o que tem que ser feito todos os dias, você não vai sair dessa. Aqui dentro, meu amigo, não tem só pessoas que ajudam, você também precisa se cuidar e se ligar com quem anda. Já foi preso?

— Não, nunca!

— Aqui não é tão diferente assim da cadeia, então fica esperto. Se junte com as pessoas que te fazem bem e se afaste das que te oferecem facilidades. Esse é um caminho árduo e você precisa passar por ele com seriedade. Quando tudo isso acabar, quem sabe não arrumamos um emprego para você ter uma vida digna.

Pedro não entendeu bem o que ele queria dizer, mas assentiu com a cabeça como se tivesse captado tudo. Quando Ana voltou, ficou orgulhosa de vê-los conversando, pois sabia que era importante que essas palavras fossem ditas por Marcelo. Agora era hora de recepcioná-lo no aparelho público. Sobre isso, não vamos nos ater aos detalhes técnicos, basta saber que Pedro passou por psicólogos, entrevistas, foi alimentado e passou algum tempo em reabilitação em um projeto de apoio onde ficava internado. E essa internação muito nos interessa, pois neste período tiveram acontecimentos de extrema importância.

Como sabemos, Fábio não se esqueceu dos problemas que Pedro causou a ele e sua vingança foi adiada somente por problemas logísticos. Tão logo soube o paradeiro de Pedro, armou um plano para matá-lo, já que, em suas palavras, ele deveria ter o mesmo destino de Beleu. Acontece que tal plano contava com a arrojada ajuda de um novo amigo que fez enquanto fugia e mantinha-se escondido no canto Sul da cidade. Esse novo amigo era ninguém menos que o líder dos andarilhos do Solemar, o circense Mickael.

O velho palhaço não se atraiu pela ideia de Fábio ou por amizade, mas pela promessa de muito dinheiro, dignidade e de um papel de liderança na sua organização. Como não nutria por Pedro mais amor do que por um cachorro, aceitou a oferta e seguiu as orientações. Usou toda a sua habilidade de representação e fingiu-se de adicto e em pouco tempo estava na mesma clínica que ele, passando pelas mesmas etapas do tratamento e acompanhando os passos do rapaz de perto.

Mickael tomava nota de tudo o que Pedro fazia e não demorou para notar que ele passou a interagir com outra pessoa com familiaridade. É que outra figura conhecida de Pedro também estava passando pelo mesmo tratamento. Banha tinha saído da rua depois que foi acompanhado por jovens de um projeto da igreja e estava convicto de que teria uma comunidade para voltar.

Depois de muito tomar nota, Mickael decidiu provocar algumas situações, especialmente com vitupérios direcionados ao Banha ou a outro que estivesse próximo de Pedro, com fins de causar um tumulto que pudesse ser a desculpa perfeita para o que pretendia.

Em um almoço, Mickael sentou no banco imediatamente em frente a Banha e enquanto ajeitava um montinho de purê com as mãos na colher, começou a provocá-lo como sabia.

— E aí, monte de banha. Soube que esse tal de Pedro te tomou a liderança no Boqueirão... — ele sorriu com malícia — você não é esse líder de peso que se diz por aí, não... não, você está mais para um porco de estimação mesmo — nesse momento, ele voltou os olhos para Banha, de baixo para cima e catapultou o purê da colher diretamente na direção de Banha, mas somente o acertou de raspão —veja.. você foi domesticado.

Banha se avermelhava e amassava a colher olhando enfurecidamente para Mickael, sendo contido tão somente pela indigesta punição que poderia receber se iniciasse uma briga e pela possibilidade de não ter mais o auxílio dos jovens da igreja se perdesse o tratamento.

— Vamos lá, não fique com tanta raiva, rolha de poço, estou só te lembrando de quem você é. Está vendo esse Pedro, ele sim merece essa sua raiva, ele com certeza ri de nós enquanto está deitado, tramando como vai tomar a área de todo mundo. Foi o que ele fez comigo no Solemar... mas esse velho palhaço aqui - e deu de ombros - não podia deixar as coisas como estavam indo. Eu precisava proteger nossa família da rua e espantei esse imundo de lá, você devia ter feito o mesmo...

A fala de Mickael foi interrompida por uma batida revoltada da mão de Banha na mesa, que fez o auditório inteiro parar para prestar atenção no que estava acontecendo.

— Olha aqui, Patati, eu não estou nem aí se você vem aqui com essa cara toda mal pintada para se passar por bom moço, mas se eu perder a paciência com você, vou enfiar essa colher dentro do...

— Banha! Não se deixe levar pelas provocações dele, o velho palhaço ganha com isso — a voz de Pedro surgiu antes que se notassem sua presença e, quando o perceberam, viram que seus olhos tilintavam em um verde forte.

Fatos semelhantes se deram mais uma ou duas vezes, até que Mickael decidiu adotar outras diligências.

A noite estava relativamente fria, os pássaros que cantavam durante o dia deram lugar a cigarras escandalosas, que eram bem ouvidas nos intervalos das falas do último palestrante que tagarelava interminavelmente sobre uma teoria da prosperidade absurda. Depois dessa atividade, eles deveriam tomar a ceia, ir para o banho e dormir. Como estava frio e o chuveiro não era da melhor qualidade, a maioria dos internos pulava a etapa do banho e dormiam direto. Pedro e alguns poucos, eram a exceção que sempre aproveitavam a possibilidade do banho, ainda que frio. Essa informação não passava despercebida por Mickael, que já estava há muito esperando a oportunidade perfeita.

Desde o início de seu período na clínica, o palhaço tinha um objeto perfurocortante escondido nas vestes e sua desculpa de que ela tinha um valor sentimental forte, fez com que ele a usasse pela maioria do tempo sem que ninguém desconfiasse. Essa noite foi a escolhida para dar cabo ao plano. Mickael foi antes para onde funcionam os chuveiros coletivos e se pôs escondido em uma das cabines dos vasos sanitários, esperando que Pedro aparecesse sozinho no banheiro. Ele segurava com muita firmeza e convicção a faca, pois o golpe deveria ser certeiro, já que não teria muito tempo para sair de lá depois. Além do que, o banheiro não era bem iluminado e queria ter certeza de que faria poucos movimentos. Alguns minutos se passaram até que os primeiros ruídos indicaram que a vítima se aproximava da área de chuveiros. Pedro passou em direção ao primeiro chuveiro e antes que Mickael fizesse seu movimento, notou um segundo interno acompanhando Pedro. Era Banha, que tinha decidido adotar o hábito do amigo.

Apesar de frustrado, o assassino sabia que já não podia mais retroceder no seu intento, mesmo que uma segunda vítima fosse necessária. Por isso encheu-se de segurança e correu com a faca em punho para acertar de uma só vez Pedro, que era o alvo principal. Acontece que, tendo saído em tão disparada carreira, a porta da cabine do vaso bateu com força e Banha virou-se por reflexo. Assim que ele viu o brilho da faca, que refletia a luz da lua que entrava pela janela, puxou Pedro pelo braço, de modo que a faca que acertaria seu pescoço, passou raspando no braço esquerdo do rapaz. Pedro sangrava bastante, enquanto ainda tentava compreender a situação. Agora, só conseguia ver os vultos da luta feroz entre Mickael e Banha naquele espaço escuro e úmido. Ele se esgueirou até o canto da área de chuveiros, fazendo um rastro de sangue até o local onde se apoiou para tentar voltar a si e ajudar o amigo. Tão logo se deu conta, notou que Banha estava de costas para ele, segurando com força a cabeça de Mickael contra os azulejos, que já estavam bastante lavados de sangue. Aquela cena se prolongou por alguns segundos, até que Pedro percebeu que havia algo errado. Apesar do forte golpe de Banha no palhaço, este conseguiu cravar a faca bem na garganta do gigante Banha, que foi desfalecendo pouco a pouco, até parar de pressionar a cabeça de Mickael e cair de costas, com os olhos fixos em Pedro, perdendo o brilho até apagar.

Banha estava morto e seu algoz estava recuperando o fôlego, enquanto Pedro enfrentava a maior paralisação que já sentiu em sua vida. O rapaz já passou por muitas situações e sempre tentava prever o que faria quando estivesse em uma situação de perigo assim, mas a realidade grita e seu corpo decidiu não se mover. Enquanto isso, Mickael ia se recuperando pouco a pouco. O sangue do corte em sua cabeça ia escorrendo pelo seu rosto, dando uma impressão bastante macabra ao circense que se aproximava em passos pequenos. Enquanto se aproximava, as memórias sobre o pequeno Pedro passavam em sua cabeça, do dia em que o ajudou a conseguir sua primeira janta até o momento que o expulsou do bairro. Um estranho sentimento o invadiu, tratava-se de uma compaixão inominada pela vítima de poucos segundos, por motivo que ele próprio desconhecia. Era, possivelmente, uma resposta de seu corpo que já estava deveras debilitado e que não conseguiria dar o golpe fatal em Pedro. Como sua consciência já o havia traído, Mickael caiu de joelhos em frente ao rapaz, deixando a faca escorrer de lado.

O assassino olhou bem fundo nos olhos de Pedro e balbuciou que sabia uma informação sobre a sua mãe, algo que escutou da boca de Fábio.

— Sua mãe é uma empresária da cidade... ela ainda está por aqui... — disse em tom muito baixo e cadenciado, como se as palavras o tivessem sufocando.

Mickael caiu com a cara no chão antes mesmo que Pedro pudesse pedir mais esclarecimentos sobre isso. Ele não estava morto, mas nunca mais seria visto por ele. Foi preso na manhã seguinte e levado dali para o Centro de Detenção Provisória de Praia Grande, onde passaria o restante de sua vida. Apesar de ninguém duvidar da inocência de Pedro, ele foi posto em observação severa. Banha, que tinha sido suplantado por Pedro na liderança dos moradores de rua há quatorze anos, morreu salvando sua vida, findou-se em uma poça de água, sabão e sangue.

O período na clínica foi traumático, mas transformador. Ao final desse tempo, nem cigarros, nem drogas ocupavam a mente de Pedro, ele estava curado do vício pela força que exortava de seu único objetivo atual: encontrar a sua mãe biológica, cujas pistas de sua existência se acumulavam em sua mente.

Lucidez

Semanas a fio e Pedro mostrava-se firme no propósito. Nenhum substrato de tabaco, nenhuma grama de cocaína, nenhum contato com a vida criminosa que o rodeava há tempos. Porém, também não houve avanço em sua vida econômica sob qualquer aspecto. Continuava pedinte e, quando muito, vendedor de balas no semáforo em que estivesse perto e, como seu objetivo não era exatamente o de ser menos miserável naquele momento, não se esforçou em nenhum plano mirabolante como nos velhos tempos.

Nas semanas em que estava emocionalmente abalado, passava um bocado do domingo em frente a uma tradicional igreja em frente à praia do Boqueirão, escutando a missa, os louvores e as conversas dos fiéis que se esgueiravam para fora da grande porta de madeira que indicava o início do salão sagrado.

Se não encontrava qualquer alívio espiritual na missa, ao menos se divertia em ver rostos conhecidos por lhe desprezar os pedidos de esmola, dizimando e clamando a Deus por um carro novo ou prosperidades diversas.

Certa feita, na manhã de um domingo do fim de outubro, enquanto aguardava a missa começar, do outro lado da calçada, pôde ver uma multidão se formando há cerca de três quarteirões dali. Aquilo certamente estava mais divertido do que a calmaria da voz do padre, portanto se pôs em marcha até lá, só de *shorts*, com a camiseta dentro da mochila, e tomando um suco que encontrou apoiado na mureta da praia.

Quanto mais se aproximava, mais se percebia a alegre multidão que aguardava o início de um novo campeonato de *surf* regional, cuja periodicidade parecia mais religiosamente programada do que a própria missa, que já tinha atrasado alguns minutos. Tão logo se aproximou, foi abordado por uma adolescente munida de uma prancheta com formulários:

— Bom dia moço, vai participar do campeonato hoje? — ela disse mostrando os dentes.

— Hoje não, vou deixar para outro dia — Pedro disse com um sarcasmo refinado.

— Ah, que pena. Não quer preencher esse formulário para concorrer a uma prancha da Leaf, então?

— Posso? — perguntou ele surpreso.

— Pode sim — ela entregou a prancheta a ele e destacou uma parte do formulário - seu número é 121. A única coisa é que você precisa estar aqui na hora do sorteio, caso contrário, eles sorteiam um novo número.

A garota nem percebeu que Pedro apontou aquela mesma localidade como endereço, que escreveu "sim" no campo "redes sociais" e que colocou um número absolutamente absurdo no campo "telefone". Mesmo assim, ela entregou o número da sorte e depositou o formulário em uma grande urna transparente.

Minutos depois, o campeonato começou. A plateia assistia atônita às manobras de feras do *surf* regional. Na categoria mirim, Vini Palma estava arrasando na bateria, tendo terminado sua última série com um aéreo que deixou até os veteranos com inveja. A Família Aloha estava toda lá, como sempre muito animada e torcendo. No *surf* feminino,

Maria Beatriz não deu nenhuma chance para as concorrentes. Foi uma grande algazarra para todos, inclusive para Pedro, que torcia com muita empolgação, como se fosse um acompanhante assíduo do esporte e como se conhecesse cada um naquele lugar. O júbilo foi tanto, que não demorou para que as pessoas o notassem com certo carinho.

Com o fim das primeiras baterias, veio o anúncio "*Atenção competidores, familiares e amigos! Dentro de alguns instantes, aqui no palco, será iniciado o sorteio da prancha de marca Leaf. Mantenham seus números da sorte por perto e boa sorte a todos. Quem fará a honra do sorteio é ele que vem chegando, a lenda, o emblemático, o gato do surf... Piiiiicuruta Salazaaaar!*". Foi uma euforia geral quando Picuruta subiu o palco agilmente e cumprimentou a todos. Até os competidores se amontoaram para saudá-lo efusivamente. Nosso Pedro só acompanhou pela bagunça mesmo, já que não tinha ideia de quem era quem.

Depois de um discurso sobre a importância do esporte, sobre a pungência da cidade e sobre a própria história, iniciou-se o sorteio. O próprio Salazar meteu a mão na urna, bagunçou os papéis, girou e girou o conteúdo, até que pegou um punhado de papéis, julgou para o alto, deu um giro e pegou um deles ainda no ar. Assim que pegou, anunciou com alegria:

— O nosso ganhador dessa belíssima prancha é o número 56! — e estendeu o número ao alto — venha ganhador — e como ninguém se manifestou, passou a ler as qualificações na ficha — Venha Sr. Glauber Bulhões, da cidade de São Vicente, você é o nosso ganhador.

As pessoas se entreolharam por um tempo, até perceberem que o felizardo estava ausente para sua infelicidade. Daí começou um coro uníssono "outro, outro, sorteia outro".

— Bem, sendo assim, vamos ao próximo número!

Mais algumas firulas e o próximo número estava nas mãos da lenda.

— Esse aqui é um figurão hem, não dá para entender muito a letra, mas parece que ele é da Praia Grande e mora bem aqui na frente. Deve ser da cobertura desse prédio... — ele se esforçou para continuar lendo — amigo, sua caligrafia é desafiadora, então vou chamar pelo número que é.... 121!

— SOU EU!!! — a voz de Pedro saiu assim sem ele perceber, em alto e empolgado som. Ele olhava para as pessoas e dizia — sou eu, dá para acreditar? Que loucura?

A multidão foi empurrando ele até o palco para receber seu prêmio e ele subiu as estruturas metálicas incrédulo.

— Aí sim meu amigo, esse é *surf*ista raiz, só de bermuda e mochila, me lembra meus tempos antigos. Parabéns viu — e entregou a grande prancha para o rapaz, que nem sabia segurar ela direito — fala algo para a galera — e passou o microfone.

— Bem eu... eu sempre quis ser sorteado para alguma coisa e cá estou eu, muito feliz porque agora vou conseguir fazer um teto com a prancha para não chover em mim de noite e depois posso usar o teto para flutuar aqui na praia. Achei bem legal.

— Esse cara é uma figura! — Salazar olhou nos olhos verdes de Pedro, que pareciam rubis naquele dia — Parabéns, meu amigo! Que essa prancha lhe sirva bem, viu. Você parece aquela moça que organiza o evento — e virou-se para a locutora do evento — sabe, Jéssica, aquela que sempre está conosco, dos olhos verdes, mas que não veio hoje... enfim, esqueci o nome. Vai lá, meu amigo, brilha!

Pedro ficou bem curioso com o que ouviu sobre a moça da organização e como o evento continuou a todo o vapor, decidiu esperar tudo acabar para falar com o Salazar, o que não foi muito esperto da parte dele, pois, sendo a estrela que era, o *surf*ista precisou partir para novos compromissos tão logo a próxima bateria começou, mas isso o rapaz só perceberia ao final.

A bateria principal logo se iniciava e, sem qualquer noção do que estava fazendo, Pedro decidiu por entrar na água junto, munido de sua prancha nova. Foi olhando o movimento dos outros na prancha e remando até passar a arrebentação e até chegou com a respiração mais tranquila do que a maioria dos concorrentes. Demorou até que se percebeu que Pedro não era um dos competidores, mas como lá estava, lá ficou.

Olhar a cidade de dentro do mar é uma experiência fantástica. Uma perspectiva única que, somada ao balanço da água, à sensação dela cobrindo as pernas e ao sensorial da flutuabilidade da prancha, era certamente melhor do que qualquer vibe psicodélica que possa ter experimentado. Aquilo era a brisa que precisava. Por essa razão, não tinha nenhuma pressa, foi observando os competidores pegarem as ondas, estudando os movimentos e admirando tudo, como se ouvisse música. Em dado momento, vencido pela pressão dos demais, decidiu pegar a onda seguinte. Olhou para trás, viu a formação encorpada de água aumentando e vindo em sua direção, olhou para o lado e viu o outro *surf*ista remar, então imitou. Conforme remava, sentia a sensação única da onda formando-se e o encaixe perfeito dela, que o carregava em uma condução nunca sentida, até que pulou para ficar de pé e sentiu o efeito do *surf* sem parafina. Seu pé escorregou na prancha e ele caiu, rodando muito debaixo da onda. Ele ficou lá por quase um minuto e, como um fantasma, pôde ver Maria olhando para ele, debaixo d'água, tentando lhe dizer algo até que o ar lhe faltou e ele conseguir voltar para a superfície e perceber que sua prancha estava quase na areia. Foi buscá-la.

— Mermão! Se tu encaixa essa ia ser massa demais! — disse um surfista de *dread*, absolutamente desconhecido — pega essa parafina aqui que é da boa.

Pedro passou a parafina sob supervisão e voltou para o mar sem demonstrar desânimo ou cansaço algum. Estava enfeitiçado com aquela nova sensação e aproveitaria ela o máximo que conseguisse. Atravessou a arrebentação com mais habilidade do que da última vez e tornou a observar todo mundo, aprendendo com os movimentos dos profissionais que eram anunciados no microfone. Agora ele sentia muito mais estabilidade na prancha, já que tinha passado a parafina e, tão logo a oportunidade apareceu, pegou a primeira onda. Essa era quase tubular, uma raridade na região, então foi observada com muito entusiasmo por todos. Em sua primeira tentativa, Pedro pulou de pé na prancha e quase se desequilibrou de novo, mas conseguiu manter-se. Encaixou o quadril, como tinha visto os demais e fez o impossível. Em um movimento complexo, Pedro deu o mais alto aéreo visto naquela competição. A manobra causou frisson em todo mundo, como se fosse a final da Copa do Mundo. Ele era anunciado no microfone e nem ligava para isso, era como se todo aquele talento tivesse sido herdado geneticamente.

O campeonato tinha acabado, mas Pedro não tinha saído do mar. Ele só o faria muito mais tarde, quando seu corpo já não lhe permitia mais nenhum movimento. Até lá a sensação era da maior lucidez possível. Concatenava várias ideias, formulava pensamentos complexos e pensava em suas mães.

—"Será que é possível que essas águas me conectem com minhas antigas gerações? Ou mesmo que, se minha mãe um dia entrou aqui, ela possa ter tido, de alguma forma, um contato comigo? Ah, que vontade de ter comigo toda essa água quando aquele fogo me tomou tudo e quando tudo o que eu tinha era o que eu chamava de não ter nada." O pensamento ia longe.

Quando finalmente deitou na areia, Pedro se pôs em cima da prancha e dormiu o sono dos reis e sonhou o sonho que lhe perseguia há tempos. Naquela semana, um jornal local chamado Giro da Região anunciou "jovem desconhecido ganha sorteio de prancha e arrasa competidores no Campeonato Regional de Surf". Pedro nunca veria a matéria, mas sua foto estava estampada, em preto e branco, segurando a prancha e ladeado por uma das lendas do *surf*.

Não demorou muito para que Pedro perdesse a posse da prancha, já que é muito custoso para um andarilho carregar um objeto tão grande por muito tempo. Ele a trocou por uma barraca azul que cabia na mochila, alguns trocados, outros objetos irrelevantes e um almoço. Sua prodigiosa carreira no *surf* acabaria ali, mas não sem que tivesse mostrado ao mundo sua essência e que o mundo lhe devolvesse uma de suas melhores experiências.

CAPÍTULO

Descendo a Serra

Em frente ao calçadão, na altura da viação, uma placa puída com o escrito "Clayton & Sinclair - Escola de Surf" indicava a mais tradicional loja de pranchas, escola de *surf* e de aluguel de pranchas da cidade. Ao passar pelas duas tochas apagadas que enfeitavam a entrada, logo se avistava um corredor de pranchas para aluguel e um display de pranchas novas para alienação. Logo ao final, depois do balcão, na parede amarelada, podia ser visto um quadro com a fotografia de um homem de aproximadamente quarenta e cinco anos, vestindo uma camiseta florida, apoiado em uma prancha na praia, bem em frente à loja. No canto inferior do quarto estava escrito "Clayton - 1965 - 2010". A prancha era a Rebeka.

No balcão, uma mulher de cabelos loiros queimados e olhos agora verdes, se esgueirava para identificar para qual prancha seu cliente apontava e, com muita habilidade, explicava ao rapaz que aquela prancha não era a indicada para ele por uma questão de flutuação e aerodinâmica.

Lígia tinha se tornado uma hábil vendedora desde que seu sócio Clayton faleceu em dois mil e dez, após um infarto repentino. "Ele era a alma desse negócio e também meu mentor. *Por fim, foi meu sócio*", dizia ela aos que perguntavam sobre a pessoa no quadro.

Já haviam se passado trinta anos desde o fatídico dia em que deixou um pedaço de si para trás. Agora, aos quarenta e cinco anos, em um novo verão, Lígia era uma mulher solitária. Seu pai também tinha falecido de infarto, dois meses após entrar na reserva remunerada do Exército. Sua mãe, logo após, foi morar com as irmãs em Santa Catarina e nunca mais entrou em contato com a filha. Sua rotina era quase sempre a mesma. Acordava às cinco horas da manhã com o miado de sua gata pedindo comida, tomava café, corria na praia, ia para a loja e voltava para casa no final do dia. Seu hábito de leitura permanecia intacto. Ela o praticava após às vinte horas e dormia na sequência. A leitura e o mar foram as poucas coisas que restaram da antiga Lígia. Aliás, o mar, os livros e a pulseira que ainda usava no tornozelo. Uma versão mais nova e arrojada, mas já não usava para chamar atenção de um olheiro do *surf* ou coisa parecida, apenas porque tinha virado um hábito. Quanto à leitura, há alguns anos tinha adquirido o hábito de ler apenas autoajuda e romances atuais, deixando de lado toda a densidade da alta filosofia que costumava ocupar suas prateleiras.

Após dispensar o cliente para quem tinha vendido uma boa prancha, entrou na loja um senhor bastante grisalho, vestindo uma blusa cinza bastante surrada, *shorts* velhos e descalço. Os poucos dentes da boca marcaram um sorriso ao ver Lígia. Ele cheirava muito mal, mas saiba você que essa era uma característica relevada por ela a esse tempo.

— Dona Lígia, bom dia. Será que você pode me arrumar um trocado para almoçar hoje?

— Seu José, eu não consigo todo dia. Assim vou acabar quebrando... — ela respirou fundo — está bem, vai lá na padaria do Almir que eu vou mandar uma mensagem para ele colocar na minha conta hoje, mas não abusa.

— Obrigado, Dona Lígia — disse se debruçando como em um cumprimento assemelhado ao japonês — se existir céu, ele com certeza é para você.

Lígia riu por dentro. Não pela expressão pitoresca, mas porque tinha certeza de que não poderia pisar no céu. Aliás, se existisse justiça, não iria.

O homem deixou a loja e Lígia passou a rolar a barra de contatos para avisar o Senhor Almir que poderia liberar o almoço para ele em sua conta. Ao passar os contatos, esbarrou em um de nome. "Adriano Cliente". Não era o Adriano de trinta anos atrás, era apenas alguém alheio, mas foi nele que ela pensou naquele instante. Já fazia tempo que não pensava e, por isso, ficou muitos minutos parada com o celular na mão, mesmo depois que o aparelho parou de emitir luz.

Lígia é anacrônica quando se trata de tecnologia. Nunca se acostumou com as possibilidades oferecidas pelos *smartphones* ou com as interações das redes sociais. Talvez por sua deficiência de socialização. Certa feita, quando Victor foi visitar a loja, um dos poucos amigos antigos que ainda nutria, chegou a dizer que ainda preferia enviar cartas pelo correio, como costumava fazer nos anos noventa. Um pensamento que não se encaixava nada na Praia Grande de 2025.

A cidade agora contava com quiosques modernos, que se destacavam no calçadão e ornavam com monumentos intocados em formatos diversos. Um castelo, o fundo do mar e até bolinhos eram formatos dos monumentos que enfeitavam a faixa de calçada. Nem mesmo o calçamento dos anos noventa tinha sido preservado. O ladrilho ao estilo Ipanema deu lugar a um calçamento mais clean, branco e bege em alguns lugares. Um tom avermelhado em outras partes. O *shopping center* estava expressivamente maior. Um Palácio das Artes, novas empresas, ruas asfaltadas e muitos, muitos turistas.

Outras coisas continuavam iguais. Uma delas era o trânsito nos finais de semana e feriados. Ligia odiava isso.

O transe dela só foi interrompido com o som da mensagem de Almir, perguntando se deveria mesmo colocar aquele almoço na conta dela. A mensagem dizia: — *"Minha filha, você não é super-heroína para querer mudar o mundo sozinha. Se realmente quiser colocar mais essa na conta, me avisa."*. A resposta foi: — *"Fazemos um pouquinho de cada vez. Coloque, sim, por favor."*.

Sucesso de vendas

Uma motocicleta preta, carenada, de muitas cilindradas, se destacava bastante dentre os veículos que estavam descendo a serra da Imigrantes naquele domingo. O piloto estava completamente equipado, com protetores de joelhos, roupa esportiva e capacete especial. Fazia questão de aumentar o giro do motor dentro dos túneis, para reafirmar a potência daquele monstro que domava com facilidade, cortando os carros que ousavam estar à sua frente naquele percurso.

Às vezes, alguns motociclistas até tentavam competir com ele, emparelhando suas motos e lançando provocações para uma disputa, mas ele era definitivamente implacável. Dentro do capacete, fones reproduziam o álbum *Meteora* da banda *Linkin Park* e a energia pulsava, como se o ritmo das músicas também ditasse a dinâmica do motor.

Na parte do percurso fora dos túneis, devido à completa ausência de nuvens e ao resplendor de um sol digno dos melhores dias de verão, era possível assistir ao espetáculo da paisagem quase completa da Baixada Santista, desde as fábricas em Cubatão até o alto mar depois do porto.

Adriano continuou o percurso em alta velocidade até a entrada da cidade. Já fazia vinte e oito anos que não pisava em terras praia-grandenses e precisava acompanhar com calma as mudanças e relembrar os caminhos. Por isso, tão logo entrou na cidade, avançou pela Avenida Marechal Mallet até a Fortaleza de Itaipu. Ficou maravilhado com a quantidade de bares e restaurantes que estavam funcionando naquele espaço, com as grandes marcas que tomavam conta do lugar e com o fluxo de pessoas no Canto do Forte. Depois, passou a fazer o percurso na avenida da praia, prestando atenção nas meninas jogando futevôlei nas inúmeras quadras de areia.

Ele parou na primeira padaria que achou para tomar café. A Padaria do Senhor Almir, imediatamente em frente à praia. Não era o tipo de lugar que Adriano frequentaria em São Paulo. Seus pais tinham tido bastante sucesso em suas empreitadas e Adriano não foi diferente, além de herdar muito dinheiro e influência, soube fazê-lo se multiplicar. Morava em uma bela casa no bairro Jardins e trabalhava em uma multinacional na

Avenida Faria Lima. Era uma figura típica da elite paulista, com bom gosto para o teatro, vinhos e restaurantes. Por isso o *pit stop* naquela padaria não era bem parte de uma rota natural para ele.

Todos olharam enquanto o homem balizava aquela moto enorme, causando frisson nos jovens que estavam no calçadão. O motor desligou marcando o silêncio após todo aquele turbilhão e a moto parecia um animal poderoso descansando após uma corrida selvagem. Ele tirou o capacete, revelando seus cabelos desalinhados e colocou seus óculos escuros em um movimento preciso. Adriano ainda era um homem bonito, apesar de seus quarenta e cinco anos.

Enquanto o homem avançava pelo comércio, muitas lembranças da adolescência ocupavam sua mente. O cheiro das porções fritas, a perspectiva dos guarda-sóis olhando por dentro da padaria, a forma com que alguns carros passavam devagar, ora para serem percebidos pelas meninas no calçadão, ora para deleitar a vista, quase sempre com pessoas sem camisa dentro, escutando músicas em alto volume. Uma grande nostalgia.

— O que vai querer, senhor? — disse um garçom que não tinha mais idade do que uma debutante.

— Um *Cold Brew* e um misto no pão de forma sem casca, por favor

— Só tem pão normal, senhor. E não temos esse refrigerante — disse o garoto olhando para seu bloquinho de anotações.

— Não é refrigerante, é café feito em infusão de água fria... bem, deixa para lá. Me vê um expresso e o misto no pão normal mesmo — disse Adriano impaciente consigo mesmo por não perceber que não poderia esperar um *Cold Brew* naquela padaria, mas não deixou de achar graça na expressão "pão normal".

O homem comeu de garfo e faca e não se incomodou com os olhares.

Enquanto comia, como a televisão estava muda e ainda que tivesse volume, preferia contemplar a paisagem, passou a observar as pessoas conversando, e não demorou muito até que notasse o senhor Almir insistindo para um andarilho de que não deveria mais colocar almoços na conta de uma tal senhorita.

— Mas ela deixou, seu Almir. Pode perguntar pra ela — suplicava o velho.

— Você faz pouco caso da bondade daquela moça. Fosse eu, já tinha te expulsado a tapas. Arrume outra pessoa para pagar seu almoço — e o velho Almir bateu no balcão ao final da frase.

Adriano não entendeu muito aquele contexto. Nem o porquê de almoçar tão cedo, nem a reação do dono da padaria em não deixar o andarilho receber a doação da tal moça. Fez um gesto com as mãos para o alto, como quem chama a atenção do garçom para pedir a conta e logo disso em voz alta.

— Coloca esse almoço dele na minha conta. Pronto. Que mesquinharia — e se preparou para algum afago do público que assistira à cena. Não houve.

Ao sair da padaria, resolveu caminhar um pouco pela calçada, para ver se lembrava de algo mais. Tamborilava os dedos pelo capacete enquanto caminhava, já prevendo a excitação de avistar algo conhecido e encontrou algo familiar. Não o comércio, mas o nome escrito nele *"Clayton & Sinclair - Escola de Surf"*.

O limiar de um passado não esquecido

Adriano entrou no comércio sem rodeio algum. Caminhou por entre as pranchas prestando atenção nos detalhes de cada uma delas. Parou em frente a uma enorme prancha de *stand up* e, sob pretexto de admirá-la, ficou parado, inerte, absorvendo todas as lembranças que aquele ambiente trazia, começando pelo cheiro almiscarado até a textura da resina das pranchas. Era como uma silenciosa e bastante efêmera viagem no tempo, cujo gatilho fora acionado por mero acaso.

— Senhor Clayton? — arriscou ele em um chamado baixo, olhando por entre as pranchas — bom dia, tem alguém na loja.

Ao entrar no corredor principal e fitar o balcão, foi atingido pelo olhar fulminante da moça que já estava lá, esperando pelo contato visual. O olhar de Lígia era uma lâmina mortal que impediu de pronto o desenvolver do diálogo que Adriano pensava em seguir. Ela o tinha reconhecido tão logo passou as tochas apagadas da entrada e passou os primeiros momentos em pleno choque, como quem acaba de se vitimar em um acidente em alta velocidade. Mas se recuperou a ponto de poder transmitir seu sentimento pela face antes dele aparecer. E o sentimento não era bom, como podíamos supor.

— Há muito não tem um senhor Clayton aqui. Ele morreu em um passado inatingível, foi engolido pela areia dos tempos como os chinelos perdidos na praia o são pela areia com o vento. Nada, nem ninguém, pode trazer ele ou mais do que a lembrança daquele tempo de volta e nem deveria ousar tentar. Portanto, se não está aqui para comprar uma prancha cara, não tem o porquê de não atravessar as tochas de volta para fora, pois não — e apontou a saída com o olhar

Evidentemente essa recepção não era a esperada por ele e podemos dizer que nem por ela, que sequer supunha vê-lo, tão menos no mesmo dia em que passou tanto tempo olhando para o celular e lembrando do passado. As lembranças para ela, como bem sabemos, não eram agradáveis.

— Lígia? É você? — perguntou com certa indignação e surpresa.

— Saia agora, nunca houve razão para se lembrar de mim ou dessa cidade, não será agora — exclamou a sentença como uma resposta que estava guardada há mais de vinte anos esperando para ser acionada, apesar de bastante prematura ao encontro.

— Você continua mimada — disse ele se irritando com o que ouviu, mas ainda tentando entender aquele turbilhão de informações.

Adriano saiu da loja e voltou para a sua moto. Foi para o apartamento que tinha alugado, ali próximo, em frente da praia, e sentou na majestosa sacada gourmet que permitia uma visão privilegiada para o mar. Apesar do espetáculo à sua frente, sua mente não estava ali. Estava há muitos anos no passado. Estava nas ondas que pegava naquela praia, nas dicas de seu mestre falecido, nos passeios na *Big Pointer*, no Travessia, na pista de skate e na molecada que o seguia pela cidade. Por fim estava em Lígia e nas lembranças dos primeiros selinhos na praia, nas lembranças dos passeios juntos, na briga, e na noite do apartamento. Pensou bastante na noite do apartamento, aliás.

Em verdade, Adriano ficou bastante sentido por não receber carta alguma de Lígia quando voltou para São Paulo no ano de noventa e cinco e não fez questão de ser o primeiro a enviar. Logo as aulas iniciaram e aquelas palavras ditas por Rafael foram aplicadas a Adriano e não a Lígia. Como vimos, novas pessoas e interesses entraram na vida de Adriano, que já nem se lembrava do apelido de Drico. Os verões seguintes foram desfrutados em outros locais. Litoral Norte, Rio de Janeiro, no Nordeste do Brasil e muitas outras vezes na Europa. Aos poucos a lembrança de Praia Grande esmaeceu como o amor que sentia por Lígia.

Os pais de Adriano tiveram amplo sucesso financeiro em sua jornada. Diferente não foi com Drico, que aproveitou da educação de ponta que teve nos colégios caros da capital e dos contatos que desenvolveu na faculdade de economia da Fundação Getúlio Vargas, para ampliar sua empresa na Avenida Faria Lima.

Por tudo isso, era bastante difícil para Adriano entender o sentimento reprimido que Lígia ainda nutria por ele, como se tudo aquilo fosse há dois dias e não há vinte e tantos anos. Será que ele tinha sido a única pessoa que a mulher conheceu na vida ou que ele tinha feito um grande mal para ela sem perceber? Será que ele tinha ofendido as gerações dela ou mesmo desonrado o esporte? Bem, ele tinha que descobrir isso.

Quando anoiteceu, Drico, que tinha passado o dia inteiro dormindo no apartamento, foi até a varanda e deu sequência em um mau hábito que tinha adquirido há não muito tempo e que não era condizente com seu estilo de vida. Pegou no bolso da jaqueta de couro um saco de fumo importado e umas duas sedas. No outro bolso o aparato necessário para aquele artesanato. Começou a enrolar o fumo enquanto olhava as luzes da cidade que formavam uma bela paisagem. Enquanto fumava e encarava a paisagem noturna, lembrou-se da primeira e única vez em que tivera relações sexuais com Lígia e em cada detalhe de como foi e que, por já termos falado muito sobre, não voltaremos aos detalhes, mas cujos sentimentos despertaram Adriano em vários aspectos. E foi nesse despertar que ele resolveu descer do prédio e procurar por Lígia novamente. Aliás, dessa vez realmente procurar, pois o encontro anterior fora mero acaso.

Passeio pela Avenida Mallet

Apesar do nome da cidade, não é incomum que as pessoas, ao encontrarem amigos e familiares pelas ruas, digam algo como "vejam só, que cidade pequena" ou "essa cidade é um ovo", referindo-se a coincidência de acertar o exato momento que tal pessoa estaria nesse exato ponto dentro dos 149,65 km² de área da Praia Grande. E é dentro dessa lógica que Adriano se expressou da seguinte forma, quando se deparou com Lígia na Praça do Canhão, no Canto do Forte, sentada e olhando para o mar naquela noite quente.

— Meu Deus, coincidência das grandes para uma cidade tão pequena, não acha? — disse-lhe procurando espaço ao lado nela no banco.

— Não acho, na verdade. É muito lógico encontrar alguém conhecido nos pontos mais visitados da cidade. Ficaria mais surpresa se nos encontrássemos em uma rua do meio da cidade — Lígia tagarelava tentando evitar assuntos mais desconfortantes.

— Acho que você pode ter razão, afinal — ele se rendeu.

A busca não foi extraordinária, na verdade. Era muito provável que, do lugar em que ele estava hospedado, esse fosse o ponto mais próximo para ir e, no caso dela, já era de costume estar por lá. O diálogo continuou de maneira superficial, como se ambos estivessem tateando as possibilidades de conversa antes de agirem normalmente.

— Sabe, essa cidade mudou muito desde a última vez em que estive aqui. Nem a calçada permaneceu a mesma.

— Nem as pessoas né?

— É... — e ambos ficaram em silêncio por uns dez segundos — eu tive a impressão de ter muita coisa nova na Avenida Mallet, você me recomenda algo por lá?

— Sim, há muito de novo ali. Está tomada por novos comércios e virou uma referência gastronômica. O que você está procurando?

— O que acha de comer massa?

— Você está me chamando para sair?

— Não... eh... digo, sim. Queria sua companhia para jantar, se não tiver problema — Adriano estava desconcertado.

— Não garanto que vou ficar, mas te acompanho até a Mallet.

Já tinha sido um passo e tanto conseguir que Lígia o acompanhasse pela avenida. Por um bom período da caminhada inicial, ambos ficaram em silêncio, aguardando que o outro retomasse a conversa. Eles passaram em frente à Fortaleza de Itaipu e depois desceram a avenida pela calçada. A mulher tinha um conflito interno em sua mente, não só durante o trajeto, mas desde que Adriano reapareceu na cidade. Ela nunca tinha tido a oportunidade de falar para ele sobre a gravidez, sobre a criança e os desdobramentos com ela, obre como foi difícil crescer enfrentando os traumas que sofreu — e sobre tudo o mais que se sucedeu desde o fim daquele fatídico verão. Por outro lado, ela se perguntava se ele realmente merecia aquele contato e a reaproximação dela. A velha luta entre a razão e o coração faiscava como de costume, até que ela percebeu estar próxima do restaurante que indicaria a ele.

— Bem, se quer massa, esse é o lugar indicado para você Sobre como foi difícil crescer enfrentando os traumas que sofreu — e sobre tudo o mais que se sucedeu desde o fim daquele fatídico verão. Ela disse fazendo sinal para que ele entrasse no local:

— Você vem?

— Bem... — ela exitou — eu não sei se devo — as faíscas da velha luta refletia em seus olhos.

— Seria bom ter você aqui nesta noite, acho que temos tanto a conversar.

Ela o encarou por um momento, mas entrou sem dizer nada. Sentaram-se à mesa e ele se adiantou pedindo vinho e macarrão para os dois. O restaurante era pequeno, quase escondido entre os demais comércios da avenida, mas nele havia um charme que dispensava grandes propagandas. As mesas de madeira simples eram dispostas uma perto da outra e sobre cada uma repousava um vasinho enfeitado, assim como o menu. As lâmpadas amarelas desciam penduradas em um fio preto que se originava do teto, produzindo uma luz morna e suave, que dava ao ambiente um tom de sala de estar. De uma caixinha de som escondida, escapava, em tom bastante encaixado, músicas de uma playlist muito bem selecionada. Nada disso superava o aroma do ambiente, que era uma mistura de massa fresca com molho de tomate e manjericão.

Foi nesse cenário que os dois passaram a tagarelar muito sobre suas vidas até aquele momento e, quem tivesse visto a antiga cena no bar Travessia, até arriscaria dizer que as duas fotografias eram muito próximas.

Apesar do primário assunto leve, o que Lígia precisava revelar era de maior importância e em algum momento do jantar ela se precipitou sobre a mesa, encarando o rapaz com mais seriedade do que na fala anterior e disse:

— Adriano, tem uma coisa importante que preciso te falar sobre aquele verão.

Ele correspondeu em seriedade, como se já imaginasse o peso de tudo o que viria sobre ele. Os olhos dele fitaram o transitar de cor dos olhos de Lígia e então ele assentiu com a cabeça, rendendo-se a informação que inevitavelmente tiraria a leveza do ambiente.

— Lembra-se da noite depois do Travessia?

— Não poderia esquecer, já que foi a última vez em que te vi.

— Pois bem, eu esperei seu contato depois disso e nunca veio. Você devia imaginar como meus pais eram. Eles me deixaram de castigo por um bom tempo, depois que passei aquela noite fora sem avisar. Hoje eu os entendo... mas não é esse o ponto — ela exitou e ele aproveitou o momento para interromper.

— Eu não sabia disso, achei que não queria mais me ver.

— Não, eu queria. Mas veja, há algo mais importante... depois de algumas semanas desde aquele dia, eu comecei a passar mal e fui ao médico e então descobri que estava grávida...

— Grávida!?! Eu tenho um filho? — exclamou ele, de modo que todo o restaurante parou para olhá-lo por um instante.

Lígia apertou os lábios e demorou para responder. Quando o fez, foi só um aceno de cabeça em sentido negativo.

— Eu não estou entendendo, o que houve? — Adriano estava eufórico.

— Eu escondi essa gravidez de todos, por medo e por outras coisas que eu já nem sei mais. O ponto é que, frágil como eu estava, eu pensei em abortar a criança e poupá-la das desgraças desta vida... — ela o antecipou — eu sei, eu sei, eu era apenas uma criança, presa em pensamentos que não compartilhava com ninguém.

— Lígia, você não...

— Não... eu não fiz, não pude no final. Ele nasceu, mas eu o abandonei para a sorte e tentei tirar minha vida logo depois.

Adriano levou a mão à boca, como quem tenta sufocar as palavras e refletir sobre um mundo de coisas ao mesmo tempo. Como poderia a pequena Lígia fazer algo dessa monstruosidade com a criança e consigo próprio? Como poderia ela tê-lo alijado de toda essa informação por tantos anos e mais, como ela suportou tanto sozinha?

O silêncio foi ensurdecedor e logo eles perceberam que a conversa era compartilhada com algumas outras pessoas, que já estavam prestando atenção desde que ele havia exclamado pela primeira vez. As pessoas adoram uma tragédia alheia, então era preciso sair daquele clima constrangedor. Ela mesma se levantou e foi pagar a conta, enquanto ele permanecia atônito em seu assento. Assim que pagou, ela acenou para que ele também saísse e uma nova caminhada muda se iniciou até a praça novamente.

— Sabe, de alguma forma, parece que tirei um pouco de um peso enorme que carrego há tantos anos. Eu precisava falar sobre isso em algum momento — os olhos dela estavam úmidos.

— Compartilho esse peso com você agora e nem imagino o tanto que você teve que aguentar isso ao longo desses anos. Mas me diga, o que aconteceu com a criança?

— Eu simplesmente não sei. Isso me mata um pouco todos os dias e cada vez penso mais nele, mas juro que não sei. Fui salva depois de me atirar na água no Portinho e não lembro muito depois... — os olhos enfim inundaram e ela chorou mais de vinte anos de pensamentos suprimidos, tudo com a cabeça amparada no peito de Adriano que, sem que ela visse, também derramava lágrimas pensando em toda a história do qual se ausentou por motivo algum.

As ruas estavam cheias como normalmente acontecia nos verões, as pessoas passavam olhando para o casal chorando em pé, ao lado do banco da praça. Eles já estavam constrangidos, como se cada pessoa que passava soubesse do conteúdo inteiro da conversa e os tivesse julgando por seus crimes morais. Por essa razão Lígia não se opôs ao convite de Adriano:

— Então, vamos para o meu apartamento?

Os lençóis de seda trouxeram um conforto incomum em Lígia, que abria os olhos somente para perceber que eles estavam pesados demais para seguirem abertos. O travesseiro proporcionava um encaixe perfeito e ela dormia com os braços debaixo dele e a cabeça apoiada no braço dormente de Adriano.

O levantar derradeiro apenas veio após um sonho inesperado. Estava Lígia de volta na estrada do Portinho, com o bebê no colo, com a mantinha e o chaveiro. Ela ia andando até perceber que a mantinha pingava sangue e, ao tirar a parte que cobria o rosto da criança, esta lhe encarava com olhos cinza crômio e uma carocha séria e julgadora, como quem diz "você me matou". Lígia agachava e caía em prantos e pedidos de desculpas soluçantes, mas uma senhora vestida de branco lhe tomava a criança do colo e a levava, deixando cair a manta e o pingente.

Não um desprezo, mas certamente uma repulsa por Adriano, impulsionaram Lígia a levantar em desaviso. Vestiu suas roupas, passou pela cozinha, fez uma única xícara de café, tomou e apanhou as chaves que estavam sob o móvel da sala. Para sair, colocou a chave na fechadura com bastante suavidade e foi girando devagar para não fazer ruídos, tal como o mesmo casal havia feito há muitos anos, para que ela saísse sem que os pais de Adriano notassem. Isso causou divertimento a ela, mas não o suficiente para que a fizesse desistir da ideia.

Não que ela não quisesse estar lá, tão menos que pretendesse uma fuga sem retorno, mas precisava tomar um ar e decidir por si o que faria em relação a Adriano e ao sentimento em relação ao inominado filho. Por isso, tão logo passou a portaria, avistou o dia ensolarado que se formava, destacando seus olhos verdes rubi naquele momento. Foi andando pelo calçadão até chegar na banca de jornais do senhor Roberto, até então desconhecido por ela.

— Tem jornal de hoje?

— Acho que tenho até do mês passado — brincou Roberto, que estava animado naquela manhã — poucas pessoas compram jornal hoje em dia. É tudo nesse tal de *online*.

— Deve ser difícil sustentar uma banca de jornais hoje em dia, né? — suspirou Lígia, que podia sentir a dificuldade do velho senhor.

— Pois é, tivemos que nos reinventar. Hoje vendo essas balas, jornais, revistas, jogos e até uns livros, tipo esses da Família Sterque — e apontou para uma coleção.

— Que legal que você os conheça! Eu adoro as histórias. Deixa ver se há algum que eu ainda não tenha e, caso haja, vou comprar.

— As histórias são o sal dessa terra. No outro dia, na presença de uma Sterque, tive a satisfação de encontrar um garoto que achei ter morrido quando era bebê no Portinho, foi bem emocionante.

O coração de Lígia quase parou ao escutar essa frase.

— O que disse?

— Foi bem emocionante — Roberto disse mais alto, pensando que Lígia poderia ter a mesma deficiência auditiva que ele.

— Digo, sobre a criança que salvou há muitos anos.

— Não salvei ninguém... bem, não a criança. Enfim, estranhamente as pessoas têm me perguntado muito sobre isso ultimamente. Mas vamos lá, eu era um pescador e vi uma garota pular na água no Portinho em uma madrugada fria, aí pulei para salvar ela. Ela tinha..

— Olhos diferentes... — e o verde rubi dos olhos de Lígia deram lugar a um cinza-escuro, que combinava com as lágrimas que se formaram no canto de seus olhos — Era isso?

— Meu Deus! Isso não é possível, era você? — Roberto também estava chorando e precisou se sentar no banquinho em frente a banca de jornal.

— Era eu sim, não tem como não ser. Achei que nunca encontraria meu salvador daquele dia. É uma sensação verdadeiramente incrível. Eu lhe devo minha vida inteira, cada respiração, cada vitória, cada conquista, foi tudo porque você me impediu de fazer o maior dos absurdos. Eu não sei como nunca nos falamos, já que certamente cruzamos nossos caminhos tantas vezes.

— A vida tem dessas, menina. Mas pelo menos vocês estão bem.

— Nós? — indagou ela ainda sem compreender e ainda com um sorriso molhado de lágrimas.

— Sim, você e o garoto, né?

— Ah não, senhor. Infelizmente eu nunca mais o vi. Tem sido meu martírio desde então.

— Bem, achei que poderia já saber. Vou te falar uma coisa importante. Sente-se, querida — e puxou o outro banquinho que estava um pouco mais para dentro da banca — sente-se aí — disse imperativamente.

Lígia estava bastante intrigada com tudo aquilo e o misto de emoções não permitiu que ela negasse a gentileza do Senhor Roberto, de modo que ela sentou e, sem dizer nada, fixou os olhos nele como um sinal para que ele desenvolvesse o que tinha para dizer.

— Menina, seu filho está vivo!

Foi como um raio fulminante. Aquelas palavras vieram sem nenhum arremedo, sem alegorias ou preparações. Depois de vinte e tantos anos, descobriu, sem mais nem menos, que sua prole estava viva e ainda pelas terras de Praia Grande.

— Vivo?

— Sim, vivo e por aqui. Mas saiba que ele vive em agonia, trata-se de um andarilho que pede dinheiro aqui e acolá para sobreviver e que ainda procura pela mãe, como me disse.

— Como ele é?

— Não muito diferente de você, mas bastante maltrapilho e com barba. Mas os olhos... definitivamente são seus olhos.

— Por onde eu encontro ele, você tem essa informação?

— Eu não tenho, infelizmente. Eu só o vi uma única vez, quando ele veio buscar informações sobre você, porque escutou do meu sobrinho que eu tinha salvado uma mulher no Portinho há muitos anos.

— Ele te disse o nome dele?

— Nem lembrei de perguntar.

— Sabe para qual direção ele foi?

Moça, além de não lembrar, essa informação seria pouco útil, não é mesmo? Já faz muitas semanas. Faz assim, aqui está o telefone do meu sobrinho, conversa com ele e vê se ele tem mais informações sobre isso, tudo bem?

— Tudo bem. Agora lhe devo duas vidas, não é mesmo? — Lígia pôs um sorriso no canto da boca e lançou um olhar de gratidão, daquelas que se sabe nunca ter crédito o suficiente para poder pagar.

— Paga para o mundo, menina, para o mundo.

Como vemos, até uma pequena cidade pode guardar segredos em lugares tão próximos que nunca pensaríamos em procurar. Uma banca de jornal que estava diariamente sob a vista de Lígia, continha a informação mais preciosa que ela poderia obter naquela manhã. Agora sabia da existência de Pedro, mas não sua localização ou seu nome.

A intrigante hipótese de uma família permeou a mente de Lígia. Ela sentou-se em um dos bancos vagos do calçadão e, olhando para o mar, começou a imaginar como seria uma convivência familiar de todos eles. De repente, estava em uma grande casa de paredes brancas, sentada em uma mesa redonda com muitos itens de café da manhã perfeitamente compostos. Croissant, bolo, suco de laranja, manteiga e várias louças e talheres. Ao seu lado direito estava Adriano, vestindo camisa e gravata, como quem está para sair para o trabalho. Ela percebeu-se de camisola rosa e um *shorts* de pijama. Ao seu lado esquerdo estava um rapaz, cujo rosto podemos dizer que era até próximo do de Pedro, sem barba, com o cabelo perfeitamente alinhado para o lado e com um grande sorriso composto por dentes perfeitamente brancos. Todos se abraçaram e demonstraram carinho. A imagem, no entanto, se desvaneceu com a realidade que gritava naquele instante. Somente o mar estava diante de seus olhos.

Lígia tinha que decidir agora se contaria para Adriano, se ambos fariam parte dessa busca juntos e se, no final de tudo, seriam de fato uma família.

Decepção

Outras cinco manhãs acordando sob o etéreo daquele lençol de seda e Lígia ainda não tinha contado para Adriano sobre as novidades que soube do filho inominado. Saiba que ela realmente queria contar tudo, mas, no fundo, seu receio era de que, apesar das informações, ela não o encontrasse ou que, o encontrando, ele não a quisesse por perto e pior, sabendo de suas condições, que Adriano o rejeitasse. Decidiu então investigar um pouco mais, até que estivesse pronta para falar, talvez com uma informação completa, ou mesmo com a presença do filho.

Como nas últimas duas manhãs, tão logo Lígia venceu a preguiça e se levantou, deparou-se com seu amado preparando o café da manhã sob a bancada de mármore da cozinha americana. Ela nem teve tempo de ver o céu na sacada e já foi convidada para se sentar.

— Quando você precisará voltar para São Paulo?

— Já quer que eu vá? — disse Adriano sorrindo.

— Não, Drico, é só para eu me programar, sabe. Não quero ser pega de surpresa - ela ia completar dizendo "como da última vez", mas prezou pela paz da manhã.

— Não temos mais dezesseis anos, mesmo que eu vá, eu volto rápido. Mas, respondendo a sua pergunta, preciso ir ver o Piqueri no final de fevereiro, até lá, estou em período sabático.

— O que é um "Piqueri"? E quem cuida das suas coisas no período sabático? — Lígia perguntou em uma natural curiosidade.

— Não é "o que", é "quem". Piqueri é meu advogado. É uma longa história, mas, em resumo, era um garoto que passava muita dificuldade e eu ajudei. Hoje é um excelente advogado e está cuidando de algumas coisas da minha empresa. Tenho uma reunião com ele em fevereiro — ele se esqueceu de completar a resposta, mas ela já estava satisfeita com a ideia de que Adriano ajudou alguém em dificuldade. Isso poderia significar que ele não rejeitaria o filho.

Não seria surpresa se um psicólogo avaliasse que o problema de antecipar possíveis rejeições por parte de Lígia vinha da forma com que foi criada por Marcos e Virgínia, que, por mais que não tivessem realmente esse pensamento, chegaram a dizer que preferiam que ela usasse drogas do que aparecer grávida. Tal trauma nunca deixou de persegui-la.

— Já que eu vou ficar por aqui, bem que você poderia pegar umas coisas suas e passar uns dias aqui comigo, o que acha?

— Drico, nosso filho está vivo... — as palavras escaparam da boca dela como um tiro ou como se ela estivesse em uma crise de síndrome de Tourette.

— Do que está falando?

— Olha, eu sei há alguns dias, mas não tinha certeza de como você reagiria, mas tive informações de que ele passa por muitas dificuldades, pois mora na rua e que tem olhos iguais aos meus. Eu quero encontrar meu filho! — essa última parte pareceu uma súplica.

Não havia razões para não se contentar com a informação, senão pela parte de como a vida do rapaz tinha possivelmente sido até ali.

O mesmo sonho de uma família perfeita invadiu Adriano e eles comemoraram juntos naquela manhã, ele pela notícia e ela pelo alívio da reação dele. Restava agora buscar as coisas na casa de Lígia no bairro da Guilhermina. Ela insistiu que buscaria sozinha, já que o rapaz tinha uma moto e que, a depender do tamanho da mala, a viagem ficaria inviável. Mas o moço se fez de cavalheiresco e insistiu em pagar um motorista de aplicativo para que ambos fossem de carro. Seu interesse, para além de ajudá-la, também era rever a casa que nunca chegou a entrar, já que na adolescência apenas passava pela frente. Seus gostos e segredos.

Dez minutos depois, o motorista chegou e os conduziu para lá.

A estrutura da velha casa não tinha mudado muito, mas a decoração sim. Desde que passou a morar sozinha, Lígia tinha deixado a casa no seu gosto. A sala tinha vários nichos espalhados, que suportavam coleções de livros, algumas intocadas. Uma poltrona no canto da sala era iluminada de perto por uma luminária de chão bastante intimista. O problema estava no aparador do corredor. Bem, não um problema para ela, mas certamente para Adriano. O ursinho que Lígia ganhara de Rafael na adolescência era a decoração destaque do aparador e estava posicionado ao lado de um porta retrato em que apareciam os amigos Peter, Victor e Rafael na praia. A mão de Rafael estava posicionada na cintura de Lígia e a dela nos ombros de Victor e Rafael. Adriano não estava nessa foto porque ela foi tirada antes do fatídico verão e ele nunca a tinha visto porque nunca tinha entrado na residência. Naquela época, essa foto ficava no quarto dela.

— Uau, eu sempre imaginei como fosse dentro da sua casa, sabia? — disse ele ainda na porta da entrada.

— Sempre?

— Ah, por um bom tempo sim.

— E como imagina ser? — ela tentava tapar os olhos dele para que ele adivinhasse o que poderia ter lá dentro antes de ver.

— Você deve ter uns quatro gatos — e gargalhou — então deve ter brinquedo de gatos, possivelmente uma estante de livros, uma poltrona e uma televisão grande. Acertei?

Ela tirou a mão da frente de suas vistas.

— E então?

— Olha só, acertei algumas coisas.

— Quase tudo, exceto pelos gatos e pela TV — ela apontou para a parede vazia que indicava que ela não tinha televisão.

— Ué, sua TV está quebrada? — ele perguntou pensando em se oferecer para comprar uma televisão nova para ela.

— Não, eu simplesmente não vejo televisão. Eu prefiro ler, sabia?

— Que incomum!

Adriano entrou na casa e Lígia o deixou sozinho na sala para que pudesse pegar seus pertences. Em uma mala de viagem colocou alguns vestidos, roupas e um chapéu de praia. Pegou também seu neoprene, pois queria aproveitar o verão para *surf*ar com ele. O rapaz estava entretido com os títulos dos livros nas prateleiras e até chegou a abrir um deles que ainda estava lacrado.

Da cozinha, Lígia gritou perguntando se ele aceitaria café, mas não obteve resposta. Ela resolveu ferver a água, de qualquer forma. Foi lavando a louça e cantarolando uma versão improvisada de *Le Festin*. Sua felicidade com o momento disfarçou que não se ouvia mais a voz de Adriano e ela resolveu checar se estava tudo bem. Tão logo o fez, descortinou a afrontosa imagem de Adriano apertando o ursinho com força com uma das mãos e com a outra sustentando o porta retrato que lhe encarava feroz.

— Bem, estou vendo o tanto de saudades que sentiu de mim.

— Não estou entendendo.

— Esse é o urso que aquele cara te deu, não é? — ele apertou com mais força, enquanto mostrava, como se quisesse matar a pelúcia — esse "R" é de... — ele fez cara de nojo — é de Rafael, né?

— Você continua dramático hem?

— É ou não é — ele disse em tom mais alto.

— É claro que é, você sabe que sim! O Rafael é um amigo querido, assim como o Victor e o Peter.

— Esse moleque é o Mau da Baixada, ele é a razão de não termos ficado juntos.

Lígia não conteve a risada quando ele chamou Rafael de "Mau da

Baixada". Aquilo era um exagero de alta classe e era evidente que Adriano estava surtando sem motivo justo. Mas a graça durou pouco, já que o rapaz se sentiu desafiado com o riso e resolveu ser mais enfático.

— Eu quebraria ele inteirinho se o visse pela minha frente! — e bateu com a palma da mão no aparador fazendo um estalo alto.

— Você é ridículo, não mudou nadinha pelo visto! A culpa de termos nos afastado daquela vez foi do seu comportamento e não do Rafa!

— Rafa! Vocês ainda são bem íntimos, no fim das contas hem. Olha Lígia, agora vejo que isso tudo é um erro. Eu estou indo, pode aproveitar as diárias do hotel sozinha, pois eu vou ficar lá do outro lado da cidade até que eu vá para São Paulo para nunca mais pisar aqui!

A verdade é que Adriano não era assim. Não surtava como um adolescente revoltado do nada e nem tinha crises de ciúmes latentes como essa, mas a força de um amor reencontrado e da possibilidade de ter um filho adulto estavam mexendo com seu psicológico. Ver o antigo rival ainda disputando esse cenário era um desafio com o qual ainda não sabia lidar. Talvez tudo isso tivesse sido mais simples se ele soubesse que Lígia não via Rafael há muito tempo e que, para a tristeza deste último, eles nunca tiveram mais do que uma amizade sincera. Mas como o amor tem dessas, surge e se desfaz por palavras mal postas, ele saiu antes de uma conversa mais profunda.

Fosse há vinte e tantos anos, aquele seria um baque duro de aguentar. Bem, na verdade, se fosse na semana passada também seria, mas Lígia tinha um propósito maior do que seu relacionamento. A chance de recompor seu velho pecado se sobrepôs e, assim que o carro buscou Adriano, ela passou a fazer anotações em um caderno em branco. Eram as atuais pistas sobre Pedro.

Sob as árvores

Durante esse turbilhão de acontecimentos com Lígia e Adriano, Pedro se pôs em marcha pela cidade, passando por vários bairros, inclusive o Solemar, por onde não passava há tempos em vista da ameaça de Mickael, organizou andarilhos, que ganharam certa estabilidade em sua ocupação, levou a informação sobre as possibilidades de acolhimento aos vulneráveis nos aparelhos públicos e até fez parte da fundação de uma associação criada com o fim de encontrar novos lares para crianças abandonadas na rua. A entidade, no entanto, estava capitaneada por ratos da política local, que a usavam para receber subvenção de políticos, em troca de apoio nas eleições e pouco fazia pela verdadeira finalidade que foi criada. Pedro não compunha nenhum cargo, mas, além da ideia da criação, ele apontava algumas crianças que poderiam ser ajudadas.

O seu lugar, no entanto, era na rua mesmo, onde podia se comunicar melhor com as pessoas que estavam nessa situação e ajudá-las com algo melhor do que uma ou outra refeição, ou seja, com informações relevantes e atenção. Atenção e escuta ativa são uma carência da maioria dos andarilhos que vivem na rua há muito tempo. Na maior parte do tempo, ninguém tem paciência para escutar suas lamentações, histórias e demandas, quando não são faladas de maneira objetiva. E sem educação formal e nenhum tipo de trato social, essas pessoas não costumam conseguir ser objetivas em suas falas. Pedro, todavia, não se incomodava em passar horas e horas em frente a uma pessoa que falava sobre tudo e sobre histórias não perguntadas, tão somente após um bom dia. Era para ele, como se estivesse aproveitando uma série em um *streaming* qualquer. Essa maturidade lhe rendeu a alcunha de "prefeito dos andarilhos". Ele odiava isso, mas sabemos, são os outros que escolhem os apelidos e aos apelidados apenas cabem os manifestos.

No início do verão, Pedro até tentou voltar para o Viaduto 22 de Abril, onde ficou por bastante tempo tutelando Raphael e Orfeu, mas aquele espaço, além de trazer a saudade imensa dos dois, também não lhe proporcionava contatos com outras pessoas da forma que queria. Além disso, não teve uma só noite em que estava ali e não sonhou com a Maria sob o mar. Por essa razão, era importante encontrar outro ponto de conexão.

A andança do rapaz o levou para um lugar que ele já conhecia bem. Foi parar na encosta da Expresso Sul, onde percebeu que era acompanhado por dezenas de outros como ele. Bem como ele era no passado, já que a maioria dos que estavam ali eram pessoas que ainda não tinham se recuperado de vícios em drogas e bebidas e tinham muitas dificuldades com a socialização de modo geral, mesmo entre eles. Era ali, portanto, que ele decidiu que precisaria estar. Montou sua barraca azul no gramado, sob um par de árvores que cobriam o céu e proporcionavam uma vista incrível dos pássaros que faziam música pela manhã, disfarçando o clima bastante hostil do local, que já não incomodava o experiente Pedro. Dentro da barraca, sua mochila, uma manta, e vários papéis que reuniu em sua busca pela inominada mãe.

Apesar de as pistas se amontoarem, Pedro não as concatenava totalmente e ainda não podia dizer que estava mais perto de descobrir quem efetivamente era Lígia. Sua mãe, por outro lado, tinha muito mais ferramentas e possibilidades de ser mais exitosa nessa corrida. Malgrado a essa busca implacável, não faltaram oportunidades em que Lígia passou por ele na Expresso Sul e que ele viu a loja.

A fama de baixa frequência do prefeito dos andarilhos o fazia ser consultado sempre que algum dos seus tivesse problemas e, em muitas dessas vezes, Pedro conseguia acalmar o espírito enfurecido do pobre coitado. Aos poucos, ia convencendo os que precisavam aceitar ajuda para conter o vício. Ana Carolina, a assistente social, cansou de receber pessoas que vinham sob recomendação de Pedro procurá-la, de modo que aquilo estava até se tornando inviável.

Outro dos males de morar na encosta da Expresso Sul é que ela é uma estrada e os carros não costumam passar em baixa velocidade, ainda mais de noite, quando os vultos dos andarilhos assustam os motoristas que passam por aquela região de pouca luminosidade, causando muitos acidentes, que não poucas vezes, foram testemunhados naquela localidade.

Era um domingo de uma noite quente e com poucas nuvens cobrindo a majestosa e esférica lua que compartilhava a cor dos olhos de Pedro, quando ele ordenou a todos que apagassem a fogueira que tinham feito com material coletado em frente às casas, já que aquela fumaça preta, oriunda dos fios de cobre, estava intoxicando as crianças que lá estavam.

— Essa fumaça vai fazer com que chamem a GCM para colocar vocês para correr, é isso que querem? — disse olhando um por um e nenhum deles se pôs a contestá-lo. De arremate disse — Aqui temos andarilhos, catadores, despejados, alucinados e porcos, mas espero que não haja nenhum suicida. Estamos todos no mesmo barco e se não ajudarmos uns aos outros, ninguém vai ajudar. Vejam aquelas crianças ali tossindo feito escapamentos — e apontou para três crianças já enegrecidas pela fuligem — é isso que vocês querem fazer?

Alguns obedeceram porque sabiam que nem todos os guardas eram compreensíveis, outros porque realmente tiveram empatia dos três garotos, mas a maioria tinha um temor reverencial por ele. O importante é que tinha funcionado e que ele poderia voltar a ocupar sua desajeitada barraca azul sem ser incomodado. Ao menos era o que esperava, já que uma andarilha de nome Zuleika começou a bater palma na frente de sua barraca, uns quarenta minutos depois dele se preparar para dormir.

— Seu prefeito, é que tem um caba meio dodio ali do otro lado. Ninguém sabe o que fazê.

— Estou saindo — se pôde escutar de dentro da barraca em tom certamente irritado.

Ele acompanhou Zuleika até o local apontado e antes de chegar, ela parou e apenas apontou para uma árvore, onde se podia ver que alguém estava sentado debaixo dela, com os pés jogados para frente. Pedro foi circulando a árvore para tentar ter uma vista melhor do indivíduo, já que a má iluminação também atrapalhava o processo. Tão logo teve a imagem completa, percebeu que se tratava de um sujeito barbudo, com uma camiseta regata bastante rasgada e enegrecida, como se não fosse lavada há meses, apesar de ter nascido branca. O cabelo era igualmente grande, desengrenado e sujo. Os olhos eram de um castanho escuro e as tatuagens deram uma pista de quem poderia ser. O sujeito ria sozinho, olhando para o céu, como se visse uma imagem bastante prazerosa. Ao seu lado, tombado e ainda aceso, um cachimbo com o resquício de alguma droga petrificada. A risada histriônica foi cessando lentamente e se tornando cadenciada e mais grave.

— Então você é o tal do prefeito dos andarilhos, não é, meu amigo?

Aquela voz era inconfundível e causou um enorme calafrio na espinha de Pedro. Tratava-se de Fábio, que, depois de ordenar a morte de Pedro para Mickael, passou por maus bocados, indo parar na rua, onde passou a experimentar e a depender do próprio produto que vendia. Seria ele uma vítima do meio ou um algoz de seu próprio destino? Não importava, a única coisa que Fábio procurou manter incólume foi seu ódio e vontade de se vingar de Pedro, custasse o último suspiro, ainda assim o teria com satisfação.

— Vejo que a vida não tem sorrido para você, meu amigo — disse-lhe Pedro, tentando controlá-lo por um caminho mais palatável.

— Não sorriu para mim, mas certamente vai, quando eu separar essa sua cabeça do seu corpo.

Todos ficaram apreensivos, mas assustados com a expressão corporal que Fábio apresentou, quando levantou empunhando um pedaço de madeira. Não demorou até que ele colocasse o objeto em posição de ataque e corresse em direção a Pedro, que passou a correr da ameaça por todas as direções.

— Eu não queria te prejudicar, Fábio, mas precisava ir atrás das pistas da minha mãe, você sabe o quanto isso é importante para mim - disse ofegante uma das vezes em que a fuga lhe permitiu falar.

— Você era como um irmão para mim, seu desgraçado. Eu sempre te ajudava — praticamente grasnou Fábio, ainda correndo.

— Um irmão não afunda o outro nas drogas!

Encurralado, Pedro pulou o *guard rail* e correu para a pista, onde habilmente chegou na mureta central. Percebendo que Fábio estava cambaleante e eufórico demais para fazer a mesma peripécia, gritou ao amigo.

— Fica desse lado Fábio, não inventa de tentar atravessar!

— Eu vou atravessar e vou acabar com você com esse pedaço de madeira para você encontrar sua mamãezinha logo — e se pôs a correr com os olhos vidrados em Pedro.

Como imaginado, a ousadia cobrou seu preço e Fábio logo estava no chão há vários metros de onde o impacto o atingiu. Pedro não acompanhou muito depois disso, já que voltou para sua barraca e, pensando nos feitos de infância dos dois, logo pegou no sono, para então sonhar o sonho que lhe atormentava, com Maria, a água e tudo mais.

10

Motocicleta

F eito uma boneca russa, as pistas de Lígia se desdobravam em um emaranhado de novas informações. No caderno tinha desenhado o chaveiro, escrito a expressão "olhos atípicos" e "Portinho". A partir dessas três palavras, fios em vermelho ligavam o recorte do jornal Giro da Região e vários outros nomes. Ela estava realmente perto, agora lhe faltava apenas a confirmação do nome e a localização.

O telefone tocou e ela percebeu que, enquanto estava debruçada sob o dossiê, várias outras ligações tinham sido ignoradas. O número era desconhecido, mas ela deslizou o dedo no sentido do ícone verde, atendendo a ligação como por instinto.

— Boa tarde, eu falo com Catarina? — disse uma voz bastante enjoativa.

— Não fala — respondeu Lígia revirando os olhos.

— Aqui é da central de relacionamentos do banco Tedesco, a senhora conhece alguma Catarina?

Lígia se arrependeu de atender e desligou o telefone sem dar resposta alguma. A impaciência já marcava muito sua expressão corporal e ela andava de um lado para o outro, como se a qualquer minuto uma epifania fosse acontecer naturalmente. O momento não chegou e ela percebeu que sequer tinha escovado os dentes naquele dia. Respirou fundo e foi ao banheiro, deixando o caderno aberto sobre a mesa e a xícara de café fria na janela, que ainda tinha resquícios de tabaco deixados por Adriano.

O espelho revelou que ela precisava se alimentar direito. O rosto apático era um sinal de que ela estava se deixando levar por essa busca de forma desmedida: — *"E se ele não estiver vivo? E se for tudo um engano? Será que estou perdendo energia para nada? Será que nunca vou ter essa redenção?"* As perguntas pulavam em sua mente e ela pensou seriamente em deixar tudo aquilo de lado e ir para a loja, que estava abandonada a essa altura — *"Preciso tomar um ar"* — pensou ela eufórica e logo desceu as escadas do prédio para sentar-se na calçada, como se pertencesse ao local.

Minutos depois, enquanto ela roía as unhas olhando para o além, um velho conhecido lhe apareceu sob o amontoado de lixo que estava se acumulando na esquina.

— Dona Lígia, o que faz aí sentada na rua? Por acaso não virou minha colega de quarto, virou? — o conhecido sorriso de poucos dentes se fez presente.

— Seu José, realmente não esperava ver você aqui hoje. Mas vou adiantando que hoje não consigo te ajudar no almoço, infelizmente — ela estava com o rosto apoiado nas mãos.

— Não, Dona Lígia, fica tranquila. Hoje almocei duas vezes lá na padoca do Almir. Mas o que houve com a senhora?

— Não foi nada... mas aproveitando que está aqui, por acaso você não saberia me dizer como faço para descobrir onde encontro alguém que mora na rua?

— Olha, se não tá na rua, tá no abrigo. Não tem muito lugar para estar.

— Abrigo? — como ela não tinha pensado nisso até agora? Era óbvio, mas precisou ser dito por José — muito obrigado, meu amigo, você é demais — ela disse se levantando e sacudindo-se — vai lá no Almir e pega o terceiro almoço na minha conta!

— É mesmo, Dona Lígia? Olha que vou mesmo hem?

— Vai lá sim.

Ela até concordou com o abrigo, mas já tinha pensado em vários outros aparelhos públicos que podiam trazer informações precisas. De toda sorte, pegou um táxi e foi direto ao Centro POP, sem nem subir para arrumar as coisas. Para quem via de fora, parecia que ela estava indo fazer uso dos serviços do local.

O cenário da entrada era pouco convidativo e o próprio taxista se apressou para receber e sair daquele ponto. Enxames de sem teto se acomodavam nos cantos e onde mais se conseguia encostar. Carrinhos de supermercados formavam estruturas para se organizarem cabanas que pareciam estar lá há anos. Era curioso como a recepção de um centro de acolhimento pudesse ser tão pouco acolhedora. No portão de acesso, várias batidas foram necessárias até que alguém aparecesse. Ricardo, o funcionário responsável pela recepção, era de poucos amigos e nunca estava de bom humor, inclusive naquele dia.

— Dá para parar de bater nesse portão? Eu já escutei da primeira vez!

— Desculpe senhor, é que estou procurando alguém?

— Quem?

— Esse é o problema, não tenho o nome.

— E o que você tem?

— Tenho algumas características, o senhor pode me ajudar?

— Faz assim senhora — disse-lhe já convencido de que não era alguém tentando fazer balbúrdia — vou levar você até o pessoal da administração e você explica certinho lá, pode ser?

— Pode sim.

Os portões de ferro foram se abrindo, dando a impressão de que se entrava em uma prisão. Passaram por um corredor de paredes brancas e logo chegaram à sala de administração, onde Ricardo deixou Lígia aos cuidados da assistente social responsável.

— Olá senhora, me chamo Ana Carolina, sou a assistente social responsável por esse setor, posso te ajudar em alguma coisa? — a fala foi bastante receptiva e formal.

— Acho que sim. Bem, eu estou procurando alguém, mas não tenho muitas informações, tenho algumas características.

— Eita, senhora. Vamos ver se conseguimos alguma coisa, mas com poucas informações pode ser difícil.

— Eu perdi meu filho há muitos e muitos anos.

— Qual o nome dele?

Lígia corou. Não estava preparada para responder sobre o porquê de não fazer ideia do nome do próprio filho. Mas emendou a fala, pensando que poderia passar despercebido sobre isso.

— Ele tem algumas tatuagens, trinta anos, e...

— Sim, mas é mais fácil encontrar pelo nome.

— Eu não sei como te dizer isso, mas eu não sei o nome dele — Lígia já estava com os olhos embargados — é uma longa história, eu perdi ele quando ele era um bebê, me ajuda moça, eu preciso encontrar ele...

— Tudo bem, me fala mais um pouco. Você tem alguma fotografia dele?

— Eu tenho, mas acabei deixando em casa. Ao que soube, ele ainda usa o chaveiro que deixei para ele, um chaveiro em octógono vermelho — ela fez o desenho com as mãos.

— Humm.

— E mais, soube que ele tem olhos atípicos como os meus.

— Como assim?

— Os olhos dele mudam de cor também, podem ser verdes ou cinza! — terminou como em uma sentença.

— Pedro! Só pode ser ele! — Ana se animou bastante com a possibilidade.

Era a primeira vez que ela escutava o nome dele e, mesmo não tendo certeza de que era de fato o nome certo, amou que fosse Pedro.

— Eu tenho uma foto aqui, ele saiu em um jornal da cidade, veja.

Lá estava Pedro, em uma de suas raras fotografias, segurando uma prancha e ao lado de uma lenda do *surf*. Era a mesma foto que Lígia tinha. Então era de fato Pedro.

— É ele, é meu filho, meu filhinho perdido, meu Deus! — disse Lígia pegando a foto e dando pequenos saltos de felicidade.

Por algumas horas, Lígia explicou toda sua jornada até aquele momento, sobre sua infância, sobre as férias de Adriano na Praia Grande, sobre como foi difícil passar os nove meses da gravidez sem que ninguém soubesse de nada e sobre tudo o que vimos até aqui. Ana tomava nota de tudo e também forneceu informações sobre seu contato com Pedro, sobre especialmente os laços dele com o menino Raphael e o cachorro Orfeu. Mas a informação realmente esperada por Lígia, Ana apenas a tinha por incompleto, afinal não se tem um cadastro de endereço exato dos andarilhos. Saiba, todavia, que Ana se empenhou em perguntas para colegas de Pedro e outras diligências, até que pôde prestar uma informação bastante útil.

— Sei onde Pedro está, ele vive com outras pessoas na encosta da Expresso Sul e vive em uma barraca de acampamento azul, que trocou pela prancha que ganhou nesse dia da foto. Não sei exatamente em qual ponto da pista, mas sei que está lá.

— Muito obrigada Ana, você foi muito gentil e me deu algo que meu coração ansiava por todas essas décadas. Espero um dia conseguir agradecer a você de forma apropriada.

Agora, munida de uma informação desta monta de importância, Lígia precisava falar com Adriano. Depois de tudo o que passaram, era importante que os três tivessem esse momento juntos. Ao voltar para o apartamento na Guilhermina, fez o caminho da praia, para não passar pela Expresso sem estar acompanhada de Adriano, mas arrependeu-se, já que a vista do mar aguçou sua ansiedade e a fez imaginar muitas coisas. A jornada de poucos minutos virou uma longa viagem.

Alma de pipa voada

Adriano correu a mão no telefone, que se esgoelava grosseiramente no outro cômodo, já que, enquanto escrevia uma missiva preparada com o coração, precisava deixar as distrações de lado.

— Alô

— Oi... — a interlocutora ficou em silêncio sepulcral, como se tivesse se arrependido de ter ligado.

Adriano afastou o telefone do ouvido e foi conferir se a interlocutora era de fato quem ele pensava. Era e ele voltou o telefone ao ouvido com a pressa de quem não quer perder as próximas palavras.

— Lígia? Você está aí? — confirmou ele.

— Estou sim...

— Sabe, sobre a nossa última briga, queria dizer que tudo aquilo foi uma bobagem e que, na nossa idade, não podemos nos dar ao luxo de nos aborrecer por tão pouco. Sinto que há muito mais para eu e você construirmos. Eu até escrevi uns versinhos para você... estou com vergonha, mas te entrego depois... de qualquer forma, começa assim — ele passou a claramente ler algo — minha menina de alma de pipa voada...

— Drico! Preciso te dizer algo — interrompeu ela, que já estava ficando impaciente com a longa fala de Adriano — eu encontrei ele, encontrei o nosso filho, nosso menininho!

— Isso é maravilhoso! Meu amor, me desculpe por tudo, era medo de te perder, medo de cometer os mesmos erros. Eu estou indo aí com a maior velocidade que eu conseguir.

— Te espero aqui! Finalmente seremos uma família completa.

Ela ainda pôde escutar um urro de alegria abafado, pouco antes do telefone desligar.

Adriano colocou o bilhete não terminado no bolso da calça, vestiu a roupa de chuva por cima, equipou-se com os acessórios de sempre, pegou o capacete às pressas e saiu correndo. O motor de trovão ligou e foi invocado pelo acelerar da moto, tão logo a embreagem foi solta, o pneu traseiro gritou contra o asfalto produzindo um estalo áspero e seco e um cheiro de borracha queimada. A roda patinou por um segundo, deixando um rastro negro, até que ganhou tração e conduziu Adriano pela Expresso Sul em velocidade e potência notória.

O que restava para Lígia era aguardar a vinda eufórica de Adriano, preparar-se emocionalmente para os reencontros e para um acolhimento com potencial de mudar radicalmente a vida de Lígia daqui para frente. Afinal, quem pensa que a vida não pode mudar depois dos quarenta ou cinquenta anos, não tem ideia de como o caos do mundo se desinteressa pela idade das pessoas e, por essa razão, não se surpreenda com a informação de que a vida de Lígia nunca mais seria a mesma após aquele dia.

Arco-íris

A água vinha do céu em torrentes, esvaziando a impressão de que o verão impedia o soçobro das nuvens, como é comum no inverno, e por essa razão a Via Expressa Sul encontrava-se com uma relevante camada d'água, que era mais profunda perto do *guard rail* e se estendia até as faixas centrais da pista.

No sentido oblíquo ao *guard rail*, as barracas dos andarilhos só eram socorridas pela copa das árvores que, apesar de impedir o impacto direto da água no tecido fino que envolvia a magra estrutura metálica, deixava cair uma imensidão de folhas molhadas que grudavam onde paravam.

Na barraca azul via-se a incandescente chama acesa, que contrastava com o lado de fora. Dessa vez, a chama não era para o cachimbo, ou para usar na seda. Era para clarear a visão de Pedro sob os documentos que precisava ver. Uma vela, acesa já sem o trauma que há muito tinha superado.

Registro de nascimentos de novembro de mil novecentos e noventa e cinco. Lia-se no topo do papel amassado e bastante avariado. Estava difícil de decifrar a maioria do conteúdo. Pedro tinha uma caneta nos dentes, que pegava para fazer pequenas anotações no bloco de folhas amarelas.

As pistas estavam tão próximas, mas ainda não se encaixavam perfeitamente. Escreveu na folha de papel "Senhor Roberto, olhos verdes, cinzas e azuis, chaveiro, Boi Bão, mil novecentos e noventa e oito, empresária, cabelos claros".

Ele abaixou a cabeça tentando ligar os pontos. A concentração foi tanta que caiu em efetivo sono. Ele sonhou como sempre. Primeiro estava no mar, com uma prancha daquelas que tinha visto na entrada da loja da mulher arrogante. Uma onda se formava com perfeição atrás dele e ele remava muito para tentar entrar nela, mas a onda quebrava bem em cima dele, quebrando a prancha e jogando o jovem para o fundo do mar. Ele se debatia na barraca, enquanto se afogava no sonho e só parou quando Maria estava lá, no fundo do mar, em perfeita calmaria, olhando ele nos olhos, pronta para dizer o que precisava. Ele nunca conseguia escutar o que ela dizia, mas dessa vez parecia diferente. O rapaz podia sentir a pressão do oceano inteiro sob sua cabeça e ver com perfeição toda a encosta coberta da cidade. Nunca tinha sido tão real. Ele teve a impressão de até poder sentir o cheiro dos peixes e o olhar deles para aquela cena incrível. Maria rompeu o silêncio com autoridade:

— Meu filho, você já viveu em dor e provações por mais tempo do que merecia, é preciso que se liberte dessas correntes amargas que você tem arrastado por todo esse tempo. Você já encontrou a mulher que procura tão desesperadamente, já a encontrou e a desprezou, assim como ela a você. Mal sabiam os dois que a busca entre vocês nem é desta vida...

— Mãeee... — tão logo Pedro abriu a boca, pôde sentir a água salgada entrando e preenchendo até seus pulmões. Afogou-se em suas próprias palavras e voltou a se debater em desespero, até que acordou em sua barraca.

Finalmente o quebra-cabeça estava montado. Eureka.

Pedro volta a caneta para os dentes, mas a morde com tanta força que ela estoura, fazendo com que o plástico machuque sua gengiva a fazendo sangrar. A boca se encheu de tinta azul, manchando os dentes e a língua, produzindo um gosto estranho. Um emplastro de tinta e sangue, com gosto de ferro, agora escorria pelo lado dos lábios e pingava em seu peito.

Aquela euforia estava de volta. Precisava se movimentar. De repente a realidade de uma barraca que mal cabia ele esticado começou a gritar em seu ouvido e se tornar cada vez mais perceptível. Por isso Pedro juntou os documentos dentro da sacola plástica e colocou embaixo do papelão que usava de travesseiro. Depois saiu da clausura para contemplar o que estava fora.

A esse ponto, a chuva de verão estava muito mais leve. Uma garoa, na verdade. Por isso, quando olhou para a copa da árvore, pôde contemplar uma vista espetacular. O sol se colocava logo atrás de toda aquela folhagem, escurecendo toda a árvore pelo contraste. Um alaranjado se fundia com o amarelo-ouro e com o azul-claro para formar o céu. As folhas ainda caiam e pareciam fazê-lo em câmera lenta. Um arco-íris se formava iniciando na parte superior dos últimos galhos e acabando do outro lado da via.

Pedro mantinha o olhar fixo no arco-íris, investigando suas nuances e satisfazendo sua euforia, acalmando-se pouco a pouco. Eram os últimos minutos de sol, então não queria perder uma fração daquele momento. Enquanto andava em direção às cores, teve certeza de que se lembrou do rosto de Lígia. Mas não daquela que vira na loja de pranchas e nos outros cantos da cidade. Lembrou-se da garota que andou quilômetros com ele nos braços, lembrou dela escrevendo em um pedaço de papel e do toque macio de suas mãos enquanto o colocava sob um depósito preto. Por um segundo, lembrou-se de outra vida. Todas aquelas lembranças impossíveis vieram em uma descarga momentânea e desvaneceram com a percepção de que se encontrava bem no meio da avenida, imediatamente após um aclive que fazia com que os motoristas só percebessem sua presença quando estavam já muito perto.

As buzinas e o barulho do freio dos carros também ajudaram a denunciar a posição geográfica em que se encontrava — Morre, mendigo desgraçado — gritou um dos motoristas ao desviar dele.

Duas fileiras de carros se aproximavam em uma velocidade consideravelmente alta, de modo que ele não tinha como escolher qualquer das faixas da via para ir. Parecia que o barulho do motor dos carros tinha triplicado e as máquinas tinham uma aparência bastante hostil.

De repente, só um barulho se sobressaiu por detrás do aclive. Um ronco metalizado e gutural crescia em intensidade como se uma besta mecânica estivesse despertando de um sono profundo. Um leviatã em rodas que se anunciava a cada milésimo. Pedro só podia contemplar paralisado a imagem que surgia como um raio do topo da pista.

Homem e moto surgiram juntos e, naquele segundo, Pedro passou a ter certeza de duas coisas. A primeira é de que não teria tempo de olhar sua mãe novamente e contar que já sabia de tudo, ou de dizer a ela que não haveria razões para se culpar, pois a vida que levara era a única que poderia acontecer e que as pessoas são levadas por razões alheias a tomar as escolhas que tomam. A segunda era que seu algoz tinha algo de próximo, de fraternal, algo familiar que fazia com que tudo aquilo fosse menos penoso do que poderia ser, como se pudesse achar qualquer alento naquela situação.

Então a frenagem descontrolada e daí o impacto inevitável.

Pedro foi projetado a uns dez metros do local do impacto. Ele caiu de nuca para baixo e arrastou por mais alguns metros. Seu olhar se voltara para o arco-íris, agora não mais para tentar encontrar seu fim, mas para contemplar sua forma, seu percurso de cores. O fim já não importava mais.

Alguns motoristas se arriscam a sair de seus carros e se aproximar cautelosamente do moribundo a frente, mas logo ficou claro que se tratava apenas de curiosidade acerca de como se comportava um corpo atingido por uma motocicleta naquela velocidade.

— É, esse não atravessa mais a avenida sem olhar para os lados - disse um motorista jovem para seu parceiro. Os dois sorriram e voltaram para o veículo.

Outras pessoas faziam questão de lembrar o homem caído de que ele era o responsável pelo que tinha acontecido com o motociclista. Uma das pessoas até deu um chute na costela dele, enquanto gravava um vídeo para sua rede social. Mas Pedro já não sentia nada. Aliás, logo perdeu a força para manter seu pescoço reto e tombou a cabeça, de modo a ver de longe o motociclista caído, inerte, há quase oito metros de distância.

O ruído das pessoas se dissipava enquanto Pedro olhava o corpo que lhe fazia companhia. O sangue acumulado lentamente passava a fazer parte de seu campo de visão, na mesma medida em que o frio aumentava. De alguma maneira, apesar de todo o engodo, Pedro se sentia limpo naquele momento. Uma paz o invadia pouco a pouco, até que suspirou sua última frase.

— Depois de tudo, nos encontramos aqui. Agora o resto será silêncio...

A chuva voltou com força, levando os curiosos de volta para seus carros e retomando a ordem das coisas. Como os corpos ocupavam as duas faixas, toda a avenida ficou parada esperando a chegada da ambulância e demais autoridades necessárias para acabar com aquele contratempo.

— A pessoa passa a vida dando prejuízo para a sociedade e no final ainda causa um trânsito desses. Eu tenho que chegar logo nesse *Shopping* ou vou perder a promoção — disse um rapaz para sua esposa.

Depois de uma hora, uma das faixas foi desobstruída e assim ou veículos passavam lentamente para ver cobertos em lona o verdugo e o motociclista, quase sempre lamentando a morte deste e rogando pragas àquele.

A notícia

Costuma-se levar cerca de vinte minutos do Caiçara até a Guilhermina, a depender do trânsito. Por isso Lígia calculou que após sua ligação, ainda teria tempo de preparar uma xícara de chá de maçã com canela enquanto analisava novamente os papéis que mostraria a ele.

A conversa não seria fácil, afinal, antes de conversar sobre as questões do passado, precisava ter com Adriano uma efetiva e irrevogável reconciliação pelo que ocorreu em relação ao Rafael. Afinal, essa tinha se tornado uma questão menor agora e não via mais motivo para continuar com isso. Não poderia essa pequena intriga suplantar a ideia de formar uma família. Uma família tardia, estranha e distante, mas ainda assim era o mais próximo que Lígia poderia ter de uma família, considerando os últimos anos. Por isso, ela estava disposta a tentar algo. E quando digo disposta, me refiro àqueles momentos em que todas as outras coisas diminuem de significado a ponto de que se possa exterminá-las sem deixar o mínimo rastro. Poria fogo na loja, se mudaria para São Paulo, abandonaria as poucas pessoas próximas que lhe restaram, mas não deixaria aquela oportunidade passar.

Por essa razão, vestiu a blusa de Adriano, aquela que tinha ficado com ela depois de uma longa noite juntos e que, de alguma forma, ainda continha o perfume dele. Vestiu uma calça preta e tênis *all star*. Era isso um sinal de redenção que deveria antecipar as suas palavras. Precisava dos detalhes.

Sua expectativa era que após a explicação, pudessem ir até onde estava Pedro, às margens da Expresso Sul, com fins de buscá-lo para lhe apresentar uma nova vida, ainda que não se soubesse bem como isso poderia ser recebido, ou mesmo se o rapaz tinha vontade de conhecê--los. Tampouco sabia se Pedro aceitaria tudo aquilo.

O som da água fervendo fez com que Lígia fosse até a cozinha.

Uma faixa de luz do sol de fim de tarde entrava pela janela e conduzia consigo um pequeno arco-íris formando uma bela imagem sob o fogão. Ao depositar a água quente na xícara com o sachê de chá, tomou conta da cozinha o cheiro de canela e Lígia chegou a fechar os olhos enquanto saboreava cada simples sensação.

A chuva arrefeceu pouco a pouco. Já era hora de Adriano estar lá. Aliás, já tinha passado da hora.

O som de uma motocicleta foi se aproximando pouco a pouco. Mas o som não era de um motor encorpado, com familiaridade que esperava. Tratava-se de um escapamento de uma moto pequena que se esgoela-va em marcha única até parar em frente à casa de Lígia. Três buzinas ininterruptas quebraram o gelo, como se fosse um entregador de pizza.

Ela afastou com muito cuidado a cortina da sala, de modo que ela pudesse ver quem a chamava, mas que a pessoa de fora não pudesse vê-la. Uma visita inesperada neste momento não seria agradável.

Era Victor, de fato, em uma motocicleta que poderia ser facilmente usada para entregas de comida. Ela pestanejou bastante, olhou para o relógio de parede, andou de um lado para o outro e sentou-se no sofá. O motoqueiro, no entanto, era inabalável. Outras três buzinas seguidas e na sequência um grito — Líiiigia — o rapaz queria mesmo ser atendido.

Agora ela ensaiava uma fala na cabeça, certificando-se de ter respostas rápidas para que Victor fosse embora antes que Adriano pudesse virar a rua com sua moto.

Foram várias outras buzinas que convenceram Lígia a hastear bandeira branca e sair para falar com o rapaz.

— Estou indo — gritou ela de dentro de casa, de modo que só o som abafado chegou a ele.

— É importante Lígia, não vou demorar.

Ela saiu, olhou para os lados para se certificar que Adriano ainda não estava lá, como se estivesse aprontando algo, e finalmente cumprimentou Victor com um sorriso amarelo.

— Oi Victor, não esperava você aqui hoje. O que me diz?

— Bem Lígia, vou ser direto... não trago boas notícias. Eu estava vindo para o lado do Forte fazer uma entrega — daí ela percebeu que de fato se tratava de uma moto de entregas — vim pela Expresso para ganhar tempo e bem...

— Não entendo, o que houve?

— Chovia muito e estava muito trânsito. Quando fui me aproximando, pude ver que era um acidente.

— Oh céus, você conhecia a pessoa?

— Sim, não a via há tempos, mas reconheci a moto, porque vi essa pessoa com você recentemente. Tratava-se de Adriano, caído ao lado de um morador de rua, já falecido e ensanguentado. Ao que sei, o maldito andarilho atravessou a Expresso sem olhar para os lados e o Drico vinha rápido... não queria ter que dar essa notícia, mas não poderia deixar você saber de qualquer jeito — as lágrimas escorriam do rosto de Victor enquanto ele falava e a reação tinha muito mais a ver com a reação que ia se formando no rosto de Lígia quando ela percebia aos poucos o que se passava — o Drico morreu, Lígia.

Era um apocalipse vindo de uma só vez. Como se as trombetas de que sua mãe falava tivessem sido tocadas em uníssono e o arrebatamento tivesse iniciado, levando a todos e deixando Lígia para amargar todos os círculos do inferno de Dante.

Victor ainda estava falando algo, mas Lígia já tinha parado de ouvir. Aparentemente, também tinha parado de vê-lo, de modo que parecia não estar mais lá; parecia fora de órbita. Seu olhar estava distante e o pranto que caia não a fazia apertar os olhos. As lágrimas escorriam pela maçã do rosto e se juntavam na borda do queixo até cair. Sua expressão era de quem perdeu tudo, de quem acabara de ver a esperança enforcada. Afinal, em uma só tacada tinha perdido o possível marido, o amor da sua vida e o filho perdido.

Lígia fez o pouco que se é permitido fazer quando se recebe tal notícia. Ajoelhou-se na calçada e iniciou um choro que, pela força inicial, nem som fazia, até que seu pulmão estava quase vazio e na recarga seguinte veio todo o som que estava abafado. Era um pranto arrebatador. Várias pessoas conhecidas vieram acudi-la, sem entender bem o que acontecia. Quando Lígia se recompôs, a via já havia sido desobstruída e em certa misericórdia, ela foi poupada da cena violenta. Não foi difícil identificar que a pessoa em situação de rua era seu filho Pedro. Sua dupla perda lhe impulsionou uma força que ela não imaginava existir. Enquanto os conhecidos e os familiares de Adriano eram informados de todo o ocorrido, o que incluía a existência e a morte de Pedro, Lígia cuidava de todos os trâmites para o velório. Ela mesma providenciou para que fossem enterrados na Morada da Grande Planície, cemitério de Praia Grande, um ao lado do outro em uma cerimônia simples.

A história comoveu a cidade, então, em romaria, todos foram para assistir o desalento da mãe que perdeu tudo. Marcel e Marta estavam estarrecidos, já que, assim como Lígia, também tinham perdido o único filho e o neto, que sequer tinham conhecido. Virgínia veio de Santa

Catarina para ver o neto e falou com Lígia com dificuldade, depois de tanto tempo. Parentes que nem se lembravam da existência, vieram cumprimentá-la pela perda e expressar seu remorso. Até um vereador da cidade, cuja noção lhe faltava, resolveu tornar o evento palanque de uma falsa indignação pela situação na Expresso Sul. Em seu discurso sem rumo, ora culpava os andarilhos por estarem lá, ora a falta de compromisso dos demais políticos da cidade, ora os motoristas que passavam depressa e propunha a construção de um grande muro que isolasse a estrada. Propôs também, e essa foi sua fala derradeira para que iniciassem os protestos, que os andarilhos fossem recolhidos, colocados em outra cidade e capados para que não se reproduzissem. Tirando a castração, foi mais ou menos isso que tinha acontecido com a mãe e o padrasto de Raphael, que foram levados ao Centro de São Paulo como uma tentativa de expurgo.

No fim da solenidade fúnebre, a cartinha de Adriano chegou às mãos de Lígia. Em letra cursiva, bem desenhada, ela dizia o seguinte.

Praia Grande, 12 de janeiro de 2025

Minha menina de alma de pipa voada, já se passaram tantos anos desde que vi esses olhos multicoloridos se destacarem na praia da Guilhermina, que até perdi as contas de quantos foram. Saiba que, mesmo que minha mente tenha me aprisionado em outra vida por muito tempo, meu coração sempre foi seu. A recente notícia de que aquela noite no apartamento rendeu um fruto em você fez uma antiga chama reacender e virar um incêndio interminável.

Perdoe-me pelo meu ciúmes e pelo meu comportamento inadequado.

Um dia vou lhe apresentar o Piqueri e espero que ela possa te contar histórias boas sobre mim. Fato é que...

A carta segue interminada.

11

Itaipu

A pedra que continua lá, que permanece apesar de tudo. Dizem que esse é o significado de Itaipu em guarani. Apesar das agressões constantes e por centenas de milhares de anos, as pedras e rochedos que compõem as encostas da Fortaleza de Itaipu estão lá. Uma resiliência apreendida pela violência da própria natureza e apesar dela. Esse é o tipo de resiliência que se impunha diante de Lígia, que ainda estava lá. Não a garota de 1994. Certamente nem a mesma do dia anterior e tão menos a Lígia que seria após o fim deste dia.

Não se sabe bem se as pessoas merecem realmente os destinos que têm, já que a causalidade do mundo parece depender de circunstâncias que fogem às nossas escolhas conscientes. Ninguém disse a Lígia que ela mereceu um fim tão triste em razão de ter escondido a gravidez, de ter tentado abortar e depois abandonar uma criança, ou mesmo de tê-la deixado à sorte da vida por tanto tempo, ou ainda por tentar dar fim a si mesmo. Ninguém precisava dizer o que os olhos dela diziam sozinhos. É por isso que, um tempo depois, em busca de redenção própria, Lígia buscou doar-se em causas sociais. Descobriu a associação que Pedro ajudou a fundar e, com a ajuda de Piqueri, a resgatou da mão dos oportunistas. Em seus anos de presidência, nunca se viu um índice de acolhimento e adoção de crianças em situação de rua tão alto. Ela própria encontrou alguém para acolher. Uma extensão de sua família que, apesar de não lhe compartilhar o sangue, era absolutamente familiar. Lígia encontrou e adotou Raphael e Orfeu, que pela primeira vez em suas vidas passaram a ter um lar e uma cama quentinha.

Quando Raphael finalmente conseguiu chegar na Praça da Sé, em São Paulo, assim que deixou Pedro no Viaduto 22 de abril, ele descobriu que sua mãe não resistiu ao inverno rigoroso e seu padrasto nunca mais foi visto. Por essa razão voltou para a Praia Grande, procurando Pedro, que era a única referência paterna que tinha restado a ele. Apesar de não o encontrar, encontrou Lígia, cuja história tinha ganho repercussão na cidade.

O menino cresceu sob uma boa educação e, como nunca conheceu as redes sociais, seu foco era integralmente nos estudos. Hoje em dia, ao que sabemos, ele é um dos mais influentes gestores de políticas de inclusão para pessoas em vulnerabilidade social do Estado de São Paulo e, quando não está trabalhando, está com sua mãe Lígia, que virou uma avó coruja de três netinhos de nomes Pedro, Adriano e Soraia.

Quanto a Virgínia, apesar de continuar morando longe, após os fatos trágicos, voltou a ter contato com Lígia, com quem conversava muito pelo telefone, até seus últimos dias.

Rafael tornou-se dono de um pequeno bar na orla, onde reunia antigos amigos e novos conhecidos. Nunca abandonou o violão, e embora o tempo tivesse pesado em seus ombros, sua música continuava ecoando como um lembrete dos anos em que todos acreditavam que a juventude seria eterna. Seu amor por Lígia se transformou em admiração e eles continuam amigos.

Victor, por sua vez, enveredou pelo caminho das artes cênicas. Fez do teatro comunitário sua trincheira e, entre improvisos e personagens, encontrou uma forma de eternizar a alegria que sempre carregou. Continuava magro, alto e cheio de entusiasmo, como se representasse a si mesmo no palco da vida.

Peter, apesar da calvície precoce e das tatuagens que pareciam contar sua própria biografia, encontrou estabilidade no ofício de professor de matemática. Para seus alunos, era tanto um enigma quanto uma inspiração: um homem de aparência dura, mas de coração aberto, sempre disposto a ouvir.

E, no fim das contas, olhando para toda a tragédia de Lígia, para as más escolhas de Adriano e para o inevitável destino de Pedro, não posso deixar de pensar que esta é apenas mais uma das milhares histórias desta cidade de Praia Grande, que também é reproduzida em centenas de outras cidades e que deve se manter incólume pelos guardiões da história, para ser revisitada sempre que um viajante olhar para uma jovem garota *surf*ando nessa grande praia do litoral. E assim, eu, a Menina Sterque, continuo registrando tudo, como guardiã de nossa história e espectadora de nosso futuro.

12

Epílogo

B ip, bip, bip.
O ruído do maquinário aumentava de frequência a cada segundo. Lígia abre os olhos lentamente e observa que há homens de jaleco branco avaliando papéis em uma prancheta. Eles comentam entre si o que parecia ser um diagnóstico.

Ela respira fundo e o cheiro é de produto de limpeza misturado com soro. Sua cabeça tomba de lado e ela pode ver que há outras camas iguais às dela em um grande corredor.

— Estresse pós-traumático — diz um dos homens ao outro de igual estatura e vestimenta.

— Meu diagnóstico é outro, você sabe.

Uma nova respirada funda e Lígia é engolida por um sono inexorável.

Bip, bip, bip.

Sem noção alguma de tempo, seus olhos voltam a abrir. Ela está em um quarto mais branco que o anterior, mas parece estar sem a companhia de outras camas. O cheiro continua o mesmo da última vez, com a exceção de um toque especial, meio floral. Ela repete o mesmo movimento da última vez e depara-se com um buquê de rosas brancas colocado em um criado mudo ao seu lado. Ao fixar o olhar, reconhece a letra de sua mãe em um cartão que se acomodava entre as flores — Para minha amada Lígia.

A menina escuta alguém se acomodando no estofado da poltrona, e nota que é seu pai, quase dormindo na poltrona ao lado de seu leito, certamente em um hospital do município.

— O que houve comigo, pai?

— Ah, minha querida, estou tão feliz que tenha acordado. Sua mãe queria estar aqui nesse momento — disse Marcos enxugando as lágrimas que brotavam de seus olhos.

— Que aconteceu? — a fala dela ainda era fraca.

— Você foi resgatada por um pescador. Estava desacordada no píer do Portinho, falava coisas estranhas sobre uma criança e nesses dias em que ficou desacordada, falou em vários nomes de pessoas, como Pedro, Maria, Chico e Raphael. Você parecia muito agitada, então os médicos lhe deram vários analgésicos que te fizeram delirar um pouco, mas tudo está melhor agora.

— Mas e meu filho? Encontraram meu filho?

— Lígia, como posso te dizer isso? — ele apertou as mãos — você nunca esteve grávida, isso foi apenas uma gravidez psicológica, um doce delírio que estamos acompanhando desde o início. Mas agora está tudo bem, ninguém lhe fará mal...

FIM.

Nos siga nas redes sociais

Allan Kardec Iglesias
Autor

Allan Kardec C. Iglesias é advogado, professor e escritor.

Sócio-fundador da Bottiglieri, Iglesias & Advogados Associados, é Procurador Geral da Ordem dos Advogados do Brasil – Subseção Santos (OAB/Santos) e ocupa a 32ª Cadeira da Academia de Letras e Artes de Praia Grande, cujo patrono é Rui Barbosa. Foi o primeiro acadêmico de ofício da instituição e o criador do seu Código de Ética.

Autor dos livros Defenda-se em FATD e Temas Avançados de Direito Militar, Allan construiu uma carreira sólida e reconhecida no meio jurídico, pautada pela ética, técnica e compromisso com a justiça. É pós-graduado pela PUC/MG, pela ESA/RJ e pela Legale, e realizou o curso International Humanitarian Law in Theory and Practice na Leiden University, na Holanda.

Sua trajetória inclui experiências marcantes no Exército Brasileiro, onde atuou por oito anos como 3º Sargento de Artilharia, participando de diversas operações de grande relevância nacional.

Durante esse período, formou-se em Produção Multimídia e em Direito pela Universidade Santa Cecília (Unisanta), unindo o rigor técnico à sensibilidade criativa — uma combinação que mais tarde se tornaria a marca de sua escrita literária.

Foi Secretário de Gestão da Câmara Municipal de Santos e Presidente da Comissão de Direito Militar da OAB/Santos. Sua atuação exemplar o levou a ser condecorado com diversas honrarias, entre elas as Medalhas Mallet (Exército Brasileiro), MMDC e Cadete Constitucionalista (Academia Militar do Barro Branco e Sociedade Veteranos de 32), além da Medalha Tiradentes (Associação Brasileira das Forças Internacionais de Paz).

Crescido no bairro Vila Antártica, em Praia Grande, Allan mantém com a cidade uma relação afetiva e profunda. Foi ali que descobriu o poder das histórias e o valor das memórias — sementes que floresceram na escrita de Férias em Praia Grande, seu terceiro livro e primeiro romance.

Nessa obra, Allan revisita as origens, as dores e as contradições de um lugar que é, ao mesmo tempo, cenário e personagem. Um romance dramático urbano, nascido entre as lembranças de um menino do litoral e o olhar maduro de um homem que aprendeu, com o tempo, que nem toda verdade cabe nos autos — algumas moram nas entrelinhas.

Nos siga nas redes sociais

Karen Soares Iglesias
Autora

Karen Soares Iglesias é doutoranda e mestre em Educação, graduada em Pedagogia, com trajetória marcada pela diversidade acadêmica e pela dedicação ao ensino.

Integra grupos de pesquisa voltados às políticas educacionais e à infância, temas que dialogam diretamente com sua visão de mundo, sempre orientada pela empatia, pela escuta e pela valorização do humano.

Filha, mãe, esposa, avó, irmã, professora e pesquisadora, Karen é também amante dos animais, das crianças, das flores, das árvores e da vida.

Foi criada em um lar com muita "fartura" — fartura de afeto, de histórias e de imaginação. Um lar onde nunca faltavam palavras para iluminar o caminho e matar a fome da alma. Sua mãe, uma contadora de histórias nata, fazia da casa um verdadeiro palco de magia. À luz de velas, organizava jantares temáticos que desafiavam o cardápio e despertavam a fantasia. O jantar japonês, por exemplo, consistia basicamente em arroz; o vegetariano, em folhas. Pouco para o estômago, mas um banquete para a imaginação.

Entre risos e improvisos, surgiam também os desfiles de roupas. Peças que um dia pertenceram a outros e que Dona Néia dizia terem sido de princesas, poetisas, bonecas ou de pessoas famosas. As roupas eram vestidas, admiradas e, ao final, passavam para a "dona da vez", que saía com seu tesouro improvisado. Cada vestido, cada lenço, cada fantasia carregava consigo não apenas tecido, mas o humor, a ternura e o encanto de uma infância inventiva e cheia de sonhos.

Essa atmosfera de poesia cotidiana moldou o olhar sensível e humano que hoje define Karen Soares Iglesias.

Desde cedo, encontrou na criatividade e na imaginação um refúgio — uma forma de expressão que agora se traduz em sua estreia literária, Férias em Praia Grande, obra em que uma sensibilidade humana, olhar educador e a essência das histórias que a formaram.

Nos siga nas redes sociais

Helton de Oliveira Soares
Ilustrador

Helton de Oliveira Soares é um artista visual brasileiro cuja trajetória se destaca pela versatilidade, técnica e dedicação ao ensino e à difusão da arte. Ilustrador, professor de artes e podcaster, ele é uma presença atuante na cena cultural da Baixada Santista, com forte ligação com a cidade de Praia Grande, São Paulo.

É sócio e professor do RC Studio, escola de artes reconhecida pela formação de novos talentos nas áreas de desenho, quadrinhos e animação. Desde 2017, o estúdio também promove eventos voltados à cultura pop, contribuindo para o fortalecimento do cenário artístico e geek da região.

Helton também é sócio do grupo Caricartoon Eventos, com o qual atua desde 2006 realizando caricaturas ao vivo em festas, convenções e eventos corporativos, levando arte, interação e entretenimento a diversos públicos.

É um dos idealizadores e apresentadores do RCCast Oficial, podcast dedicado a temas como cultura pop, quadrinhos, cinema e bastidores do universo artístico, sempre com conteúdo informativo e acessível.

Com experiência no mercado internacional, Helton trabalhou como flatter para o mercado norte-americano de quadrinhos, colaborando com a aplicação de cores base em páginas de importantes títulos, uma etapa técnica essencial que exige domínio digital e atenção aos detalhes.

Complementando sua atuação, mantém um canal no YouTube onde compartilha bastidores, eventos e entrevistas. Por meio dessa plataforma, ele contribui ativamente para a valorização, o acesso e a democratização da cultura Geek e pop no Brasil.

Férias em
PRAIA GRANDE

Allan Kardec Iglesias
Karen Soares Iglesias

Patrocínio:

Apoio:

PERDEU ALGO OU ALGUÉM?

ANJOS SEM FRONTEIRAS

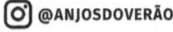 @ANJOSDOVERÃO  @ANJOSSEMFRONTEIRAS

www.ingramcontent.com/pod-product-compliance
Lightning Source LLC
Chambersburg PA
CBHW020606180626
46810CB00007B/2669